舞之渡

张晓惠

——

著

天津出版传媒集团

百花文艺出版社

图书在版编目（ＣＩＰ）数据

舞之渡 / 张晓惠著 . -- 天津：百花文艺出版社，
2023.12
ISBN 978-7-5306-8720-8

Ⅰ.①舞… Ⅱ.①张… Ⅲ.①长篇小说—中国—当代
Ⅳ.① I247.5

中国国家版本馆 CIP 数据核字 (2024) 第 006185 号

舞之渡

WU ZHI DU

张晓惠　著

出 版 人：薛印胜
责任编辑：张　雪
装帧设计：鸿儒文轩
出版发行：百花文艺出版社
地址：天津市和平区西康路 35 号　　邮编：300051
电话传真：+86-22-23332651（发行部）
　　　　　+86-22-23332656（总编室）
　　　　　+86-22-23332478（邮购部）
网址：http://www.baihuawenyi.com
印刷：三河市华东印刷有限公司
开本：880 毫米×1230 毫米　1/32
字数：182 千字
印张：8.5
版次：2023 年 12 月第 1 版
印次：2023 年 12 月第 1 次印刷
定价：58.00 元

目 录

引 子

化妆镜，是那种二十世纪七十年代贴在墙壁上的镜子，斑驳破旧，四个角中已损了左右下方的两个角，岁月的痕迹一点点显露在这些损了角的镜子上，这些斑斑的锈迹里了。

被精心细描过的一双大眼睛，眼角微微上吊，浓密的睫毛经过眼线的修饰，就更有神采了。她对着镜子微微地笑了一下，这一笑，整个镜子里的女孩就如花般美丽灵动了。映在镜子里的这女子多好看，她最满意自己的这双眼睛，一如考文工团时，老导演的赞叹："这就是'吴清华'①的眼睛啊，漂亮且有神！"哦，还要刷腮红，还要涂唇膏，还要梳头接上长辫子，再去换服装。一转身，那挂在衣架上的"吴清华"的红衣红裤呢？

"叮——叮，叮——叮！"前台的催场铃声响得怎么这样急？她也急了起来，这不是催场，这是催命呢！

---

① 吴清华，芭蕾舞剧和京剧版本《红色娘子军》的女主角。

乐队的人已经在长一声短一声地调试琴弦，隐约可以听到，《梁祝》的小提琴旋律在前台、后台回荡。

　　老导演翘着两撇胡须汗淋淋地跳了过来："秦磊，快啊！候场了，候场了！"秦磊额头上的汗沁过脂粉流了出来："我的红衣服呢？我挂在衣架上的服装呢？'吴清华'的演出服呢？"她听到自己的声音变调了。"是谁拿走了我的服装？"她声嘶力竭地叫了起来……

　　窗外，东方朦胧的白。一个激灵，她从床上坐了起来，是被自己的声音叫醒的，心口还在怦怦地跳，满头的汗水湿了头发楂。是梦吗？耳边、四周似乎依稀还回荡着《梁祝》的提琴声。

　　她定了定神，眼前是乳白色的家具，橙色的大围巾搭在椅背上。是梦啊！又是这个梦，这个化装之后找不到服装来不及上场的梦，她做了几十年的梦！

第一章

二月的阳光竟有点暖融融的了。到底是城里，乡下此时的风刮到脸上还是生疼的。堤岸上的迎春花星星点点地生出了绿芽，但整个田野里还是木木冷冷的，一些枯黄的草在冷风中的黄土地间游来荡去。

秦磊深吸了一口气，从登瀛桥下的轮船码头上出来，此时已接近中午。拎着母亲的黑棕色小藤箱，围着母亲长长的黑色毛线围巾，18 岁的秦磊迈着长长的双腿，踏着轻盈的步子，一路问着人一路向东，再左拐，再右拐，走过那座小桥，秦磊准确无误地走到了艺术学校校园。走几里路对秦磊来说从来不是问题，但今日不知是因为走路走急了有点喘息，还是因为紧张引起了心跳加快。

这一天，是立春。她记得清楚，多少年后她还记得。

"湖城地区文工团"，长长的木牌，四平八稳的黑体字，就这么居高临下地与来自湖垛乡下的姑娘静静对视。

即使四十年后，秦磊仍然能看见那拎着黑棕色小藤箱的自己，满怀崇敬与向往，更有满腹的喜悦，站在艺校园门口，那棵大樟树下，静静地与那块长木牌子仰望对视。

中心沙石路两侧的大树秃秃的，看不出是什么树；沙石路两侧除了第一排各是两层青砖小楼，后面均是几排红砖平房。二月的艺校园与湖垛乡下的田地一样，有点光秃秃的，清冷空寂。

不知什么地方，有一阵阵琴弦声传来，好像在哪儿听过？是《梁祝》吧？是《梁祝》！

秦磊听到心中"咯噔"了一下，这好听得不行，在乡村被认为是"靡靡之音"的乐曲，现在堂而皇之地在这艺校园内，在这萧瑟的冬日里自由无比地飘荡。

妈妈，你听，这儿有《梁祝》！她听到自己在说。

有一晚，妈妈带回来一个小收音机，是大队给小学配的，也不知道是哪儿送给学校的。经大队队长同意，兼教音乐课的妈妈那天带了回来："小磊，听听这段，好听不？"秦磊与妈妈像搞地下工作似的，插上了门闩。悠扬的音乐在三间砖墙草盖的房子里轻轻飘荡，秦磊觉得这乐曲一下子就打进了自己的内心。十六岁的秦磊听着听着，似乎看到春天，也看到鲜花，还有暴风骤雨，还有绝望与伤心。

"这是小提琴拉的《梁祝》。不要出去对别人讲。"妈妈轻轻地说。秦磊和哥哥点着头。

西侧青砖小楼一楼最东边一间，斑驳的褐色木门上贴着一张写着"新学员报到处"的红纸，贴得有点歪了。

秦磊看了看自己手中紧攥的，那封印着湖城地区文工团红字的牛皮纸信封。信封角有点磨卷了，那里面是妈妈和自己，包括平时少言寡语、发起病来狂呼抽搐的哥哥不知看了多少遍的，文工团录取报到通知书。"秦磊同志：你被地区文工团录取，请于2月5前至文工团团部报到。"落款是湖城地区文工团，上面盖着一个红红的章。通知书的内容秦磊和妈妈都背下来了，一共27个字，不算落款和标点符号。

是的，应该是这儿了。

门是虚掩着的，秦磊犹疑了一下，深吸一口气，轻轻地叩了两下门："可以进来吗？"

"请进！"

"是来报到的？"

屋里有三个人，秦磊将录取通知书递了过去，但不知道应该给谁。

"欢迎欢迎！请在这边登记一下。"那坐在中间头发已见花白、胖胖的高个儿，笑眯眯地站了起来。

"秦磊？"放着一摞表格的桌子后面，一位中年男子站了起来，接过了她手中的通知书。他身旁穿黄军大衣的大眼睛女孩则将表格推到了秦磊的身旁："请在这儿填写。"

女孩将自己坐的长板凳移了半边出来："坐下来写吧。"

手续很简单，填表格、交照片。秦磊发现自己的表格右上方写着一个小小的"5"。

"文工团是半军事化管理，到这儿得遵守团里的所有规矩，要记住！"那中年男子开腔了。

秦磊抬起眼扬起浓密的睫毛，看了看这红脸膛浓眉大眼的中年男子，点了点头。

脚下枯黄的梧桐树叶瑟瑟作响，秦磊跟着大眼睛女孩，拎着小藤箱，从西墙那几棵不知道有多少岁的老梧桐树间穿过，树上疤痕斑斑节节的。她们沿着一条红砖小路，去了后排那红砖的平房。

位于艺校园沙石路西侧的这排平房有十间，大眼睛女孩走向门上喷着一个红红的圆底，上面有一个白色的"5"的那一间房，她打开了门："进来吧。"

四张木板单人床，那三张明显已有人住了——有红格子床单、牡丹花床单还有墨绿色棉毯的三张床，西侧的两张床上都蒙着透明的塑料布，靠门的那张上面有些箱子与纸盒子。

"前几日就通知说今天有新学员到，这个王秀玲，走的时候怎么不将自己东西收好！这就是你的床了。"带秦磊来的女孩边说边拾掇着木板床上的纸盒子。

"谢谢你了！"秦磊看着这女孩。

那女孩转过身来："认识一下吧！我也住这屋，我是舞蹈队的晓梦。"

秦磊笑了，这圆圆脸的女孩最多十五六岁吧。

她伸出了手："我叫秦磊。"

女孩歪着头笑了起来："看学员花名册，我差点以为是一个男生，结果是个漂亮的小姐姐。"女孩握住了秦磊的手，坐在了那张靠窗的铺着红格子床单的床上。

秦磊当时没想到，这天和晓梦的手一握，她们的生命就交集了几十年，甚至是一辈子。

那日报到后，晓梦带着秦磊去了保管室，领回了两套湖蓝色练功服。上衣是套头大翻领的，长裤是阔大裤腿的灯笼裤，裤腿可以收起来也可以松下来的，还有两双深蓝色的软底练功鞋和一双肉色芭蕾鞋。

秦磊的报到比晓梦她们那批迟了 4 个多月。

文工团有 6 个月的试用期。在去年的秋风中，一批男女学员欢天喜地走进艺校园时，文工团的老师们都兴奋起来了，这都是他们花了一个月的时间，在全地区精挑细选上来的好苗苗啊！

地区文工团接到地区革委会宣传组的指令，排练样板戏芭蕾舞剧《红色娘子军》，要与上海芭蕾舞团那个版本一样一样的！可团里现有演员根本不够，从北京舞蹈学院下放来的老导演翘着两撇胡子大叫：第二场吴清华奔赴根据地这一场景，女战士操练、男战士的舞蹈，还有赤卫队员的大刀舞等大群舞，台上没有四五十人，哪里可以撑得起来！

排练样板戏是当时自上而下的政治任务。地区宣传组与组织、人事部门沟通，经地区革委会领导同意，最后竟然破天荒地为文工团争取到 30 个全民事业编制，全部享受干部待遇！文工团迎来了吸收新鲜血液、大发展的好时机。

文工团从领导到演员，个个喜出望外。

原有的文工团班底中，有十几个是从地区艺校毕业后留下的优秀学生，在文工团已近十年了，均是全能型的演员，从表演唱到歌剧，从快板书、对口词到话剧再到小舞剧都能胜任。

还有十来个说来就了不得了，都是科班出身的，来自南京艺术学院、南京师范学院，还有来自前线歌舞团、省歌舞团的。最牛的就是仲导演了，他是北京舞蹈学院的导演。之前这批专业型人才的到来不光是在文工团引起轰动，在湖城也引起了轰动。他们都是在几年前响应"知识分子要到群众中去"的号召，满腔热情来到了全省经济基础相对薄弱地区的文工团，为工农兵服务的。

可是要排大舞剧，尤其是与样板戏芭蕾舞剧"一样一样"的《红色娘子军》，人还是不够的。于是，这批训练有素、业务水平优异的资深演员，与科班出身的艺术骄子们分别搭班，走向了各县、各乡镇招生，选好苗子。

首批学员大都十七八岁，有的是县里宣传队的，有的是农场文工团的，也有一些下放知青，在县或乡镇毛泽东思想宣传队崭露头角的。那段岁月，文艺在样板戏的热潮下蓬勃兴旺。这宣传队每个县都有，每个乡镇都有，且水平都不错。而这很大程度是靠一些多才多艺的知识青年，撑起了这蓬蓬勃勃的景象。这自然为地区文工团选择新学员，开拓了很广阔的空间。

从学习舞蹈以及学习声乐、器乐的角度，十七八岁的年龄都不算小了，但这批学员却不同于普通学员。就说舞蹈队吧，这次就招上来三个"喜儿"①、一个"吴清华"、两个"大春"②，其中有一个男知青，大春、洪常青③的角色都演过。

分下去招生的各路老师回来都沾沾自喜："我那个学员，吹拉弹唱可样样通，是县宣传队的台柱子呢！"

"哎呀，我那组去军垦农场招的三个知青个个棒，那个苏州女生能唱能跳，形象又好！"

---

① 喜儿，《白毛女》中的角色。
② 大春，《白毛女》中的角色。
③ 《红色娘子军》中的人物。

文工团一直演男一号的丁俊老师在汇报会上兴奋地竖起大拇指说："我招回的那个以前是台城'小红花'的，大春、洪常青都演过，是个成熟的演员，稍排练一下就能上台的……"

　　练功、排练，这批学员不负众望，很快就将练功组合、舞剧中的舞蹈片段都学了个八九不离十了。

　　可问题很快也出来了。那个大眼睛苏州姑娘，被看中了选来跳吴清华的，形象甜美，一米六八的身材条件很是不错。可音乐一响，她的动作总是软绵绵的。导演摇着头："可以跳《白毛女》前几幕的喜儿，可饰演个性倔强的吴清华怎么看都少了一份刚烈劲儿。"还有两个女学员舞蹈技巧不错，人物个性也能跳出来，可惜个头均矮了点，一个一米六二，一个一米六三，即使穿上芭蕾鞋，也不符合扮演英雄人物吴清华的要求。

　　于是，这个有着长长的睫毛，高挑个儿，长腿一踢就是135度的湖垛农村女孩秦磊，再次被提上了文工团的会议桌。

　　秦磊，地主家庭出身，父亲右派因病去世，母亲系村办小学的民办老师，群众反映生活作风不大好。更关键的，秦磊的母亲有海外关系，其大舅好像是国民党的将军，中华人民共和国成立前随国民党部队撤退去了台湾。

　　政审这一关，那年那月何其重要。

　　仲导演忍不住了，摇着一头自来卷的头发："十几岁的女孩子，就是一张白纸，什么家庭出身什么海外关系？文工团也是教育人的地方吧，我们就没有能力教育好一个小女孩？"

　　其实，导演也是作为斯坦尼斯拉夫斯基修正主义文艺理论的研究者，被从京城歌舞剧院惩罚性地下放到了这个濒临黄海的小城文工团的。

文工团不管什么惩罚和下放，将仲导演视为宝藏，定期让仲导演给演员们上业务课。仲导演站在讲台上，说起来一套一套的，讲课时眼神贼亮贼亮的：

"大家要记住，舞台上没有小角色，只有小演员！上了舞台，你们不是张三不是李四，你们就是剧目中的角色、人物！

"在舞台上，要在角色的生活环境中和角色完全一样地、合乎逻辑地，去思想去希望，用舞蹈语言来表达剧中人物的内心世界。

"还有，上了舞台，你的每一根汗毛都必须是竖着的，哪怕你是背对着观众，你的后背要能说话，要与观众有交流！"

…………

"又是苏联修正主义导演斯坦尼斯拉夫斯基那一套！"几个老师在下面笑着。

"上了舞台，汗毛怎么竖起来？您倒是用后背说两句话给我们听听！"年轻的学员们听了似懂非懂，悄声嘀咕。

仲导演很赏识秦磊。去年秋日，秦磊她们县的学员就是他带着几个人去挑选的。在乡镇礼堂中，秦磊的一个"倒踢紫金冠"腾空跃起，如此扎实的基本功与异常好的弹跳力给导演留下了深刻印象。回来时，秦磊是排在拟招录用学员名单的第一个的，但当时因家庭出身的问题首批没能被录取。

而现在，《红色娘子军》的主要角色吴清华急需定下来。秦磊，行不行？

老团长搓着手，将目光移向了工宣队代表，也将决定权抛向了这位下派到文工团的后勤科干事。

舞之渡

"成分不好，怎么能够扮演吴清华？！"这可是大是大非的问题。工宣队代表征建国紧锁浓眉毫不犹豫地否决。

"现在我们面临的问题是，最迟国庆节《红色娘子军》就要搬上舞台的，地区领导下了死命令要在'三代会'上演出，这政治任务完不成怎么办？吴清华这个典型人物在舞台上树不起来怎么办？"从部队转业的老团长不紧不慢、绵里带针地发话了。

仲导演翘着上嘴唇上的八字胡，将他的卷毛头移向了窗外的梧桐树上，一言不发。阳光丝丝缕缕，穿透枯黄的梧桐叶，在梧桐树叶的累累结疤上撞了撞，又折射进了窗户。

工宣队代表感到了压力，光就这"完不成政治任务"一项，足够他年底评不上先进，说不定还要被批评甚至受处分。

"要不，就让这个秦磊先来试用吧。看三个月试用期的表现，表现好我们向上打报告补录。"干咳了一声，工宣队代表终于发了话。

第二章

　　喜滋滋地整理床铺的秦磊不知道这些前因后果，她只知道文工团录用了自己，自己离开了生产队和公社来到了城里。而且，自己可能要跳吴清华。

　　"你形象身材这么好，基本功又好，我们团里正在选跳吴清华的演员呢！"这个同宿舍的叫作晓梦的女孩悄悄告诉她。

　　"咚嗒嗒，咚嗒嗒"，练功房是水泥地。上了岁数空旷的练功房中，外壳缺了一个角的录音机放着练功组合的音乐。"这水泥地是前些日子春节放假时团里专门抹的，为了我们练芭蕾。以前地上是大青砖，穿芭蕾鞋脚尖一下别到砖头缝里咋办？"晓梦一笑就更似中学生了。

　　除去了黑围巾，脱下灰大衣，水蓝色的练功服将秦磊近乎完美的身材衬托得无懈可击。

　　"哇，你身材真好啊！"晓梦毫不掩饰对秦磊的赞赏。

　　秦磊朝晓梦感激地笑笑，将腿高高地搁到了墙上，135度了。她的腿没搁把杆上，她嫌一米二的把杆低。

　　练功房发出一片小声惊呼："在哪里练过的？"

"基本功这么好！"

"练过的吧？跟谁学的？是湖垛小红花文工团的？"

那个年代，似乎各县和规模大点的学校都有小红花文工团。

秦磊只装作听不见喊喊喳喳的议论。

随着音乐声，她的眼前出现了五十多里外，家乡三间房前的那几棵老楝树。树枝、树杈就是她的练功把杆，屋前那平整的一小块场地，就是她的练功场地。

跟谁学的？在村办小学教语文兼音乐的母亲从学校带回来的样板戏画报，大队露天电影黑白屏幕上的样板戏，都是她的老师。因为秦磊喜欢看芭蕾舞剧，妈妈专门到大队部求大队长：多放几次舞剧《红色娘子军》《白毛女》吧！

秦磊的嘴角轻轻地上扬了，她不常咧开嘴笑。十八岁的秦磊知道自己大笑是不好的。一个才来的新学员，又是农村来的，要谦虚。

踢前腿，她七位手打开，长腿一下子就踢过了鼻尖；踢旁腿，她的腿直向耳边飞来；踢后腿，她双手扶住把杆，腿向后脑勺踢去，仰直上腰头向后，自己都看到后脚尖了。

下腰，她一字叉劈在了地上，伸起长长的胳膊，腰向后弯去。导演轻轻地抓住她的双手向后，秦磊柔软的腰肢听话地向后躺去，双手反抓住了脚腕，上身几乎与后腿平行。

导演赞赏地看着这个身体条件好，勤奋又特别有舞蹈天赋的学员："这女孩，天生就是跳舞的！"

其时，文工团的学员，都是要形象有形象，要身材有身材。

一周才有的一天假日，大家都跑上街去买买日用品，女孩子们尤其喜欢成帮结队地逛商店。一色没有领章的黄军装，肥大的军裤，黑色的平绒布鞋，带一点点后跟。她们就那么袅袅婷婷地走在路道上，有的活泼有的文静，成了湖城街头的一道美丽的风景，也成了湖城人几十年的记忆。

"看，她们是地区文工团的呢！那个大眼睛是跳喜儿的吧！"以至于若干年后，已迈入花甲、古稀之年的湖城人，听说市歌舞剧院（昔日的文工团）举办"歌声飘过六十年"纪念演出活动，纷纷托人找票，到聚龙湖畔那金碧辉煌的大剧院去，看一看当年心仪或是暗恋的"明星"们。

秦磊不逛马路也不跑商店，她的假日仍然是在练功房度过的，她向值班老师要来一把钥匙，一个人从擦地、下蹲开始，压腿、踢腿一样不少，每次都是练得汗淋淋的。最后，她再对着大镜子，一位手、两位手、五位手地端详自己的舞姿。

"晓梦，又麻烦你啊！"晓梦周日是要回家的，秦磊就请晓梦回来时，在她必经的商店帮自己捎点日用品。

"不麻烦！"晓梦是个心直口快又有点侠义精神的女孩子。那次在练功房，导演夸赞秦磊后，许多女学员叽叽喳喳的，晓梦第一个大声说："秦磊，你基本功太棒了！"

那些独自练功的日子，是秦磊一生中的美好时光，铭心刻骨。没有他人，没有音乐，甚至没有任何声息。只有自己，自己的笑靥，自己的胳膊、胯、腿，还有对着镜子不同角度映照着自己的舞姿："阿拉贝斯"（中译：迎风展翅）、倒踢紫金冠、大跳、旋转……

在空寂的排练大厅内，秦磊觉得自己的每个细胞都是鲜活的、舒展的，甚至是喜悦的，十分美好。对的，就是美好。

隔着若干年岁月的纷繁芜杂和尘埃光影，秦磊的心中眼前总是会浮现出那面墙上的大镜子，十八岁的女孩嘴角向上微勾，眼神纯净，光亮亮的。汗水湿透了刘海和湖蓝色的练功服。秦磊听得见心中那颗叫作"希望"的种子，在舞步中在弹跳中在旋转中在汗水中，甚至脚趾的疼痛中，萌芽、舒叶，芭蕾或是艺术的小苗儿长出来了。

"喏！"一块咖啡格子的大手绢递到了秦磊的眼前。秦磊愣住了，那一直拉《梁祝》的高个儿头发微卷的男生，拎着小提琴，站在了自己面前。

秦磊抬起长长的睫毛，看着眼前这位叫作文康的小提琴手，还有这块洁净的手绢，有疑惑有不解，甚至有些不满。这练功房中属于秦磊一个人的寂静被打破了。

《梁祝》悠扬的小提琴声似无若有地在练功房回荡。自进入文工团这两个多月来，这琴声一直在秦磊的耳边回荡。她实在是太喜欢这乐曲了。悠扬、美好、深情、忧伤、凄凉，还有许多秦磊说不出来的感觉。秦磊为这《梁祝》心动。

被无所不在的《梁祝》琴声环绕的秦磊，犹疑再三，还是接过了文康固执地举在眼前的格子手绢。十八岁的女孩不知道就此接过了一生短暂的甜蜜、不安、困扰，还有长久的纠缠与痛苦。她一生的寂静也就此被打破了。

文工团的学员来自五湖四海，文康是无锡来到这儿的插队知青，也是为数不多的高中生。因为小提琴拉得出色，他从农场被招到了文工团。乐队排练时，秦磊看到他总是坐在指挥左侧的第一把椅子上，下巴搁在提琴上，右手举着琴弓，手一抖，那好听的琴声就出来了。文康细长的眼睛似乎闭上了，像是陶醉了，前额上卷卷的头发随着乐曲晃动。

秦磊那时没有"首席"这个概念，文工团大部分人也没有这个概念，若干年后，她才知道有"首席小提琴手"这个称号。文康就是文工团的首席小提琴手。

秦磊第一次走进艺校园听到的《梁祝》，就是文康这把琴拉出来的。当时她真的不知道这琴声会与自己的半辈子交织缠绕。

和所有的学员一样，秦磊也很希望跳成品舞。而导演和老师只是让她们反复练动作组合。"一嗒嗒、二嗒嗒、三嗒嗒、四嗒嗒……"晓梦总是睁着大大的眼睛抗议："再这样'嗒嗒嗒'下去，我就要睡着喽！"引来一群学员附和："是的，我们都要睡着了！"

导演手中的小棍子敲着把杆："对的，你们是睡着了！你们讲的是梦话吗？"女学员们笑了起来。

导演不发火，但他手中的小棍子在把杆上敲得噼里啪啦："你们看看秦磊！就她一个没睡着！"

秦磊一声不吭，后腿搁在把杆上，随着那老旧的录音机中放出来的节奏，打着五位手，一下又一下地压着腿。

"榜样哦！"

"舞蹈队的劳模哦！"

"做给谁看呢？出风头！"

导演的夸奖一直令秦磊有些不安。

农村里长大的女孩子，十分敏感，觉得导演的夸赞，离间着自己与其他女学员的关系。

倒是男学员们，常对着秦磊友好又佩服地竖着大拇指。

"别理她们！木秀于林风必摧之！"晓梦对秦磊发自内心地欣赏与喜欢。

晓梦与秦磊似乎有缘分，秦磊一进团就喜欢这个上个头不高圆脸的同宿舍女孩。

又是一个月以后，节目终于要从舞蹈组合的训练转到合成的阶段了。大家都很兴奋，秦磊心底也在期盼。

《红色娘子军》，从"序曲"难友的双人舞，到第一场根据地女战士的集体舞，再到南霸天家丫鬟托盘水果舞，彝族姑娘的群舞，第四场女战士的泼水舞……来得比大家迟的秦磊早已全部熟练掌握。

其实，秦磊练得滚瓜烂熟的还有吴清华的动作。平时，和大家在一起的时候，秦磊跟着一起练习舞蹈组合，练群舞。大家都不在的时候，秦磊就一个人练吴清华的动作，音乐旋律、节拍，她已经烂熟于心了。每天晚上，躺在那硬硬的木板床上，秦磊心中总是回响着这些旋律，想着这些动作入睡。

导演的要求是每个人首先要熟悉各组群舞的动作，合成的时候，每个人跟着音乐跳。导演、团长还有工宣队代表都坐下来看，然后根据每个人的表现、外形，以及剧情来分别安排角色。

吴清华的角色，大家都知道，是蓝老师的。蓝老师形象好，经验丰富，去上海歌舞团学习时，她就学的吴清华。没有人考虑去学吴清华的动作，再说，那倒踢紫金冠也不是谁想踢就踢得起来的。

舞蹈队的男生拌嘴时吵着说的口头禅就是："来一个倒踢紫金冠怎么样？我就服了你！"

艺校的北侧是一汪水，那是条河还是湖呢？晓梦在若干年后回想起来，还是搞不清那汪水是河还是湖，或许，那就是一个大水塘吧？

春风吹过，在声乐队员"咪——呀啊""咪嘛——咪嘛咪——"的练声与音阶爬音练习中，那汪水四周的柳树就悠悠扬扬地起舞。那些说不上名字的小花、绿草，密密匝匝地铺满了堤岸，与碧清的水相互凝望与依偎。这汪碧水为这批年轻人练功、练声枯燥的日子里增添着一些遐想和诗意。

声乐队的那个男高音，总是在水边高唱："我爱五指山，我爱万泉河……"最后那句高音飙得湖水也晃悠悠的，在阳光下荡起圈圈涟漪。

声乐队的学员，每天早晨在水边迎太阳；舞蹈队的呢，天黑了到水边晒月亮。文工团的老同志总是这样笑着说。

学员队的姑娘、小伙子都喜欢这汪清澈的水。

声乐队员晨起练声，有几个总是跑到这水边，看着太阳一点点在水中映红，拉开嗓子，将自己的歌声对着朝阳和湖水认认真真地倾诉。

舞蹈演员则仨俩一群，晚上有事没事溜达到这儿，在堤岸上、在水边那两张靠背缺损、油漆斑驳得看不出颜色、上了岁数的长条椅上，看看月亮，再看看月亮在水中的倒影，说着女孩子们的悄悄话。

秦磊和晓梦晚上也常去湖边溜达。

秦磊坐在长椅上总是一声不响，她想：这条河和自家门东边的那条河是相通的吧？肯定相通。在这儿总是能闻到青草的香气、泥土的香气，还有水的香气，坐这儿似坐在家边那条河畔边。

晓梦总是看着湖水发呆。其实，晓梦不是发呆，那一段时间，晓梦正迷着泰戈尔的《飞鸟集》。月亮、湖水、湖周边黑黝黝的树影，很适合晓梦默背《飞鸟集》。

对湖水的喜欢，多少也消减了学员们轮流抬水的烦累。学员们住的那排房子东西各有一只巨大的水缸，学员们会按照宿舍的编号排序，轮流来这湖里抬水，倒进水缸里，洒一些明矾沉淀后用于刷牙、洗脸。至于洗衣服，大家都是到后面的小河那儿去洗。

晨曦中，总是一排学员在水缸里取了水回来，或蹲或站，就在学员宿舍门口刷牙、洗脸，再吐到那道小土沟里。大家都是嘴角一圈白沫子相互问好、道早，不好看但很好玩，这成了晓梦心中难忘的图景。

抬水，女孩们身单力薄，就算十天轮到一次也还是发怵，晓梦抬水时肩膀垫上毛巾也还是被扁担硌得生疼。

秦磊来了以后，晓梦觉得自己陡然轻松了。两个人第一次搭伴去抬水，秦磊看了看说："晓梦，去食堂师傅那儿再借只水桶！"

"两只水桶我抬不动！"晓梦认真地说。

"不要你抬，有我呢！"

秦磊将扁担担在肩上，水桶左手一只右手一只，向河中甩了几下，细腰一挺，就那么晃晃悠悠地将水担在了肩上。关键是，秦磊挑起水的样子还很好看！

穿着水蓝练功服的秦磊，细细的腰肢，两根长辫子和水桶一起悠啊悠，在萌出许多绿叶的树下漾啊漾，漾在春风里，悠在艺校园的沙石路上，也悠漾在导演和男女学员的眼中：这个女孩挑水的样子也似在跳舞！

还有小号手，那令大家心中悬着的永远不能了结的号声。个子高高的小号手，天天在水边练小号，太阳没出来他就在那儿练，一直将太阳吹红了脸蛋。他吹来吹去老是"哆—来—咪—发—唆—拉，哆—来—咪—发—唆—拉，哆—来—咪—发—唆—拉……"搞得大家心都吊吊的："你那个'西——哆'就不能吹出来吗？"小号手喜欢这样的恶作剧，天天这样吹，大家都吃不消了。

终于那一天早晨，声乐队三个比较懒的男生罕见地去了河边，小号手依旧"哆—来—咪—发—唆—拉，哆—来—咪—发—唆—拉"一遍又一遍地重复吹着，那三个男生扯着嗓子跟着狂吼："西——哆——！"艺校园内笑声一片，大家都松了口气，那未吹全的音符终被那几个男高音补上了，大家心中的那个缺口似乎也被补上了。

小号手晚上钻进被窝，很惬意地摊开四肢，"哇——"忽地绝望地大叫起来！被窝里竟然有两只张牙舞爪的螃蟹，还有一只吊在小号手的内裤上。声乐队那三个听墙角的捂着嘴乐不可支地溜回了宿舍，躺在被窝里笑得浑身发抖。

多少年以后，其中的一位男高音已成为高校的声乐教授，谈起此事不无心疼：花了一元钱去买的三只螃蟹！当时试用期学员的工资每个月是 28 元。

第三章

最近团里的重心，是为《红色娘子军》的排练做好前期的所有准备。

上午排练舞蹈组合，当《北风吹》《大红枣》《万泉河水》的音乐响起，秦磊立即神采飞扬。这些动作她早已从大队打谷场的露天电影院中，从学校的画报中琢磨了若干遍了，比起早她两三个月来的伙伴们，秦磊才几个半天就全部顺好了动作。

来看舞蹈队练功的老团长看着秦磊，笑眯眯地直点头。

总是沉着脸的那个工宣队代表，秦磊知道他姓征，大家叫他征代表、征干事，他也扬起黑眉难得地跟着团长笑着点起了头。

十天后，秦磊在导演的同意下，和比她先来两个月的学员一起穿上了芭蕾鞋。

"十天，就可以穿芭蕾鞋了？"晓梦开心地笑着。

说心里话，对这个小自己两岁，同宿舍又同在舞蹈队的女孩，秦磊有一份喜欢更有一份感激。报到的那一天，秦磊第一眼看到的就是这个大眼睛的女孩，也是晓梦带着自己去到宿舍，去领服装，去领饭菜票的。

晓梦是本城人，秦磊总觉得文工团的领导什么的，都对晓梦多了一份客气。当时，她还不知道晓梦的父亲是当时湖城地区革委会宣传组的副组长，分管文艺，当然也是文工团领导的领导。

肉色的芭蕾鞋端放在小藤箱上，窗外的阳光打在芭蕾鞋的缎面上，有点反光。看着这些，秦磊可以说是有点心潮澎湃了。

自从领到鞋子后，秦磊不止一次无比珍惜地抚摸这双鞋。

秦磊将鞋用力扳了扳，扳了又扳，这也是跟那些先穿上芭蕾鞋的学员学的，将硬硬的芭蕾鞋底扳软，脚才好适应新鞋。

绷起脚背将脚伸进了芭蕾鞋，秦磊将长长的鞋带绑在了脚腕上。扶着宿舍那张小条桌，她站了起来，忽地眼泪就掉了下来。

"刚穿上都有点疼呢。"看着书的晓梦漫不经心地瞟了秦磊一眼。这个女孩对练功什么的都有点得过且过，只是一捧上书整个人就入定了。

秦磊点了点头。她知道，不是脚疼，是心中有点疼又有点激动。

芭蕾鞋，承载着多少女孩子的向往！

对于秦磊，芭蕾鞋承载的不只是自己，更有妈妈、哥哥的向往。秦磊的眼前又见着了家门前的那几棵老楝树，春日里树叶盈绿，寒风中枝叶苍劲。

时隔四十年了，秦磊依然记得自己那年那月踏上小轮船，与母亲、哥哥分手的情形。

那日一早，母亲煮了一锅山芋粥，在灶头上摊了米饭饼，配上碧绿的雪里蕻咸菜。平时舍不得吃只是过节时或是待客用的咸

　　　　　　　　　　　　　　　　　　　　舞之渡

鸭蛋，也泛着青光端坐在粥碗旁，哥哥碗前有一个，秦磊碗前有两个。

"多吃点，外面冷。"母亲笑眯眯地坐在桌前，看着秦磊喝粥。秦磊将第二个咸蛋的蛋黄执意放进了母亲的碗中。

整天捧着书的患有癫痫病的哥哥，时而清醒时而糊涂，破天荒地主动和秦磊说话："我这本《牛虻》你想要，就给你吧。"

母亲送她去五里以外的轮船码头，哥哥就站在门前的老楝树下远远地看着。被严霜裹了一冬的土地，在微寒的风中似乎逐渐酥软，有星星点点的青绿一星一星地从袒露的黄土中冒了出来。它们长大的时候，自己在什么地方呢？秦磊看了又看脚下青绿的星星点点。

小轮船突突地在西塘河扬起了浪花，上了船的秦磊扒着船窗向码头上的母亲挥手。她惊讶地发现，母亲身后不远的地方，那排水杉后面，竟是腿有些许残疾的哥哥。平时基本不出门的哥哥也跟着走了五里路？

对于舞蹈演员来说，身体条件再好，穿上芭蕾鞋，总会面临一个严峻的考验。

秦磊的脚型不算太理想，右脚尚可以，前三个脚趾几乎一般齐。脚一绷直，脚背隆起，左脚的脚背也还可以，但第二个脚趾长过了大脚趾，前面三个脚趾不一样齐，就意味着她要受罪了，这也是跳芭蕾舞的致命伤。以至于若干年后，秦磊自己在文化馆办舞蹈班时，对小学员进行面试时，一定要看一看脚型。不是苛刻，而是秦磊知道脚型欠好的孩子练芭蕾要多吃多少苦。

十指连心。穿上芭蕾鞋的秦磊知道了什么是十指连心。才半天下来，穿上芭蕾鞋在水泥地上，**擦地、下蹲、站立，五位足尖碎步**！两只脚立起来，全身的重量压在了两只脚上，秦磊感到双脚疼痛起来了，左脚疼痛得尤其厉害。

秦磊不怕疼。她心里在说，你是干什么来的？你不就是为了跳舞，为了穿上这双芭蕾鞋来的吗？

练功房内，穿着芭蕾鞋的女孩子们排成长长的一队，五位手打开，在水泥地上绕着圈子走，一圈一圈又一圈。

"提气、挺胸、立腰！收紧你们的腹部、臀部！哎，中端收紧！"从北京舞蹈学院下放来的导演从来不说"夹紧你的屁股"这样的话。

"这老仲说话真洋气！"老团长赞许地笑。

"你们大家说话嘛，要像仲导这样说！"老团长号召团里的人说话都要像导演那样"洋气"，做文明人。

"洋气"的仲导演手中总是掂着一根藤条子，不知道他是从哪儿弄来的。

"咚嗒嗒、咚嗒嗒"，大砖头一样的录音机，不知疲倦地嘶吼着。导演手中的藤条子是长着眼睛的，忽地就飞向谁的背部："挺直！"忽地又扫向谁的肘部："掉下来了！胳膊肘儿撑起来！"……

5分钟下来，女孩子们已溃散了，扶着墙："哎呀，累死我了！""哎哟，我的脚抽筋了！"

10分钟下来，秦磊看到晓梦一声不响地蹲在了录音机旁，脱下了芭蕾鞋，似乎在专心致志地研究着录音机。

晓梦知道秦磊在看偷懒的她，嘴角一咧向秦磊递过一个心知肚明的笑容。

15分钟了，偌大的练功房中，就只有秦磊一个人五位手打开，在水泥地上轻盈地练习足尖碎步。刘海和着汗水黏在了额头上，她微笑着，双眸噙着泪水跟着打开的右手波光流转。

"坚持！坚持！这孩子天生就是属舞蹈的！"仲导演翘着胡子微笑着，抱着双肘欣赏地看着秦磊。

秦磊那日下午从练功房回到宿舍，见到了一个美丽的女子，正在晓梦对面的床上整理衣服。

秦磊立即知道这就是舒叶老师了。舒叶老师度完婚假回来了。

"舒叶老师是文工团最好看的，或者说是湖城街上最漂亮的，上海芭蕾舞团的那个跳喜儿的也没舒老师好看。"晓梦不止一次地告诉秦磊。

但当与舒叶老师面对面时，秦磊还是被她的美震慑了：柳叶眉下是大而圆的眼睛，小巧的鼻子、红红的嘴唇、白皙的皮肤，一切都是那么恰到好处。

身着黑色毛衣的舒叶看着秦磊微笑："新来的？"

秦磊有些局促也很高兴："舒老师好！我是秦磊。晓梦常说起您，您比我想象得更好看！"

"秦磊，你也很好看啊！"舒老师微笑。

秦磊若干年后，还记得初见到舒老师的感觉，那就是"惊艳"。经历了风霜雨雪以后的秦磊也认为，舒老师不光长得好看，她与众不同的是气质。农村来的十八岁的秦磊当时还不懂"气质"

这两个字，心里想到的就是好看、洋气。

基本功训练审查明天就要开始了，大家都很兴奋。连练功都三心二意、整天在笔记本上写来写去的晓梦也兴奋起来，忙着拿出一套新的练功服和肉色的新芭蕾鞋。秦磊拿起晓梦的芭蕾鞋，将鞋底用力扳了又扳。秦磊总是这样关心着晓梦。

秦磊练早功回来，不声不响地将又洗过手绢的洗脸水，泼在了铺着红砖的地上。一弧扇形的水珠洒下，香肥皂的茉莉花香就在5号房间飘溢了。自打秦磊来到这5号宿舍，打扫卫生、打开水这些事基本上都是秦磊一个人包了。

晓梦对着镜子，认真地梳着两根短辫子。秦磊将自己长长的乌油油的头发梳成了一根独辫子。

文工团的女生，一律是不准剪短发的，短发上台演出不方便，女孩们有的会接根假长辫子、盘个发髻什么的，总之每人都是两根辫子，有长有短。

一排长条桌，上面铺了块水竹蓝的布，后面坐着团长、工宣队代表、仲导演，还有两位副团长，其中一位是拉小提琴负责器乐的，一位是男高音负责声乐的。仲导演除了编导外主要负责舞蹈队工作。文工团的领导班子，分工很是合理。

舞蹈队的学员照例从擦地、下蹲、压腿、踢腿开始。经过近三个月的相对正规的训练，这些学员们无论是手位还是舞姿都是像模像样的了。20个女生、16个男生，整整齐齐又一丝不苟地完成着芭蕾舞基训的动作。老团长眉梢眼角全是欢喜的褶子："这些孩子啊，真是像样子！"

规定动作做完了，每人展示一段自选动作。有几个高个儿的选的是斗笠舞，有几个选的是女战士的泼水舞，也有几个小个子选的是荔枝舞。晓梦犹豫了一下，还是选的是第二场小战士拿着手榴弹的独舞。为了小战士的那个倒踢紫金冠，晓梦没少花工夫。

"进步不小！进步不小！"这一段段舞蹈组合下来，老团长笑了，仲导演也笑了，连平时总是板着一张黑红脸的工宣队代表也笑了：国庆节，样板戏《红色娘子军》搬上舞台有希望了！

秦磊是最后一个，她没有选斗笠舞也没有选泼水舞。她与放录音的老师嘀咕了一下，前奏音乐响起：

来—拉—来—咪—来—咪—拉—哆——西—拉—咚—拉——咪咪咪咚咚咚拉……

晓梦愣住了，仲导演忽地坐直了身子，两撇胡子兴奋地翘了起来：是吴清华逃出南府在椰树林间的那段独舞！

秦磊一个转身弓箭步，右手握拳闪身而出。旋转，大跳，扬臂，秦磊的眼神、表情和舞姿都非常到位，她精准地诠释着从南霸天水牢里逃出的吴清华的倔强与不甘。五位碎步，秦磊抚摸着胳膊上的伤痕，一个转身凌空而起，哗，倒踢紫金冠！又是一个转身，又是一个倒踢紫金冠！

"漂亮！"仲导演站了起身，鼓起了掌，学员们包括晓梦都鼓起了掌！她和样板戏上的吴清华一样一样的！老团长也站了起来，笑容满面。

舞毕，秦磊脸红了，一声不吭地退到了把杆边上，她在心里对自己说："成功了！"

全体团员开会了！通知照例是写在学员宿舍的东山墙那块小黑板上。"战"前动员会上，工宣队代表表扬了大家，点名表扬了秦磊："到底是农村来的学员，肯吃苦！"

秦磊有点兴奋，尽管那句"从农村来的学员"有点刺心上。

自从基本功训练考核后，秦磊知道，团领导都在讨论和决定《红色娘子军》的角色分配。她很关注，吴清华的角色轮得到自己吗？她对自己的舞蹈基本功有信心，但对自己的家庭出身没信心。

去食堂吃饭的路上，秦磊看到老团长，恭敬地停住脚步："团长好！"老团长微笑着走了过去。

"征代表好！"工宣队代表拿着饭盒从对面走了过来，秦磊让到了路边。工宣队代表走了过去，黑红的面庞上没有任何表情。

副团长走了过来，秦磊也轻轻地问声："团长好！"副团长也微笑着走了过去。

秦磊心里真的不踏实，悬悬的，慌慌的。

周日下午，练功房里照例还是秦磊一个人对着镜子，大跳、旋转、倒踢紫金冠。不踏实归不踏实，上舞台总归是要凭真功夫说话的。

迎风展翅，导演说这个动作在法语里叫"阿拉贝斯"，但当时大家都叫迎风展翅。

右手扬起，左手打开，秦磊看着镜子中面庞红红的姑娘，胸腰！胸腰！秦磊提醒着自己。农村来的姑娘，提臀挺胸总是有点问题。肩膀向后打开挺胸！挺胸！仲导演这个要求，秦磊老是做不到位或是不好意思做到位。对着镜子，她将柔软的腰肢放松，胸部向前向上挺了出来，镜中的舞姿的感觉真的是不一样了！胸腰，对于舞者是很重要的。这是若干年后秦磊办舞蹈学校经常对着学员说的一句话。而每说这句话时，她总会想到十八岁的自己，在文工团简陋又空荡荡的练功房中的那个下午。

吱嘎一声，大铁门被推开了，有人走了进来。秦磊依旧对着镜子在感受自己的腰腹乃至胸颈在舞蹈中应该呈现的角度。细节，细节很重要。每次进入舞蹈状态，秦磊对外界的干扰是不敏感的，或者是完全不在意的。

左侧腰，左脚点地，右手扬起；右侧腰，右脚点地，左手扬起……秦磊对着大镜子感觉自己的舞姿，感受自己因舞蹈而带来的好心情。忽地，她的五位手垂了下来，镜子里面她看到，那推门进来的是那不苟言笑的工宣队代表！

秦磊立即转过身来："征代表好！"她的声音很轻。

"你练你的！我经过这儿，顺便看看。"征代表的表情一如往常地威严。

秦磊却是再也练不好了。团里的学员都有点怕这个脸红红的领导，他的浓眉总是锁着，嘴角下撇着，心里似乎一直藏着不满意。进团两个多月的秦磊，还没看到过这个似乎能主宰文工团每个人命运的人的笑容。

"这是个土包子！比老团长更不懂艺术！"只有晓梦不怕这个工宣队代表，晓梦说这话的神情很可爱，有点瞧不起人的样子，边说边用脚踢着沙石路上的小石子。

秦磊又不敢不练，她退到了墙边的把杆边，擦地之后开始下蹲，搁腿、踢腿……

门又吱嘎一声，秦磊松了口气。这个征代表终于走了，秦磊一回身，却又对上了征代表的目光，他人一半在门内、一半在门外，开了腔："想跳吴清华？"

秦磊心里怦怦地似打鼓，点了点头又摇了摇头。

"想还是不想？"征代表跨出门外的脚又收了回来，站在了门的里边，浓眉下的眼睛有了些许的笑意。

秦磊涨红着脸："想！"

"真想？"

"真想！"

"那好，你要为这个角色全身心地付出！能做到吗？"征代表背着手走近了两步。

"我能做到！"秦磊扬起长长的睫毛，看着眼前这个似乎并不怎么令人害怕的领导。

征代表笑了，秦磊也笑了。秦磊第一次看到这个人笑，征代表笑起来就不那么威严可怕了。秦磊觉得这笑容有点熟悉，对的，眼前这个人笑起来有点像家乡大队的大队长。有时候大队长走过她们家，也会这样对秦磊的妈妈笑。

"希望你不辜负我的期望！"征代表走近两步，拍了拍秦磊的肩膀。秦磊有点受惊，后退了一步脸又红了。

秦磊发奋了。

舞蹈队每天早晨6点开始晨练，一个半小时的基本功训练是每日必不可少的。别人6点到练功房，秦磊总是裹着黄军大衣，提前1个小时跑进练功房。晓梦从家中带来的红色小闹钟，放在了秦磊的枕头边，秦磊将铃声调得低低的。铃声一响，立即醒来的秦磊会立刻旋上发条：同宿舍还有舒叶老师、晓梦她们呢，不能这么早打扰到他们。

旋转，是秦磊的弱项。秦磊自己知道。扭头、甩头、扭头、甩头、扭头、甩头，大家都出了练功房，秦磊还是一圈两圈三圈地练着。她感觉大镜子里的影像模糊了，头晕了，想吐了。秦磊扶着墙歇了会儿，眼前恍若出现了家门口的那棵老楝树、水塘还有茫茫的麦田。这个季节，离开家时田里那星星点点的青，应该长成了麦苗儿，会密密地绿了。

秦磊用力甩了甩头，将老树、水塘还有麦苗儿什么的都甩开了，她将长发放下来又用橡皮筋扎紧，长吁了一口气，又开始扭头、甩头、扭头、甩头，一圈又一圈地转着。

当学员们睡眼惺忪地裹着军大衣跑进练功房时，秦磊的自选动作已完成了。早春时节，秦磊湖蓝色的练功服已沁出了点点汗渍。

压腿，踢腿，擦地，下蹲，下腰，旋转，弹跳，大跳，在音乐声中，完成这组训练，秦磊从不嫌累也不叫苦。

秦磊腰腿的柔韧度较好，可胯部却比较紧。芭蕾舞要求的开、绷、直，第一个字就是"开"，这直接影响着动作完成的美感。

仲导演看了看，让秦磊回去多练习压胯。

"晓梦，请帮个忙好吗？"午睡时，秦磊轻轻地说着。

房里共四个人，晓梦床对面是舒叶老师，是南京艺术学院毕业后分过来的。晓梦说舒叶老师是文工团第一美女，在舞剧《白毛女》中跳喜儿。秦磊刚来时，舒叶老师请了婚假回南京办喜事了。

秦磊床对面也是与晓梦她们一起招来的学员，秦磊来了之后一直没见到她，说是去省歌舞团进修了，是声乐队的女高音。因排芭蕾舞，声乐队有几个送出去培训了。晓梦说，这个女高音叫王秀玲，是从农场选来的。

晓梦放下手中的书，这个十六岁的小姑娘除了练功、排练，就是捧着本书看。

秦磊躺在床上，将两条腿膝盖向外，小腿盘成了直角。秦磊示意晓梦将藤箱压在自己的胯上。晓梦将秦磊的小藤箱拎了过来，好沉啊！

"这里面什么东西？这么沉？受得了吗？"晓梦吃力地将箱子往秦磊的胯上移。

秦磊笑了，云淡风轻地笑着说："是几块大砖头。"

负了重的胯有痛感，秦磊嘴角抿得紧紧的。不一会儿，秦磊的额头沁出了汗珠。

"只有经历过地狱般的磨砺，才能练就创造天堂的力量；只有流过血的手指，才能弹出世间的绝响。"晓梦站在窗旁，低声地吟诵着。

大家都午休了。

窗外，柳枝飘摇，传来些许的瑟瑟风声。除了柳枝摇曳着的嫩叶与春风柔曼地低语，再没有什么声音了。

舞之渡

第四章

春风一波又一波地荡漾，这艺校园许多绿树萌发了绿叶红花，有似含羞草那样密密的绿碎叶，有比麦芒宽一点短一点的绯红若云的花。

"这是什么树还是什么花？"

那日，与晓梦从食堂打好午饭回宿舍，秦磊惊异地发现路道两边高大疏朗的树上长出了密密的小绿叶，细细的，一些粉柔柔的小花苞夹杂在其中。

"这是合欢树呢！"仰着头的晓梦说。

"我们家那里没有这种树，我没有见过。好看！"秦磊仰头看着这秀气雅致的树叶和花儿，轻轻地说。

"是好看，我也喜欢！"晓梦仰望着春风中似乎瞬间绿了红了的合欢树，"再过几天这树花开了就是一片红云。"

"花儿，为什么不是一朵朵？晓梦你怎么说是一片片？"

"花全开出来你就知道了，就是一片片的。我们宿舍大院也有这种树，所以我认识。"

晓梦头一歪继续说："告诉你，这树啊，是白天开花，夜里她就闭眼睛，睡觉了。第二天，太阳升起的时候，就又笑开了绯红的面庞。等合欢花全开了，就是片片灿烂的红云！"

"晓梦，你说得真好！好像书上写的一样。"没上完高中的秦磊是有点佩服小自己两岁的晓梦的。什么话从晓梦嘴中说出来，和别人就不一样。

"这你说得不错。我回宿舍就写一篇：合欢树下！"晓梦甩着小辫笑了。

端着洗衣盆，练过早功，脚趾已磨破了的秦磊，端着脸盆一瘸一拐地走过艺校园中间的沙石路，走在浓荫密布的合欢树下，走向校园北侧的那汪河或是湖。

星期天的艺校园人总是不多的，家在本城的学员大都回家了，家不在本城的基本上也出去逛街了。

隐约，有琴声在远处响起，是在水边吗？悠扬，婉转，又有几分说不出来的忧伤。秦磊的心中"咯噔"了一下，是《梁祝》！是他。

那次独自练功，面对文康递过来的咖啡格子手帕，秦磊没好意思拒绝。秦磊回去用香肥皂洗了手帕以后，就折叠得整整齐齐，用自己的小花手帕包着，一直带在身边，想着要还给文康。可这拉小提琴的似乎忘了似的，跟着乐队一群人拎着提琴、长号什么地直接走过去了。秦磊很希望看见文康一个人，好将手帕还给人家，可就再也没有单独碰上。

秦磊加快了步子，向水边走去。

春风真是个好东西，这艺校园与乡下家中有着太多的不一样，只有春风是一样的，吹到脸上、身上软软的，暖暖的。秦磊不止一次地这样想。

这风吹啊吹的，前几天柳树上还毛茸茸的嫩芽儿，现在已长了好长。水边的柳树梢儿长得都能挨到水面了，秦磊在水中看到柳树的影子，也看到自己的影子，在四月的阳光下晃啊晃的。怎么影子中多了一个人？秦磊回头一看，是文康拎着小提琴不声不响地站在了自己身后。

"怎么是你？"秦磊有点被吓到。

"怎么不能是我？"文康晃了晃一头卷发，似笑非笑地说。

"哎呀，你的手帕我忘带来了！"秦磊有点手足无措。

"我是来要手帕的吗？"文康笑了。

文康将琴搁到了左胳膊上，将下巴搁到了琴上，头轻轻一晃，右手那么一拉，琴声就响了起来。

是《梁祝》！秦磊的心又动了起来。

悠扬的、欢快的、忧伤的琴声，漫溢在这亮晶晶的水波上，在这微拂的柳梢中，在这有着暖意的春风里……

秦磊端着脸盆直起了腰，在琴声中从小码头一阶一阶上了路。在琴声中，她走上了那条沙石路。在琴声中，脚似乎没那么疼了。

绯红的、粉红的合欢花在琴声中全开了，秦磊仰起头看，真的，这合欢花开出来就如晓梦说的，细细密密如粉红色的云儿一样。真好看。

《梁祝》仍在河畔回荡，在这艺校园中绵绵荡漾。

"你去洗衣服了？"王秀玲不知什么时候回到宿舍的。

"嗯。"秦磊很仔细地将衣服一件件挂在了衣架上。这四个衣架也是上个周末晓梦回家时，秦磊请晓梦从城东百货商店帮买的。

在湖垛的家中，秦磊和妈妈从来不用衣架，衣服在河水里漂洗干净，可着劲儿拧干，在阳光下一甩，再晾到光滑滑的竹竿上就行了。

学员宿舍门前从东往西拉着一根长长的铁丝，就是让大家晒衣服的。女生讲究，都用竹子衣架，将衣服抻得顺溜整齐地挂上去，晒干了也就顺溜整齐的。

"哎，你的衣服往那边挂挂！我的床单都要干了！又被碰湿啦！"王秀玲忽地尖声叫了起来。

王秀玲是昨天从南京回来的。她看到自己的箱子被放在了床的下面很是不乐意："怎么搞的？以前宿舍里是 3 个人，现在 4 个人了！东西都没地方放了！"她边说边冷着脸用脚踢着鞋盒子。

"再住一个人是团领导安排的哦！"晓梦不紧不慢地回应着，看着书头也不抬。

秦磊有点尴尬，王秀玲是团里送出去培养的女高音，是唱领唱、独唱的。

晓梦是在帮自己说话。尽管到团里才一个月多一点，但秦磊也知道从团领导到学员，都对这个大眼睛的晓梦多一分客气。

王秀玲很讲究，每天早晨总是对着那柄红塑料框的圆镜子左照右照，再用小镊子将眉毛一根根理得顺顺的、很秀气的样子。

王秀玲穿着也很讲究，蓝底碎红花的罩衫，里面翻出用钩针钩的洁白毛线领子；王秀玲的床上总是铺着一块透明的塑料布，睡觉再拿下来。

现在，晓梦回家去了，舒叶老师也不在宿舍。

王秀玲冷着脸看着秦磊，秦磊赶快去将衣服再往晾衣铁丝西边挪一挪。偏偏这风是西风，风一刮，这衣服又向东"跑"了。

王秀玲气呼呼地走了过去，将那有着鲜艳牡丹花的粉红床单收了回来："你要去买几个木头夹子，将衣架夹住！"

"知道了。"秦磊回应着。她想下午上街时真的要去买板木夹子，再买面女生都有的小镜子。她想着自己也真是需要镜子的。宿舍其他人不在的时候，秦磊也照过晓梦的镜子，自己的眉毛粗粗的浓浓的，"秦磊，你化妆眉毛就不用画了！你眉毛就好像画过的。"晓梦与秦磊很投缘。

秦磊喜欢甚至有点依赖这个小两岁的圆脸小姑娘，晓梦在的时候，秦磊觉得自己有点依靠。

王秀玲板着脸抿着薄薄的嘴唇，将床单哗哗地对着秦磊抖着、甩着，将红牡丹花的床单铺到了床上，又仔细地铺上了透明的塑料布。

秦磊背过了身子。如同王秀玲一回来就似乎对自己各种不待见，秦磊也不喜欢这个女高音。大家都说她歌唱得好，可歌唱得好，对人就该这么凶吗？

秦磊第一次走出了艺校园。出门右拐再左拐，也就走一里地的工夫，她走上了湖城的大街。

很多年以后，秦磊还记得自己第一次上街，第一次走进城东商场的那次经历。商场好大，一道道白石灰水刷过的拱门，将长长的商场分隔成一段段的卖不同商品的档口。

商场最东边是卖日杂品的，秦磊就是要到这边来买小镜子的，还要买木夹子。红的绿的白的塑料边的椭圆镜子很好看地排列在橱窗内,秦磊看了又看,选了8角钱的白塑料边镜子,3角钱的两板木夹子。

秦磊看着坐在高高收银台上胖胖的妇人,"哗"的一声,铁夹子夹着发票,连带找下来的钱就从窗口滑了下来。秦磊小心地把零钱放到了塑料钱包内。

试用期每个月的28元津贴,再加上每月5元的营养费也就是练功补贴,除了买女孩子要用的雪花膏、卫生纸、香肥皂什么的必需品,这些钱秦磊还真是用不完。过几天清明节放假回家,给妈妈、哥哥买些什么呢?走过卖花布的柜台,走过卖副食品的柜台,秦磊不知道买什么好,最后想想还是什么也没买。还是直接给妈妈钱吧,让妈妈高兴高兴。

"嘿!你也在这儿!"秦磊回过身一看,竟是文康。

秦磊脸"唰"的一下红了,手中的镜子和木夹子不知道放身前还是身后。

"买东西?"文康一手提着用纸绳扎着的两盒饼干,一手抱着两罐麦乳精。

"嗯。"秦磊眼睛、手都不知道往哪儿放,就看着柜台。

"买好啦?还要再买什么吗?"

"买好了,不买什么了。"秦磊抬起脚就往商店外面走。

"我也买好了。一起回去吧!"

四月的风暖暖的,太阳高高地挂在头顶上。不知道是走得有些急,还是心中有些紧张,秦磊觉得有出汗的感觉。一路上,文康也没说话。两个人就这样稍稍拉开点距离一前一后往艺校园走。

"哎，秦磊！"文康在看到艺校园大门时，忽地停下了脚步。

"什么？"秦磊回看着。

"拿着！"文康将手中的纸袋子递了过来。纸袋子中是一盒饼干和一罐麦乳精。

"我不要！"

"我这儿还有，一人一份。拿着！"文康声音响了起来。有两个走路的老人回头看了看。

"我真的不要！"秦磊垂下了长长的睫毛。秦磊看过几个苏南女学员拿着开水泡麦乳精，味道很香的。

"好！你不要，我就全扔到这河里面去！"路上没有什么人了，文康的声音听起来特别响。

"别！那好……下次我买了还你！"秦磊怕被别人听见，抬起眼四处看了看高自己半个头的文康，迅速敛下了长睫毛，伸出手来接过纸袋。

文康摇着头笑了，晃动着额头上的卷发，大步流星地向艺校园中走去。

艺校园四周环水一周，只有这门口有一座小桥。柳丝飘拂，绿意满眼。河堤岸边，也有几棵合欢树，冒着密密星星地绯红。

秦磊有意在后面磨蹭，等文康的身影左拐，走上了有合欢花树的沙石大路，没有了人影，秦磊才捧着纸袋慢慢地回了宿舍。

三天的月假倏忽而过，说是三天，对秦磊来说其实也就是两天，她第三天一大早就从湖垛回艺校园了，下午就去了练功房。除了练功，秦磊还希望早些见到文康。

秦磊不愿意欠人家情。回家时,她的黄帆布包里塞了一盒饼干,回来之时,黄帆布包内还是一个饼干盒子。

秦磊回家的当晚,就和哥哥、妈妈一起品尝了饼干,哥哥说饼干好吃盒子也好看!红红的盒子上面有着金黄五角星和天安门图案,真的挺好看的。

妈妈煮了20个咸鸭蛋,秦磊将咸鸭蛋排得整整齐齐放在了饼干盒中,盒子只能放12个;妈妈炒的炒面,用了两只小白布口袋装的。秦磊回湖城时一路上都能嗅到炒面香香的味道。

秦磊下午去了练功房,压腿、踢腿、足尖碎步、平转……一天不练功,就觉得骨头都硬了。其实,秦磊昨日在家门口老楝树的枝丫上压了腿,踢了腿还下了腰。

一直到练功结束,秦磊没听到小提琴乐声。她去食堂吃晚饭的路上也没看到文康的身影。秦磊想着要将带来的咸鸭蛋、炒面送给文康,还他上次送麦乳精、饼干的人情。

天黑了,秦磊心中觉得空落落的,宿舍里只有她一个人。晓梦肯定是明天早晨才回来的,家在本城的学员基本上都是这样的,舒叶老师回了南京。天将黑时倒是看到了王秀玲,现在也不知她到哪儿去了。

没吃晚饭的秦磊想了想,打开麦乳精罐子,撕开罐口的锡箔纸,小心翼翼地倒了些麦乳精在饭盒里,又倒了些开水,顿时,宿舍里就弥漫着一股奶香麦香味。她用小勺慢慢地舀着麦乳精喝,很香很甜,秦磊忽地有点想哭。

"你哪儿来的这罐麦乳精?"王秀玲尖锐的声音在宿舍响起。

秦磊不知道怎么回答她,只是继续一小勺一小勺地喝着,头

　　　　　　　　　　　　　　舞之渡

也不抬。

"你告诉我，这罐麦乳精是在哪儿买的？"王秀玲口气缓了缓，坐在床边上。

"商店里多的是啊！"秦磊心中生起一股怒气，这个王秀玲凭什么这样对她讲话？秦磊端着饭盒走了出去，她知道，后面是王秀玲猜忌甚至愤愤的眼神。

文工团有着三条禁令：学员不准抽烟，不准喝酒，不准谈恋爱。谁有违反，哪里来的还回到哪儿去。从农村、农场来的学员们无比珍惜这文工团员的身份。半军事化的管理，有着发军大衣、练功服等待遇，从此摆脱面朝黄土背朝天的命运，更有让自己的文艺才华展示的舞台。这三条禁令明里暗里对学员们都有着震慑作用。

那次统一发军大衣，军大衣用黄帆布带子扎着，每件都叠得似背包一样。工宣队代表扯着嗓门说："这大衣是专门向军分区领导申请特批的，大家要像爱惜眼睛一样爱护军大衣，这是军人方可享有的荣誉！"

这军大衣发挥的作用非常大，早晨冲往练功房，大家都是大衣一裹，里面就是练功服；晚上大衣沉甸甸地盖在被子上，被窝暖和许多。对大家来说，最得意的还是冬日里到各矿山、军营去慰问演出。大家穿着一式的军大衣，很是整齐，为文工团团员平添了威武与神气。难得的，老团长、老导演、工宣队代表一致地对着队列竖起大拇指：好！有军人的样子！

老团长似看着自己的兵一样喊着口令："立正！稍息！齐步走！上车！"大家上了车就笑开了："立正！稍息！齐步走！"

其实，抽烟、喝酒也就是在艺校园中禁止罢了，男生们假期在艺校园外违禁的多了去了，老师们也是睁只眼闭只眼。但这谈恋爱之事，就不好说了。明里暗里，这批二十岁上下的男学员、女学员中已有三四对在小心翼翼地甜蜜接触了。

王秀玲似乎对文康有好感，一门心思追求文康，秦磊也是前些日才感觉到的。

那日从池塘里洗衣服回来的路上，王秀玲端着脸盆，手中拿着只盒子急急忙忙地往池塘那儿走。过会儿，琴声忽地就没有了。

不一会儿，正在往铁丝上晾衣服的秦磊就看到文康拎着提琴，面无表情地回到了8号宿舍。过会儿，王秀玲脸色很不好看地也回到了宿舍，将手中的长条小盒子往枕头上一扔。秦磊看见是金星牌的钢笔盒子。

平心而论，秦磊觉得这个王秀玲长得还是很好看的，丹凤眼，尖下巴，就是颧骨略略高了些，不笑的时候有一点点凶。但在一群声乐队员中，无论是身材还是嗓子，她都是很出色的。

秦磊只是不知道，这王秀玲为什么第一次见面就对自己有了成见。秦磊忍着，她知道自己是乡下来的，不好和城里人比，和知青比，尤其是这些南方来的知青。

农场上来的知青漂亮、洋气，就说这个王秀玲，去省歌舞团培训学习了一个月，回来，刘海烫得卷卷的，辫梢也烫得卷卷的，整个人都更洋气了。

"不好看，没有以前头发顺顺地好看。"晓梦摇着头。

"舒叶老师您说好看不好看？"晓梦问着舒叶老师。

舒叶老师只笑不表态。

"各有各的喜欢。"舒叶老师看着晓梦执拗的眼神，最后说了一句。

秦磊来的时间不长，但也很快感到舒叶老师和所有人不一样。舒叶老师似乎自然而然地与其他人保持一段距离，话不多，除了练功、排练，也不大与他人交往。就是住在一个宿舍里，秦磊也从来没看到舒叶大笑或是大声说话过。

对舒叶老师，秦磊心底也总是有点敬畏的。如果说自己和苏南那批知青学员不一样，这位省城大学毕业来的美女老师，就更是自己高不可攀的人了。

"哎！你过来一下呢！"秦磊终是将咸鸭蛋和炒面送出去了。那日文康经过宿舍门口，秦磊一个人回房间，将饼干盒子和一小袋炒面拿出来送到了文康面前。

看着红色的饼干盒子，文康的脸色不太好看。

"这是我妈煮的咸鸭蛋，还有炒面，是糯米粉的。"秦磊低垂着眼睛赶紧说着，边向门外看着，她怕有人走过来。

"谢谢！谢谢！"文康打开盒子瞄了一下立即盖了起来，喜笑颜开，捧着宝贝似的走出了宿舍。

终于还掉了一个人情，秦磊长吁了一口气，拎着芭蕾舞鞋又去了练功房。

第五章

去海边体验生活？去新洋的部队慰问演出？可以看到真的大海？真的吗？太好啦！

这个消息在学员群中传开了，大家兴奋地传来传去，兴奋异常。说到底，这天天从练功房到宿舍再到食堂的三点一线生活，所有的学员都有点感到枯燥、疲乏了。

出发了！上车了！文工团团员们笑眯眯地背着背包冲上了演出车。大车出了艺校门拐上了大路。"北京的金山上光芒照四方，毛主席就是那金色的太阳……"车窗里，男生、女生都扯开了嗓子歌唱。

秦磊看着窗外迅速向后退去的绿树，心中感到很是新鲜、开心。这是第一次和这么多人坐在文工团的演出大车上出去，而且，自己还没看过大海呢！

两个小时后，到了，到了！部队的营房前拉起了红色的横幅："热烈欢迎地区文工团的同志们！"

土黄的泥沙地，摇曳着丛丛绿色的盐蒿子，茫茫的海面翻滚着浊黄色的浪花，几只海鸟在海面上孤寂地飞着。大海是这个颜色吗？秦磊失望至极，这海和心目中的大海是多么不一样。

"我爱这蓝色的海洋，祖国的海疆是多么宽广……"远处是几个男生唱着歌卷起裤管在黄沙地上踩，忽地大呼："这儿有一只！我这儿也有一只！"有的说是海泥螺，有的说是小螃蟹。

这边几个女生按捺不住也卷起了裤脚，露出了白皙的小腿，笑着跑到了沙滩上，围成了一小圈，笑着观察着沙滩上四处的小气孔，据说是有小气孔的地方肯定就会有泥螺、蟛蜞什么的爬出来。

"怎么不下去玩玩？"工宣队代表的声音忽然在身后响起。

坐在岸边石头上的秦磊一惊，赶快站了起来。

"下去踩踩泥螺啊！"征建国微笑着看着秦磊。

"我就看看好了！"秦磊局促不安地看着海面。

"第一次看到大海吧？"

"和我想象的不一样呢，不是蓝色的。"海风吹拂起秦磊的头发。

"我在青岛时，那海水就是蓝的。"夕阳将海面镀上了一层金黄，工宣队代表看着海水的眼神柔和了，不似平时那样威严，威严得令人提心吊胆。

部队驻地是三排营房，围成了"U"形。下午，就在这营房中间的操练场上，文工团表演了8个小节目。节目有说唱有对口词还有《白毛女》中的《大红枣儿甜又香》，是声乐队的男声小合唱。战士们很是热情，几十个官兵掌声一阵阵的。因为秦磊是后来的，还没有机会参加演出，她在下面与战士们一起鼓掌。

吃菜饭喽！吃菜饭喽！男生们捧着饭盒子叮叮当当地敲着。

军营食堂的菜饭真是好吃，青菜绿生生的，米粒子油亮亮的，关键是放了猪油和咸肉丁。挖一口进嘴，那香那润调足了所有人的胃口。每桌上面除了大碗的红烧肉、一大盘散发着酒香的泥螺，还有一大面盆奶白奶白的鱼汤。

"这是推浪鱼烧的汤，只有我们海边才能吃到。"围着白围裙的那个炊事班长看上去年龄也大不了学员多少，似老大哥般为每个桌上加汤："多吃点！多吃点！"

好吃真的是好吃，可秦磊却不敢多吃。

刚进团，她就知道，饭只能吃七成饱，饭前先喝上一碗汤，还有让秦磊特别不适应的是，大家都说米、面要少吃。从农村来的女孩子，在家就是吃米吃面，再搭点小菜。不吃米面还能吃啥？

"吃水果呀，喝奶粉或是麦乳精。"晓梦老到地说。

舞蹈演员胖了起来，没有腰身做什么动作都不好看了。秦磊知道。

可今天似乎每个人都没有吃七成饱的概念了，晓梦吃得腮帮子鼓鼓的，又跑到大搪瓷盆那儿去盛肉菜饭了。

部队的首长和工宣队代表、团长、副团长什么的都在那小房间里吃。学员们就吃得更肆无忌惮了。

"手握一杆钢枪，身披万道霞光……"声乐队那两桌吃得乐不可支，扯开了嗓子边吃边唱。

乐队的那帮子也忙不迭地拿起了自己的家什，吹小号的王三、吹圆号的李老师，还有一个学员拿起了两个吃空了的饭盒敲打着节奏。

舞队的几个男生也按捺不住欢喜，在餐桌间随着歌声、乐声舞动着，几个女生也踏着舞步加入了进去。

开心、快乐，秦磊第一次看到这么多的人在一起欢喜地聚会，多少年后，她做舞厅老板时知道这聚会被称为"Party"或派对，可哪一次派对能比得过那海边部队食堂中，文工团团员们的欢喜和快乐呢？

但也有没动地的人。

舒叶老师一如往常微微地笑着、看着，拿着自己不锈钢的小饭勺，一小口一小口地吃着饭，喝着汤，很文雅。

在吃饭前，秦磊看到团长叫着舒叶老师去小餐厅吃饭，舒叶老师微笑着摇头拒绝了。王秀玲被团长喊进去了。

没参加狂欢的还有文康。秦磊看到他的小提琴就在身边的盒子里，但他就稳稳当当或者说是斯文地坐着，眼神会不经意地向自己这边看一看。"斯文"这个词，也是秦磊若干年后接触到的词，当时她立即就想到文康，这个词特别适合文康。

歌声、乐声、欢呼声、笑声，整个食堂变成了欢乐的舞台。

海水不蓝，但这海边的夜空真是蓝啊！无数星星在天上欢喜地眨着眼睛。

在营房的澡堂里冲完了澡的秦磊没有回营房宿舍，端着脸盆站在外面。吹着凉凉的风，秦磊想起了家，想着妈妈和哥哥，你们在干什么呢？妈妈可能是在批改作业，哥哥呢，应该还是在看书吧。哥哥话语很少，喜欢看书，或是发呆。秦磊想着再放假时，问问哥哥喜欢看什么书，这城里书店的书应该比公社供销社或是大队小学里的多吧。

"秦磊！干什么呢？"

秦磊被突然冒出来的声音一惊，回头一看，是工宣队代表。

"征代表！我、我在这站一站的。"

"是在等谁啊？"喝了酒的征代表很和蔼地笑着。

"没有没有，就是看看星星，我、我是第一次看到大海。"秦磊有些惊慌，端着脸盆就往营房那儿走。

"陪我站一站，我也看看星星！"征代表喷着酒气紧挨着秦磊，不容置疑地命令着。

秦磊心慌地说："我有点冷了，我要回宿舍去了。"

"冷？我还热呢！"征建国脱下外衣就往秦磊的身上披。

"不要，不要！"慌乱中的秦磊伸出胳膊推却着。"咣"的一声，脸盆掉在了地上。

"谁？是谁？"远处的岗哨发出了声音。

征建国看着蹲下身子捡拾着香皂、牙刷、牙膏的秦磊，腰身折射着好看的柔软。

"要我帮你吗？"

"不要，不要！"秦磊端着脸盆急慌慌地向营房跑去。

一柄淡蓝的塑料梳子，在星光下晶亮地闪光。征建国捡了起来，嗅了嗅，真香！他揣进了衣兜。

转过身，秦磊的身影已不见了。

一下子来了这么多文工团团员，部队做了精心的安排，除了几位团领导住了营房的房间，学员们统统打地铺。女学员一大间，

　　　　　　　　　　　　舞之渡

男学员一大间，金色的稻草铺上是各自带来的行李。秦磊端着脸盆进去之时，晓梦已躺下，举着手电筒在看书。还有几个学员洗澡还没回来。

躺下来的秦磊呼吸急促，心怦怦地跳，觉得脸上烧得慌。

"出了什么事吗？"晓梦忽地转过身子看向秦磊。

"没有什么事啊！睡吧！"但秦磊真觉得出了什么事，但仔细想想，也没出什么事。

那天夜里还真是出了点事。

"快！快！帮个忙！担架！担架！"一直辗转反侧未眠的秦磊忽地听到外面有嘈杂的声音。却原来是隔壁的男舞学员黄立，半夜突然胃疼痛到极点，从部队门诊室送到县城医院，老团长、征代表等人忙了一宿没睡。到最后医生说是胃痉挛，还说幸亏送得及时，发展成胃穿孔就要动手术了。患病原因竟然是肉菜饭吃得太多了！

若干年后，见到已是著名导演的黄立，一声"肉菜饭！"瞬间会将他们拉向那年那月的海边，那个部队营房。

清晨，霞光在海岸线上扯起绯红的纱幕，一会儿，海面上就晶亮亮地闪烁出一波又一波的光痕。

"啊——大海！"晓梦对着海面大声喊着。

秦磊笑了，清晨有霞光的海比昨天下午初见到的海面好看多了。刚来那天她觉得这海还没有自家门前的串场河好看，也没艺校园北面那汪河塘好看。今天，这海真的像大海了！秦磊心里动了动，她想不出用什么样的词来形容。

今天上午，征代表、老团长带着几位老师、王秀玲还有几个舞蹈队的学员一起去了海边。

海边哨所的哨兵因站岗，昨天下午没看到文工团的演出。老团长说，让我们去慰问他们。

秦磊很高兴，高兴团里这次让自己也来参加慰问演出。她到团里近三个月了，除了练功还是练功，自己排练了一些舞蹈组合，也只是基本功训练时展示过。

"高兴吧？"

秦磊头也不回："高兴！"

"是我点名让你来的！"是征代表的声音。

秦磊回过头对上了征建国的眼神。

"谢谢征代表！"秦磊垂下了长长的睫毛，脸红了起来。

"你这样很好看！"征代表丢下这句话，大跨几步走了。

哨所，只有一个战士端着枪站在那儿。所谓岗亭实际上也就是一个木头与铁皮做成的可供两个人站立的岗亭子。多少年后，秦磊还会想：那岗亭是全木头的还是木头与铁皮组合的呢？

那名战士看着连长带着十几个人走了过来，脚跟"叭"的一声立正，随即一个敬礼。他的脸黑红黑红的，也就十八九岁吧。秦磊看着这比自己高不了多少的哨兵。

"手握一杆钢枪，身披万道霞光，我守卫在边防线上，为我们伟大祖国站岗……"李根贤老师浑厚激昂的歌声，伴着冉冉升起的太阳。在海面在旷寂的海滩上回荡。

在阳光中在歌声里，端着枪的战士挺着胸纹丝不动。秦磊看见这个哨兵面庞晶莹闪亮，原来是两行泪水缓缓地淌下。

瞬间，秦磊眼中一热，泪水也涌上了眼眶。

"下面，请欣赏《北风吹》，演唱，王秀玲，舞蹈秦磊！"晓梦报着节目。

隔了多少年，秦磊都忘不了自己的第一次表演，是在海滩上，是为一座哨所，一名战士跳舞。

尽管海滩上并不平整，也没有灯光没有化妆没有穿演出服。但秦磊知道自己跳得好，王秀玲也唱得好。部队的那位连长激动地说："唱得好，跳得好！比样板戏上演得还好！"

表演结束，老团长、征代表他们都使劲儿鼓掌，那名小战士又是一个标准的军礼。

下午，大家都跟着连队的战士们一起操练。晚上，部队设宴招待，秦磊也被请到了部队领导和团领导吃饭的小餐厅。

秦磊不会喝酒，也没喝过酒，嘴巴有些渴了，她不小心就将酒当水喝了。一杯酒喝下去立刻脸红了，头也晕了，趴到了桌子上。当部队那穿着四个口袋军装的什么主任执意让秦磊再喝酒时，征代表端起了秦磊的酒杯："小姑娘不会喝，我替她喝了！"然后一连喝了三杯。

"谢谢您！"秦磊很感激。

"谢谢我？你是应该谢谢我！"征代表酒喝得脸红红的。

"再喝！"老团长端着酒杯，喊着王秀玲一起出去敬外面大餐厅人的酒了。

喝了白酒的秦磊觉得心跳得慌，只能趴在桌子上，想吐又吐不出来。

"我送你回房间，你这样子不行的！"忽然，一双手就这么猛地搂起了她的腰。迷糊中秦磊觉得是征代表，她很感激很信任地靠着他的肩头。

大食堂里的人们照样是唱啊跳的。

外面黑漆漆的。冷风吹来秦磊打了个激灵，"我这是在哪儿？"

"我送你回宿舍！"一股酒气喷在了秦磊的脸上。

秦磊晕了，她不知道酒劲儿是这样子的猛烈，让浑身软塌塌的。她觉得扶在腰上的两只手已有一只抱住了自己的肩头，那大手又摸在了自己的胸脯上。

"不要！不要！"秦磊叫起来，可声音却是这样无力。

"好了！到了！躺下，躺下！"那喷着热气的脸移到了秦磊的眼前，一下了咬住了秦磊的嘴唇。

"征代表！不要！不要！"秦磊酒醒了一大半。秦磊发现自己不是在集体营房的地铺上，是木板床，是营房前面招待所的小房间。

"你说要谢谢我的！是你说要谢谢我的！"那双大手伸到了秦磊的胸罩里，滚烫滚烫的。随即整个身子也压了上来。

"不要！不要！求求您了！"秦磊的身子挣扎着扭动着。

"没事的，没事的。你知道，我一直喜欢你！"俯在秦磊身上的征代表眼睛都是红的。

"你不是喜欢跳舞吗？你不是想跳吴清华吗？你是跳得最好的，我肯定要让你跳吴清华！"征代表的嘴巴死死地压着秦磊的嘴唇，两只手上下忙乱着，费着力气去解秦磊紧缚在腰上的练功带。

"啊！——"

秦磊对着在自己面上乱蹭的那张脸，狠狠地咬了一口，对方大叫了起来，她猛地推翻了身上这个满是酒气的男人，冲了出去。

"秦磊，你到哪里去了？"
"秦磊，你喝酒了？一身的酒气！"
"秦磊，你要不要去看医生？"

秦磊蜷成一团在自己的被窝里，开始装着没有听到，见大家都围了上来又要她看医生什么的，睁开了眼睛，摇摇头。

她坐了起来，接过晓梦递过来的水杯喝了两口，勉强笑了一下："现在好多了！是我不能喝酒！我不应该喝酒的！"秦磊又倒在了地铺上，将被子蒙到了头上。

"秦磊，秦磊——！快！"宿舍门"砰"的一声，晓梦冲了进来："你来，你来看啊！"一手肥皂沫的秦磊被晓梦拉到了那两层小楼的东山墙上，只见墙上一张大大的粉红纸上黑毛笔写着《红色娘子军》剧组全部演职员的名单。

吴清华 A 角是蓝子老师，B 角：秦磊。那位自文工团一创建就在团里的蓝子老师跳吴清华，丁俊老师跳洪常青。但大家都知道，这次，要着重培养上台的是秦磊。已有一个孩子的蓝子老师最近身体不怎么好，但舞台经验非常丰富。A 组基本是由老演员组成的，B 组的主要角色都是由这批新学员担纲的，男舞队员中最优秀的王建平跳洪常青。大家都认为这个安排很合适，很合理，也有个别人嘀咕：这秦磊才来没几个月，就跳上了吴清华！

盯着东山头那张粉色纸上的毛笔字，吴清华B角：秦磊。秦磊听到自己怦怦的心跳声："我要跳吴清华啦！"

"高兴吧！我早就说了，非你莫属！我料事如神！"晓梦歪着头说。

"晓梦，你对我最好！"秦磊挤出一丝笑容，两行泪水挂落在脸颊上。

"小秦，要好好练哦！"老团长不知啥时站到了她们的身边。

"是的，我一定要好好练！"秦磊低着头看着脚尖。

"下午，要开动员大会，会上，你代表学员队发个言，表表态。"老团长笑着走过了那两排合欢树。

"不！不！不！团长，我不行！"秦磊似受了惊吓。

"这孩子！哪怕就说一句话！"老团长笑着走了。

"你就说几句啦！要不要我帮你写几句？"晓梦很热心。写稿子是晓梦的强项，她也是团里的"小秀才"，文工团广播站常向晓梦要一些演讲稿或是朗诵诗，晓梦也总是很乐意地伏在桌上写东西，似乎比练功还认真些。

那天下午动员大会自己有没有发言？过了很多年，秦磊总是在问自己。

说了吗？没说？晓梦帮写的那张纸她拿出来了，但又没好意思读下去。秦磊记得自己心中太慌了，好像就说了一句：我一定跳好吴清华！

艺校园的合欢树已绿是绿红是红，粉粉的碎密密的花似霞若云。

舞之渡

"祝贺你！"秦磊似受了惊吓抬起了头，文康站在了自己的面前。

秦磊掉头就走。

"秦磊是主演了，了不起了！"文康声音重了起来。

秦磊头也不回，跑回了宿舍。

进门时她看见文康的身影还伫立在合欢树下，细细高高的，孤零零的。秦磊心中一疼。

趴在枕头上，秦磊哭了。自从前些日子从海边回来，秦磊就一直躲着文康。半军事化管理的文工团禁止学员谈恋爱，但感情这东西如这春风儿一样，说来就来了呀。

如果说以前秦磊觉得自己一个乡下女孩，与家在苏南的文康隔着一道鸿沟，那么，现在就隔着万水千山了。秦磊觉得自己更加不配这个很洋气一看就是大城市的人，更重要的他是将《梁祝》拉到自己心里去的小提琴手。

自己有了什么变化呢？秦磊不止一次问自己，没有啊，真的没有啊，功照练，舞照跳，但只要一闭上眼，秦磊就感觉到工宣队代表征建国压在自己身上死沉死沉的，那红红的面庞上喷出来的热气，还有，那只乱伸乱摸肮脏的手……

从海边体验生活回来，秦磊的话就更少了。

以前她的话就不多。秦磊知道，自己骨子里是自卑的。

文工团舞蹈队的女生几乎都是一堆一堆活动的。苏南几个喜欢扎在一起，说着无锡话、苏州话；湖城城区的几个也是一堆的，还有几个父母都是京剧团、淮剧团的。晓梦是和书本一堆的，还有自己，是和练功在一堆的。这是秦磊心里感受到的。自己是农村来的，除了练功和舞蹈，自己什么都和别人不好比。

从海边最后那一晚开始，秦磊就似得了一场大病，总是恹恹的。秦磊觉得，自己脏了，就更不如别人了。

只有在练功场上，秦磊拼了命地旋转、大跳、倒踢紫金冠。

"秦磊，你练功比以前更狠了！"晓梦对秦磊竖着大拇指。

而文康总是有意无意地关注着秦磊。秦磊不看他。在去食堂的路上，有好几次，文康或快或慢地跟上秦磊的步子，秦磊总是避开了。

第六章

合欢花的红云在夏风中细密密地绽放，凋谢的许多花朵将这条沙石路两侧铺出了两条花径。端着脸盆的学员们都有了心思，三个月的试用期快满了，转正的事情成了大家经常交流的话题。

转正意味着有了正式编制，转正意味着可以拿着介绍信去乡村去农场转户口，告别面朝黄土背朝天的日子，更意味着从此坐稳了文艺这把椅子，还有，转正就可以加工资……

秦磊练功更狠了，总是将腿高高地搁在练功房的墙上一动也不动地耗着，她嫌一米二的把杆低。

早晨天没亮，秦磊就跑到练功房去，晚上，大家都洗过澡，秦磊才拎着舞鞋回宿舍。

"你这不是练功，你是拼命呢！"晓梦惊诧地看着秦磊从芭蕾鞋中拿出来一小团纱布，血渍斑斑。秦磊的左脚前三个脚趾背部都磨破了。秦磊用棉签蘸着紫药水往脚趾上涂。

"没事的！"秦磊笑笑。

这些天，她满脑子里都想着转正这件事。谁不把它当成头等大事呢？团员们经常围在一起叽叽喳喳，说的也是这件事。

秦磊更多想的是母亲和哥哥，想到上次回家母亲看到自己那套练功服和芭蕾鞋时的欣喜，她用手抚摸着练功服印上的那红色的三个字"文工团"。团里发的练功服上衣胸前有着鲜红的三个字，这是每个学员的骄傲。秦磊回家特意带了给妈妈看看。15瓦的灯光下，母亲的眼眶先是发红继而泪水晶莹，她低着头抚摸着米色缎面的芭蕾鞋说："秦磊，一定要跳好舞！跳出去！可惜你父亲看不到了！"

　　"秦磊——秦磊！"晓梦高一声低一声地叫唤着。

　　是开饭的时候了。扎着两根短辫的晓梦手举着两只饭盒，站在那条沙石路上。

　　文工团的伙食很好，主要是得益于徐福安、孟吉祥两位大师傅。红烧肉圆、红烧鱼、红烧肉，凡红烧的都是徐师傅的手艺，孟师傅负责白案，馒头、包子做得松软得很。学员们不止一个人问："孟师傅，你这面是如何发的？"孟师傅总是憨厚地笑："就那么发的呢！"再问，孟师傅又是一句："多揉啊！面揉熟了，就好发了！"

　　徐师傅、孟师傅一个高高胖胖一个矮矮胖胖，被大家喊成"弥勒佛"，喊来喊去就变成"高弥佛""矮弥佛"。两位"弥勒佛"师傅随便学员怎么叫，总是笑眯眯地往学员的饭盒里舀上精心烹制的各式菜肴。

　　其实，除了乐队的学员，大家都不敢放开肚皮吃的。舞蹈队的谁也不敢吃个十分饱。

　　"哎，说是这几天就要发表了！"喝汤的晓梦忽地冒出一句，

　　　　　　　　　　　　　　　　　　　　　　舞之渡

"什么表？"秦磊听到自己的心里"咯噔"了一下。

"就是那个转正的表啊！"晓梦开始品尝碗中的红烧排骨。

"你拿到了吗？"秦磊漫不经心地挑着饭粒。

摇着头，晓梦端着饭盒跑到汤桶那儿去盛汤了。

"表格发下来了吗？你看到名单了吗？没有人通知我啊！"似乎云淡风轻的秦磊心中已是翻江倒海，全是问号、焦急，还有不祥的预感。

自打从海边部队营房回来，秦磊直觉自己已经得罪了那个人，那个将自己压在身下，但终没有解开自己腰带的人。秦磊心中常常想到这个工宣队代表，想到"那个人"。但秦磊也知道，自己其实是害怕那个人的，那个能决定自己是否能演吴清华的人。

午饭后，秦磊端着水盆去了河边。满是汗渍的练功服泡在盆中，清水已变了色。

中午的太阳有点热了，阳光穿透长长的柳枝柳叶，在水面上洒下光斑一片。堤岸的芦苇叶子长得宽宽的，往年在家里，此时的妈妈该去打芦叶了吧？再有几天就是端午节了。

这绿绿的芦苇和自家门后河岸边的芦苇长得一模一样，芦苇叶的倒影映在水面上，风一吹，就碎出许多的褶皱，像极了秦磊密密的心思。做棵芦苇真好，不要去想这个想那个，无论演不演吴清华，转不转正，它都直着腰秆，阔大的叶子在太阳下泛着绿油油的光泽。

秦磊被自己的想法惊住了。不是的！自己千辛万苦为的是什么？小心翼翼为的是什么？不就是喜欢舞蹈，要跳出个样子吗？

妈妈的嘱托再次在心中回响：一定要跳好舞！跳出去！

当时，转正后工资就是 36 元。

"嘿！小秦，想什么呢？衣服漂了！"秦磊看见丁老师站在岸边。

哎呀！蓝色的练功服都在河水中漂远了！秦磊挽起裤管就想下水。

"别动！这水塘不大，但很深的。"丁老师从堤坡上捡了一根长长的树枝，站在小码头的尽头，长长的胳膊连带着树枝向河塘中央伸了出去。

"谢谢老师！老师也来洗衣服？"秦磊接过捞上来的练功服，绞着水很是感激。

丁老师端着的是一盆尿布，他家刚添了一个胖小子。秦磊张了张嘴将一句话咽了回去：怎么您自己来洗尿布啦？秦磊印象中，这洗尿布从来都是女人做的事，自家庄子上还没看过男人洗尿布呢！何况，丁老师是谁啊？

丁俊，文工团男一号，洪常青的扮演者就是他，以前团里排《白毛女》大春也是他。他个儿高高的，胳膊、腿长长的，在舞台一站那形象气质没的说。就这次《红色娘子军》，A 角洪常青还是丁老师担纲。刚进团，就听早来几个月的女学员喊喊喳喳：前线歌舞团来要丁俊老师，可他自己不愿意走，因为他老婆在街道小工厂工作，带不过去。太可惜了！

丁俊老师说话总是很平和，可一进排练场，就立即"洪常青"上身了，大家都这么说。披腿转、剪式跳、腾空两圈再落地，丁老师稳稳当当地落地，双手五位打开。真是好看极了！一点儿不比上海芭蕾舞团那个"洪常青"差。这是全团公认的。

"小秦，下午排练后我们留下来，将《常青指路》那片段练一下，我请唐涛也留下来。去排练房来合一合？"唐涛是饰演洪常青警卫员小庞的老师，也是文工团建团时就来的老师。

"好的，谢谢丁老师！"秦磊很激动。

《红色娘子军》第一幕、第二幕、第四幕都有吴清华、洪常青的双人舞，丁老师主动地发出邀请，秦磊感激中又有些忐忑："我行吗？"

"你肯定行！"丁老师端着瓷盆，挺直着身板上了岸走在了沙石路上。

"你肯定行！"秦磊看着眼前水塘这波纹，一圈圈地在太阳下闪着欢喜的光。有风吹过，水湄间的芦苇瑟瑟轻响："你肯定行！"秦磊心中有点欢喜："我肯定行！"

"今天，我们要学习《人民日报》社论。"征代表坐在主席台上，扬着手中的报纸说。那一阵子，文工团每天下午都是要集中进行政治学习的，而这政治学习主要都是征代表负责。每次老团长开个头，然后就是征代表读报纸，再让声乐队、舞蹈队、乐队还有美工队等队的队长们表态发言。

晓梦每次政治学习都是坐到最后面一排，征代表读报纸之时，就是她悄悄翻阅唐诗或是宋词之类小册子的时候，坐哪里腰板都是笔直的秦磊是晓梦最好的"屏障"。

"大家认真点好不好！""叭"的一声，征代表将手中的报纸拍在了讲台上。晓梦一惊坐直了身子，手中的唐诗已塞到了屁股下面。秦磊拉着晓梦的手团在自己的手心，秦磊的手很长很暖和。

前排的人骚动起来，原来是乐队几个学员在笔记本上写乐谱又不遮掩，还相互交流，用笔在笔记本上点来戳去的。

"你们几个，站起来！"征代表铁青着脸，双手背在了身后。三个写乐谱的学员站了起来，隔了几排的秦磊直起腰看了看松了一口气，没有文康。

"大家学习要认真，毛主席的文艺战士要有政治觉悟的嘛！先坐下，回去队长要加强教育。还有，团支部、团小组要发挥作用。"老团长不紧不慢地发了声，征代表也不好再说什么。

春天的花儿为什么不红？

四月的风儿为什么寒飕飕！

晓梦在纸条上写下了这两行字，学习结束递给秦磊。秦磊瞄了一眼，将纸条团成小团塞进了自己的衣袋，转身走了出去。

"这样走形式的学习，活活耽误大家的时间！真的，还不如练功去！"散会之时，大家你一言我一语地走出了会议室。

"春天的花儿为什么不红？四月的风儿为什么寒飕飕！"晓梦一蹦一跳地大声朗诵，舒叶老师伸出手指点了点晓梦的头，秦磊拖着晓梦往宿舍跑。

秦磊不太知道晓梦这两句话是什么意思，但肯定是对开会、学习有意见，让领导听了不高兴的话。

这次学习以后，下周很意外地没有再通知学习。

晓梦坐在床头上捧着《简·爱》笑着说："征代表和团长他

们去市里参加干部培训班了，他们自己去学习，没时间管我们了！三天呢，自由啊，乌拉！"

秦磊看晓梦乐不可支的样子，忍不住也笑了："我们去练功吧！"

"你去你先去！我今天要将这本书看完。"晓梦手直舞。

练功房空荡荡的，秦磊依旧搁腿、压腿、踢腿，偌大的练功房只有秦磊一个人的身影。秦磊很开心，不一会儿，她对自己说："开了！浑身的关节松了下来，开了！"

秦磊看着大镜子里的自己：红红的面庞，乌黑的眼睛长长的睫毛，扬起手臂立起脚尖，一个后控腿135度，漂亮！她忍不住笑了一下。秦磊对自己的基本功舞姿很满意，如果，梳上一根长长的独辫子，一身红衣。她很是自信，绝对能跳好吴清华。可是，可是，这吴清华到底给不给自己上呢？

抱着双膝，秦磊坐到了垫子上。尽管团里宣布了出演的人员阵容，尽管大家都认为吴清华非秦磊莫属，但是，但是……海边部队营房的那次拼命抗拒，回来明显地感到征代表的冷漠与冷落。跳吴清华对秦磊有着致命的诱惑，更与自己能否转为正式的文工团团员密切相关。

"磊儿，好好跳，一定要跳出去！不要再回到这个地方来！"母亲的声音又回响在耳边。秦磊眼眶湿了，她明白母亲，明白母亲对那个长着老苦楝树的几间小屋爱恨交织的情感，秦磊知道年方四十的母亲不易。

秦磊的父亲以前在湖埭的报社工作，年轻气盛不知说了什么话顶撞了什么领导，就被戴上了右派的帽子，被发配到这乡里来，师范毕业的母亲做了大队小学的教师。祸不单行，父亲得了肺病，在秦磊四岁那年离开了人世。现在秦磊想起父亲，总是一个模模糊糊的影子，个子似乎很高。哥哥的精神也时而正常时而糊涂，这个家全是做小学老师的母亲撑着。

那件事情秦磊不愿想，但它却又常常钻进脑袋。练功时、晚上睡觉前，甚至在梦里。"妈妈，妈妈！"秦磊默默地喊着母亲，泪水沾湿了枕巾。

十八岁的秦磊知事了，当那日下午自己去公社演出，后临时接到通知，留下来晚上参加文工团招人的考试。她回家后遇到了那件事。

那日下午公社宣传队演出刚结束，公社负责招考的那位干部就通知秦磊他们：你们三个留一下，一起吃个晚饭。晚上文工团的老师要再看看你们的动作。

秦磊心中一喜说："领导，我叫秦磊，麻烦打个新民大队部的电话，我妈妈就在隔壁小学里教书，告诉我妈我晚上要考试，要迟点回去。"

秦磊很开心。文工团招生的三位老师，让秦磊他们三个人站着，那位女老师量了他们的胳膊、腿，最后还问了家庭情况。

那卷头发的年纪大的老师问秦磊："你家中有人学过舞蹈吗？你在哪儿培训过的吗？"最后直夸："这女孩就应该跳舞！"女老师说，这身材就是黄金比例！几位老师对秦磊的赞赏溢于言表。

老天扯下漫天黑幕。从公社到家有五六里地呢，可是秦磊的眼前心中全是阳光，星光下秋日田埂上枯黄的小草她都看得见。秦磊哼着《万泉河水》一蹦一跳地往家走，要向母亲报喜，要告

舞之渡

诉哥哥。夜色中,秦磊仿佛都看见妈妈脸上的笑容了。

那日,村子里放露天电影,这样的机会村里人是不会错过的,哥哥也从来不错过这样的好机会。但母亲一般不去的,妈妈要在家批改学生的作业。

月光下老远她就看到自家的三间房子,但房子里没有灯光。秦磊加快了步子,家门却在里面被反扣上了。

阵阵喘息声,衣衫的窸窣声。屋里传来一个男人的声音:"我说话算数!大队的公社的证明都由我来办!这么多年,你不懂我的心思?"母亲的声音:"我就这么一个女儿,你要帮我!"然后又是喘息声,床板摇晃的咯吱声……"

十八岁的秦磊立刻知道是怎么回事了。在村子里半大的姑娘都知晓这些事情,田地里、打麦场上人们毫无顾忌地说着睡觉什么什么的。她折回头向放露天电影的大队部那儿快步走去,一直待到电影结束。再回家时,家中灯光亮着,母亲在昏黄的灯光下备课。母亲一直是村小的优秀老师,家长们都想让自己的孩子到母亲的班上去。她是个好老师,每天晚上回家,总是带着一堆学生的作业本。

秦磊很平静地告诉母亲,自己可能被文工团的老师选上了。母亲的泪水流了下来:"好!好!好!"

那一刻,秦磊特别害怕文工团万一不要自己怎么办?妈妈的心血或是牺牲不是就白费了?秦磊等,母亲也在盼,终于在等了三个月后,盼来了地区文工团的录取通知书。尽管还有三个月的试用期。

那个子高高的男人说话也真是算话,管着八个生产队的大队长在公社里说话也是有用的。当地区文工团的通知到了公社，他笑眯眯地将介绍信、政审单什么的都办好了送到家中来的时候，秦磊借口去村口的裁缝家取衣服，拉着哥哥一起出了门……

第七章

艺校园满园绯红，合欢花以欢欣的盛开拉开了仲夏的序幕。

"秦磊！"练功房门被推开，是文康！

"宿舍没看到你，估计你就在这儿。"文康似乎一点儿也没计较秦磊近来对他的不理不睬。

秦磊脸红了："我也只有在这儿练功嘛。"

"你最近发生了什么事吗？总是不理我！"文康很认真地看着镜子中的秦磊。

"我没有什么事啊！"秦磊的脸更红了。

从海边回来后，她非常难过甚至羞耻着，但她又不止一次对自己说："多大的事啊，没有什么事！"说到底，那个人又没有把自己怎么样。

秦磊转过身垂下眼睫毛摸着辫梢问："你还好吗？"

"不好，我非常不好！"

"为什么？"秦磊抬起了头。

"因为你不理我，你眼中没有我！你要演吴清华就不理我了！"文康盯着秦磊的眼睛。

"不是这样的！我不是这样的人！"秦磊眼眶红了。

"秦磊，我知道你不是这样的人！"文康一把攥住了秦磊的手。

"今晚，我在池塘那儿等你，7点，我有事找你，我有话要对你说。好不好？好不好！"文康的手又热又烫。

点点头，秦磊拎起芭蕾鞋跑出了练功房。周六晓梦照例是回家了，王秀玲和声乐队的女生去看电影了，舒叶老师前些日也回南京了。宿舍里，只有秦磊，看着小闹钟嘀嗒嘀嗒地走着，秒针、分针一圈圈转动着。

在沙石路两侧梧桐树下的阴影中，秦磊迈着长腿悄无声息地走着，心中开始有点慌慌的，走着走着却又不慌了。艺校园里，晚上一对一对的学员走着谈着笑着，也是常有的事情。

秦磊是有主见的，自己又不是去做见不得人的事，最多被人说谈恋爱。自己是喜欢文康的，喜欢文康的洋气有文化，家又在无锡，听说他家是有小洋楼的，父母亲都是大学老师。不管怎么样，关键是文康也喜欢自己。

其实，这一阵子，秦磊似乎有点想通了：由于自己的竭力抗拒，自己又没被那个人真正地占到什么"大便宜"。那么，她完全可以坦然面对文康，自己深爱的文康。

很多年后，秦磊还记得自己走在沙石路上向北面走的心情，欢喜、甜美、快乐，那是一种从来没有过的感觉。

"秦磊！"文康轻声喊道。

文康就站在池塘边那棵大柳树下，他几乎与夜色融为一体。

天色墨黑，没有月亮没有星星。很多年以后，秦磊想想还是奇怪，那晚上的月亮和星子都躲到哪里去了，是存心给他们留下一个空间吗？

"我来了！"可能是走得急了些，秦磊有些气喘吁吁。

"你找我有什么事吗？"

"没有事我就不能找你吗？"

"能找我啊！"秦磊扬起了嘴角。

"我们谈朋友，好吗？"

"好的。"

"我可以抱抱你吗？"

文康伸出长胳膊双手一拉，就将秦磊也拉进了树影中，几乎拉进了怀中，秦磊都能感受到文康呼出的热气。

秦磊心中一热，整个人就扑进了文康的怀中，泪水流了下来。文康紧紧地拥着秦磊，俩人什么也没说，也不知道就这样抱着站了多长时间。

六月，池塘边已经有小虫子呢喃了，还有一些蠓虫飞来飞去的。夜色无边，暗暗的水波粼光一闪一闪的。

"我们会一直好下去！"文康伏在秦磊耳边。

"好的！我最喜欢听你拉《梁祝》！"

"听着，我要拉一辈子给你听！秦磊，我爱你，知道吗？我要你，知道吗？"文康颀长的身体也热了，他双臂紧紧地抱着秦磊。

"文康，我知道！为了你，我什么都愿意做！"秦磊觉得自己变成了一个孩子，又变成了一个母亲，只要能让文康高兴。

文康什么也不说，低下头一下子吻上了秦磊的嘴唇。秦磊仰着头不知道如何是好，俩人牙齿磕着牙齿。猛地，文康一下子吮住了秦磊，秦磊也回应着文康。

老柳树不见了，小虫儿不见了，这池塘也不见了。只有眼前的这个人，秦磊任由他的手抚摸自己的头发、面庞，搂紧自己的腰肢。秦磊没有拒绝，将头埋在文康的怀里，听着他的心跳听着自己的心跳。

就这样子吧！就这样子吧！死了也情愿了！秦磊热泪滚滚。

"秦磊，就这个样子，我死了也愿意啊！"似听到秦磊的心声，吮着秦磊的耳垂，文康轻轻地说。

"别跑，别跑！我看到你了！"一阵脚步声，几道手电光在沙石路边、池塘西侧乱晃。"出来！出来！"是粗哑暴怒的声音。秦磊一惊，迅速推开了文康。文康也一声不吭，俩人静静地站着。

"不要跑！"手电的光在池塘边的树丛中乱晃了几下，又向南边跑去。

俩人已是热汗满面，心若打鼓般"怦怦怦"地跳个不停。

"我们先回去吧。"秦磊开腔了，她想着王秀玲她们几个看电影的也差不多要回宿舍了。

文康猛地又抱住了秦磊："小磊，记着，我爱你！你永远是我的！"

"你先走！我看着你走。"文康松开了秦磊，从地上的黄挎包里掏出一包东西，"回去试试，专门从无锡买了带给你的！你穿肯定好看。"

秦磊回到宿舍，将头发梳了梳，迅速洗了洗脸，对着镜子看了看，脸红扑扑的，眼睛亮亮的，嘴角翘翘的。

打开文康给自己的那包东西，里面是两件的确良衬衫，一件淡青色上面有着密密的小白点，尖领的；一件是茜红的铜盆领式样，真洋气真好看。秦磊只有一件白的确良衬衫，还有两件格子布的，其中一件红格子的，一件蓝白格子的。那是接到文工团录用通知，妈妈特意到乡供销社扯的布，在村口裁缝店做的。

忽地，外面传来许多的脚步声，杂乱又急促。"东边！东边！"秦磊将衬衫往被子下一塞，出了门，跟着跑的人们一起向东跑去。

艺校园东边有一条大河，有人叫串场河，有人叫小洋河。文工团一律不准学员们去这条河洗衣服、担水。大河又深又宽，很危险。团里的学员包括老师们都是到校园北面的大池塘里用水。食堂的大师傅也是用大池塘的水，用明矾沉淀了再烧水煮饭什么的。

"有人跳河了！""真的吗？""不是我们团的吧？"惊慌失措的一堆人围在河边。

"回去，回去！没有什么事情！"征代表与几个团长不知从哪里全冒出来了。

突然有一只手在人群中扯了一下秦磊，"回去吧。"是文康的声音。

跟在文康和几个男生后面，秦磊莫名地心慌，之前那种巨大的喜悦与好心情没有了。肯定出什么事了！

艺校园内主要住着两大剧团的人。校园东侧基本是淮剧团的办公用房、练功房，还有文工团、淮剧团的宿舍用房。校园西侧就全部是文工团的地盘了：两层小楼的办公用房、会议室，乐队的用房、秦磊她们一排学员的宿舍，再后面就是一个大大的练功房，练功、排练、节目合成都在里面进行。最后面就是文工团的大食堂，也是两位"弥勒佛"大师傅的"领地"。

文工团的人似乎比淮剧团的人神气，有高人一等的感觉，秦磊进艺校园没几日就感觉到这一点。

王秀玲说："淮剧团就是唱戏的，戏班子的。"

晓梦笑道："我们呢？"

王秀玲正色："我们是学艺术、搞艺术的。"

说心里话，尽管秦磊不怎么喜欢王秀玲，但在这一点上，倒是同意王秀玲的说法："文工团就是搞艺术的。"

"就拿大家最近都在关心的编制问题来说，文工团是全民事业单位，享受干部待遇；而淮剧团的性质是大集体，工资标准比文工团略低一些。文工团招生讲究文化素质，至少是中学毕业的，还有十几位大学毕业的老师；淮剧团呢？招的学员基本都是农村的，十来岁就来学唱戏，练毯子功。

"我们练芭蕾，讲究开、绷、直，舒展、上扬；而你看淮剧班的学员，踢腿都是勾着脚尖。我们足尖碎步都是抬头、提气；他们走圆场都是含胸、云手啥的。"

晓梦说起来倒是上纲上线一套一套的。

难得的，宿舍里的三个人在这个问题上达到了统一。王秀玲对着晓梦竖着大拇指笑，王秀玲笑起来还是挺好看的。

舒叶老师微笑道："也谈不上什么高低，不过，晓梦这样一说，这里面倒是有着中国文化与西方文化本质上的不一样。西方的艺术更为热烈奔放与个性张扬，我们国家的戏曲有着含蓄与隐忍。这和一个民族的文化传统与继承发展也有一定的关系。"

在秦磊的印象中，舒叶老师一般是不参与学员的说三道四中去的。舒叶老师是晓梦的舞蹈指导老师，有时候晓梦就对着老师撒娇："老师，表个态嘛！"舒叶老师也只是微微笑着。

到底是大学生，说话有水平！秦磊真心佩服舒叶老师。

第二天一大早，在练功房里正在踢腿的秦磊，听外面嘈杂声一片，从窗户中看到许多人从不同方向往东边跑。晓梦一把拖住秦磊也往外跑，不一会儿，练功的学员都跑出去了。

昨晚到底出事了！

晓梦与秦磊到了东大河边，只见一具水淋淋的尸体横在河岸边，一块白布盖在上面，只看到泡得肥大的一双脚露在外面。晓梦紧张得脸色发白，躲到了秦磊的身后，嘴里发着"咝咝"的声音，又忍不住探出头来向河岸看去。

"文工团的学员回去练功！"征代表的声音又威严地响了起来。

"孩子们，回去吧！"老团长催促着不想走的几个大胆好奇的男生，"回去吧！"

五十来岁胖胖的老团长个子高高的，在部队里是个营级干部长，应该带过好多兵吧？老团长总是穿着没有领章洗得发了白的军装，开会的时候总是说"同志们"，平时看到学员们就叫"孩子们"，笑眯眯的。

今天，进了练功房的学员们一个个散了神似的噤声不语，没有人有心思练功了。倚在把杆上的晓梦拎着芭蕾鞋，伏在秦磊耳边说："这是我第一次看到真的淹死的人！"

事情后来清楚了，那是淮剧团的一个演武生的演员，最近被团内批斗。政治学习时淮剧团的工宣队代表点武生的名：思想意识不健康，和一个女演员关系不清不楚。而偏偏这女演员的丈夫在部队里，"破坏军婚"一顶帽子完好地戴到了他的头上。

　　年轻的武生很冤枉，自己什么都没做啊！那女演员要向他学毯子功，他拒绝不了。他能飞身打十几个旋子，乌龙绞柱也能在舞台上绞上一圈，然后站起身来一个弓步亮相，剑眉星目英气逼人，总是赢得满场的掌声。

　　"台上一分钟，台下十年功！这样的演员太优秀了，大家要向他学习！"淮剧团的团长开大会时号召。于是，那女演员就缠着武生要学乌龙绞柱。

　　看着女演员乌溜溜的圆眼睛溢满了恳求，团里领导又在大会上那样要求，武生推也推不掉了。于是，在每日练功之后俩人就单独指导、练习。

　　甩腿、顶胯、推手是乌龙绞柱的三个基本技巧。

　　"你要将右腿大幅度甩开，左脚随即跟上去，然后顶胯，速度要跟上，推手用力……"武生认真地教，但女演员练了几日没有成效。她右腿甩开的幅度太小，武生急了一头汗不得不用手去帮助扳腿，不知怎么又被人看到了，三传四传就与"破坏军婚"挂上了钩。为整肃团纪团风，又抽调了几个人专门为武生办起了"小班子"。

　　性情本就刚烈的武生想着自己才22岁，名声尽毁，又想着在乡下就指望着儿子出人头地的老妈妈很难过，但写了几次检讨书都过不了关，说是"态度不端正，没有细节"什么的。武生咬了咬牙，就想逃出这关他三日的半间房子。趁着晚饭后上厕所的时间，身手本就矫健的他从厕所那半截墙上飞身跃出。老子不在这儿干了！老子一身好本事，此处不留爷，总有留爷处！

后来就是秦磊和文康在池塘边听到的追赶的动静。武生应该不是想投河的，也不知怎的就失足坠入了东大河，第二天被人捞了上来，卷在了白布里。

淮剧团的人背地里说，武生和那女演员根本就没什么事，最多也就是相互有好感而已，硬生生地被逼掉一条命，为这事，宣传部将三个团的班子所有人都召去开会。当时，地区还有个京剧团，团部与宿舍在一个大院子里，就在艺校园的路西侧。开会说了什么晓梦不知道秦磊就更不知道，只是，每个团回来都办了三天整风学习班，每个人都要写思想汇报。

一个人没有了，如同一阵风刮过，树叶瑟瑟地响了一会儿，一切回归日常。谁又会记着谁呢？过了多少年，秦磊都认为这就是人生的真相。

只是，学员转正、解决人员编制的事儿似乎没有人再提了。

秦磊的日常还是练功，但因有了文康，心情大好面容明媚。她每天哼着《梁祝》进进出出，绣花时也在哼着《梁祝》。

那一阵子团里也不知道是谁开的头，女学员们开始做女红，掀起绣花的热潮。从自己做胸罩到绣枕套，几个宿舍的女孩子们都拿起了绣花绷子，兰花、牡丹、金丝菊没几天就一朵一朵地在白布或是粉布上绽放了。

每日午后或是晚上，几个宿舍里都是静静绣花的女生，绣枕套或是绣手绢。过不几日，有的男生床上也出现了绣花枕套。其他的男生就会让其请客：谁送的？要不坦白，要不请客，要不就告到征代表那儿去！快快选择！于是，一宿舍的人心照不宣悄悄地出艺校门，往路西侧那家小饭馆，点上4碗阳春面，3两1毛1分钱一碗，那种外侧有一圈蓝杠的大碗，再加一盘炒肉丝和一盘炒猪肝。

吃完了抹抹嘴，男生们勾肩搭背走成一排，"啊朋友再见，啊朋友再见，再见吧，再见吧"的歌声在夜色中四处荡漾。在那个岁月，南斯拉夫电影深入人心，电影中的插曲人人会唱。路人听了很是开心道："肯定是文工团的，唱得这么好！"

刚洗过澡的秦磊，长发披在肩头上，轻巧地拈着绣花针在竹绷上里里外外地绣，嘴角上扬哼着"万泉河水清又清，我编斗笠送红军……"

"秦磊你绣花的样子太好看了！"晓梦看着秦磊一笑。

晓梦又从家中又带了几本书：《牛虻》《钢铁是怎样炼成的》《红与黑》。"喏，这本《简·爱》先给你看，世界名著呢！不要告诉别人！"

"你自己看吧！"秦磊看书看不下去，她觉得看书不如绣花，更不如练功，就是浪费时间。

"秦磊，你多看书会更漂亮的。"晓梦盘腿坐在床上，装模作样地长长叹息。晓梦说的话和说话时的样子，秦磊过了几十年后都记得。

但秦磊动手能力真的很强。她向隔壁几个无锡女学员讨来了花样子，用复写纸描下花样，没几日的工夫就绣出了两片枕面，淡蓝色的兰花飘逸悠舞在洁白的底子上。秦磊又去观摩隔壁女生的手艺，没几天工夫，又缝出了两只带荷叶边的枕套。

星期天晚上，从家中回来的晓梦一看荷叶边的兰花枕套，大喜："秦磊，淡雅，漂亮！是给我的吗？你一只，我一只！"

秦磊笑着打了下晓梦的手："这已有人订了。你喜欢，我再替你绣。"

秦磊将一只枕套送给了文康，文康高兴道："我舍不得用，你也不要用，两只都存我这儿，将来我们放在新房里用！真没想到你手这么巧！"

文康宿舍的另几个男生今天都上街了，他轻轻地拥抱着秦磊说："好不好？"秦磊伏在文康怀里幸福地笑："我听你的！"

晚风中，栀子花四溢出甜蜜的芳香。

学员宿舍后面是几棵大的栀子花树，夏风中，都是栀子花的香气。

第八章

"秦磊，帮个忙好吗？将那根竹子递给我！"王秀玲站在床上。

去前线歌舞团学习一个星期的王秀玲回来了，正站在床上挂粉色的尼龙蚊帐。团里常将有培养前途的学员送出去学习，王秀玲这是第二次被送去学习了，据说是文工团有排演歌剧《江姐》的方案。声乐队的学员特别羡慕，但王秀玲的音色甜美高亢，别人还真是比不上。多少年以后，大家都不说某人嗓子好了，而是讲声线好。

自从《红色娘子军》演员名单公布以后，王秀玲对秦磊客气了许多，不再似以前那样排斥了。王秀玲出去学习，秦磊是高兴的，没有王秀玲在的日子，她感到少了许多压力。

"你怕她干吗？"晓梦问秦磊，"就算她歌唱得好，也不能欺负人。你舞跳得好，她也跳不起来！"

"晓梦，你当然谁也不怕！"秦磊笑笑。她心中说：我要是有个当宣传组组长的爸爸，也会谁也不怕。我还要让别人怕我。

夏日，艺校园里的树多花多，蚊子也多，学员们都挂起了蚊

　　　　　　　　　　　　　　舞之渡

帐。在外面人家都还是纱布蚊帐的时候,时髦的文工团团员从苏南学员开始,一个个都挂起了尼龙蚊帐。而王秀玲这次从省歌舞剧院学习回来,竟然在新街口百货公司买了顶粉红色的尼龙蚊帐,大家就都跑过来参观了。团领导看5号宿舍人进进出出的,以为出了什么事儿。

"吃糖,吃糖,大白兔的!"大家哄笑着吃着糖,王秀玲觉得很有面子,将带回来的大白兔奶糖分发给大家。

人全散去了,王秀玲笑着坐在秦磊的床边:"秦磊,有件事,你能帮我个忙吗?"

秦磊愣住了,王秀玲以这样和缓甚至讨好的语气对自己说话,这太阳从西边出了。

一只精致的深蓝色丝绒盒子,上面印着金色的"金星钢笔"。还有一小盒巧克力,是个咖啡色的圆铁盒子。王秀玲捧到秦磊面前:"你帮我,送给他好吗?巧克力是给你的!"

秦磊头"嗡"了一下:"送给谁啊?"其实她已知道王秀玲口中的"他"是谁了。

"文康啊!"王秀玲脸红了,难得地脸红了。秦磊从来没看过王秀玲这样忸怩甚至害羞的样子。

"哦,我不行的。你自己送给他吧。"秦磊立即拒绝,推开了王秀玲的手。

"秦磊,求求你了!"王秀玲一把拉住秦磊的手,低声下气地恳求:"我不行的啊!文康他总是不大理我,其实,我们在中学就是同学,只是不同班,我和同学还到他家去玩过。我们一起插队到苏北,又一起考到文工团。我父母和他爸妈也都认识。你就帮帮我嘛！再说，听说团里最近整顿谈恋爱的人，要是被别人知道了，我要被批评，演江姐的事儿肯定也会黄了！

这还是那个从来都神气活现，甚至趾高气扬的王秀玲吗？

"好的，我试试吧。巧克力你自己吃，我们跳舞的不准吃！"秦磊转念一想，答应下来了。

文工团对舞队的要求严过声乐和乐队。少吃米面主食、饭前一碗汤、尽量不碰甜点等，是舞蹈队约定俗成的规矩也是对舞蹈演员的内在要求。谁也不愿意自己的身材胖乎乎的，那是"自绝门户"。就连谁也不怕的晓梦每次到食堂，都会跳到磅秤上，一过 95 斤就大呼小叫，下一顿的馒头最多吃半个了。

练功房中，文康一边练琴一边等秦磊，秦磊对自己基本功训练的要求总是比别人多半个小时，总是最后一个离开练功房。

"给我的？金星钢笔！"文康溢出满面春风。

"你什么时候买的？这个牌子要南京、上海才有的卖的。"文康打开了丝绒盒子左右看着笔，很喜欢的样子。

"是王秀玲从南京回来，求我带给你的！"秦磊目不转睛地看向文康。

"什么？不是你送我的？那我不要，你还带给王秀玲！"文康脸上的笑意没有了，"你多事！你多这个事干吗？"

"那是王秀玲求我的！"秦磊笑了起来。

"你还笑！这好玩吗？"文康有点怒气了，拎着小提琴大步走出了练功房。

秦磊笑了，安心地笑了，同时心中发了愿：哪日，一定要买支金星钢笔送给亲爱的文康。

王秀玲看着退回来的钢笔，脸上非常难看："秦磊，也许是我错了，我就不该让你替我送！"

"为什么拒绝我的心意？为什么见到我就躲？我什么地方不如那个乡下来的跳舞的！"当晚，王秀玲在合欢树下拦住了向北走的文康。

文康静静地站在那儿，一声不吭。"你怎么变得这样杀气腾腾的？"他冷着脸半晌冒出这样一句，然后拎着琴盒去了池塘边。

《梁祝》深情地悠扬在夜色中，池塘边的老柳树、芦苇还有平静的水面都灵动了起来。

大跳、平转、披腿转、倒踢紫金冠，秦磊练起功来还是一丝不苟，只是脸上多了一些笑意。

尽管王秀玲再也不理睬自己，但秦磊无所谓了。

秦磊后来想过，王秀玲告诉她与文康过去的相识，乃至两家父母的相识，请她去送钢笔什么的，根本就是试探或是让秦磊知难而退。而秦磊答应去送钢笔，也是为了试探，看看文康的心。

现在，一切都尘埃落定。秦磊走过池塘边，走到合欢花树下，走进宿舍，有悠扬的《梁祝》乐声，王秀玲冰冷的面容秦磊根本不在乎了。

1972 年的那个夏日真热啊！蝉儿在艺校园四处合唱：知了——知了——知了，晓梦在床上看书，忽地大叫："知了——知了！你们叫啊叫的，到底知道个什么啊？"

"春有百花冬有雪，夏有凉风秋有月！心静自然凉！"舒叶老师穿着自己缝制的泡泡纱的粉色无袖睡裙开了口，悠悠地摇着白色的折扇。

"若无闲事挂心头，便是人间好时节！心静自然凉！"晓梦来了精神。

瞧着这师生两个一唱一和的，秦磊也笑了起来。对于秦磊来说，这个夏天是热，但如果是在自己湖垛乡下的家中，这个时候还是要下田薅草插秧的吧！下周放月假，一定要回去看看妈妈，帮着做些田里的活儿。

王秀玲在粉红色的尼龙帐子里长吁短叹，她最近情绪一直不好。秦磊知道为什么。

这个月不放假了，本来说的三天假期忽然取消了，为什么？说是宣传部和文教局的领导要来看这批学员的基本功考核，那个转正与编制的问题又在学员口中传来传去的了。这个消息传来，所有的人都精神振奋：盼星星盼月亮，终于盼到了！

秦磊心中七上八下，基本功考核，自己是不怕的。秦磊心中很有数，在30多个学员中间，自己是很出色的。说到底，她还是怕征代表。与文康相恋的美好，似乎驱散了海边那晚笼罩下的阴影。但心底的忐忑，秦磊知道，那团阴影其实一直压在心间，沉甸甸的。

秦磊一直躲着征代表，而那个人似乎忘了海边营房的事。即使两个人在会议室在练功房遇见，那个人也似没有看到自己一样，或是压根就不看自己。

晚上，东山墙上又贴出了通知："晚上全体人员到二楼会议室开会，不得缺席！"粉红色的大纸，黑色的毛笔字，最下面落款是"地区文工团团部"。这张纸这十几个毛笔字也因了这最后一行字而神圣隆重起来。

会议室黑压压地坐满了人，还真是没有一个缺席的。照例会议由老团长主持，征代表讲话，这次还多了仲导演对学员基本功展示要求的讲话。多少年后秦磊还记得，这次会议纪律是历次会议中最好的，学员们都挺直腰板坐得笔直。

这样的会议纪律能不好吗？会议内容与每个学员的切身利益有关。这世界上，凡与自身利益相关的，没有人当儿戏，没有人不关注。秦磊记得在生产队里，为谁家的鸡跑到哪家的自留地吃麦粒，邻居之间都会吵骂甚至最后大打出手。

三天后，领导要来考核、审查，团里也成立了5个老师组成的评委班子，覆盖声乐、舞蹈、器乐各专业。

"哎呀，这实际上也就是个过场罢了。"晓梦依旧捧着书，不怎么当回事。

"过场不过场，你们都要认真对待的。大家都坐在那儿看呢。"舒叶老师不紧不慢地开了腔。她是舞蹈类的评委老师。

"老师，我们怎么会不认真呢？我要是不认真，第一个就对不住您。"晓梦嬉皮笑脸，跳下床给舒叶老师倒水，再给秦磊的水杯里加水。

七月的天气按理是很热的，可考核的这天却倒还好，太阳不知道躲到哪片云里去了。练功房内南墙下照例是摆了一排长条桌，上面铺了块水竹蓝的布，宣传组来了三位领导，还有老团长、征代表坐在一旁。

集体基本功，先是声乐展示，再是乐队展示，最后是舞蹈展示。身着一色水蓝色练功服的舞队学员们朝气蓬勃，大家使出全身的解数，踢腿、旋转、弹跳。

"老杨啊，你这支队伍太漂亮啦！生机勃勃又才气冲天！"领导们的惊喜溢于言表。

仲导演微笑："再耽误领导10分钟，我们有几位优秀学员，代表各队做一下个人展示，向领导汇报！"

乐队的代表文康拎着小提琴走到了中间，穿着米色的衬衫米色的长裤，左手持琴下巴轻搁在提琴上，右手持弓弦，卷发一甩，悠扬凄美的《梁祝》回荡在礼堂中，从领导到评委都听呆了："这小伙子琴拉得太好了！人才！人才啊！"

声乐队的代表王秀玲唱的是《红梅赞》，她直接穿上了歌剧江姐的服装，蓝色的旗袍，红色的毛衣外套，一条白色的绸巾搭在脖颈上，"红岩上红梅开，千里冰霜脚下踩……"王秀玲高亢清亮的歌喉令领导们更为喜欢。

舞蹈队最后出的是一个舞蹈组合《常青指路》，演出的是丁俊、秦磊、唐涛。仲导演在前面加上了吴清华从南霸天水牢中逃出在椰林的那一段独舞，当秦磊"唰"的一个"倒踢紫金冠"时，宣传组那王组长情不自禁地带头鼓起了掌："与样板戏上一样一样的！"洪常青与吴清华的双人舞也是炉火纯青。文工团和淮剧团的全部学员都在练功房内看，外面还有闻声而来的人趴在窗户上看。

"哎呀，老杨啊，你这真是人才济济啊！我在南京看过省歌舞团的演出，我们文工团的一点也不比他们差，只有更好！"王组长兴奋得直搓手："国庆节，在地区大会堂上演《红色娘子军》！我心中有底啦！回去就向领导汇报！"

"感谢领导，大家鼓掌送领导！"征代表也是一脸兴奋，与老团长一起将王组长一行送上了吉普车。

"同志们，小鬼们，你们太替文工团长脸啦！今晚，给大家加餐！明天，放假一天！老徐、老孟，快回去弄点好吃的给孩子们吃！"食堂的两位师傅也在观众堆里笑："团长，好的！红烧肉、肉圆子、烧杂烩都有！"

秦磊回宿舍换掉了后脊梁已湿了的练功服，用热水擦了擦身上，然后换上了那件一次都没穿过的茜红色的确良衬衫。

秦磊走进食堂，许多双眼睛立刻就投了过来："秦磊啊，太漂亮啦！"秦磊知道自己穿这件漂亮，甚至可以说是艳丽，深深的铜盆领露出了锁骨，腰身也掐得正好，配上肥大的练功裤，梳着两根长辫子的秦磊整个人可说是"飘"进大食堂的。习惯了秦磊总是一身练功服的团友们，那叫一个被"惊艳"。

大家投过来赞赏甚至钦慕的眼神，秦磊很满意也很满足。文康曾经不止一次问："送你的新衬衫为什么不穿？不喜欢吗？"秦磊总是抿着嘴笑："喜欢！我会穿的。"

秦磊站起身来舀汤，头一抬，隔着两张桌子对上了文康的目光。文康正专注地看向秦磊，一片深情与喜悦，秦磊脸红了。

成功的汇报展示鼓舞着全团的士气，大家那顿晚餐都聚在食堂里，唱的笑的。老团长一个桌一个桌笑眯眯地转："多吃点，大家辛苦了！舞蹈队的今晚破例放开肚皮吃，大家明天再少吃点嘛！"老团长高兴，征代表高兴，老师们高兴，学员们更高兴。

乐队学员宿舍在最西边的两间，大家回宿舍后，提琴声、小号声还有萨克斯什么的还在欢鸣作响。声乐队的几个男生站在了宿舍门前一起合唱"我爱五指山，我爱万泉河……"舞蹈队的女生端着脸盆大都去新建起来的浴室洗澡了。

文康今天多帅啊！躺在床上的秦磊满心甜蜜，身穿米色衬衫米色长裤，拉琴的文康，卷发潇洒地一甩，下巴轻搁在提琴上，成了秦磊生命图谱中最为闪亮又永难忘怀的青春影像。

这个夏天很怪，热得不行，一大早起来满艺校园的知了就开始了大合唱。天气闷得什么事也不做就是满头汗水。秦磊每次晨练回来，浅蓝色的练功服总是湿漉漉的。晓梦最近晨练倒也积极：反正热得睡不着，练功吧，多消耗还能吃点零食。晓梦喜欢吃零食，这在舞蹈队排头一号。

"秦磊，你看天上的黑云，好像是条大龙哎！哎呀，又变过来了，变成一条老虎，不不，是狮子呢！"

的确，这老天真是怪，晓梦说每天午后乌云就在天上聚集"开会"，还真是一会儿汇成一头狮子一会儿又游成一条大龙。晓梦搬张小凳子坐在门口仰着头看天相。

秦磊心中沉沉的，按村里的老人讲，这样的天相是要出事儿的。一会儿，天就全黑下来，一排宿舍的人都冲出来收衣服。5号宿舍几个人的衣服往往都是长胳膊长腿的秦磊一个人收。

果然，大雨哗哗地下了起来，空气陡地清凉了。宿舍门口的砖头地上一汪一汪的"土地雷"，这"土地雷"也是晓梦命名的。一踩上去，"扑哧"水花四溅。舒叶老师常说：晓梦形象思维很好，可以做画家或是做作家。听说舒叶老师的丈夫就是一位知名的画家，华侨，从印尼学习回来的。

　　　　　　　　　舞之渡

文工团学员共36人，可是人事局给的事业编制只有30个，还是为排样板戏这项政治任务特批的。那就意味有6个人进不了编！当回了一趟家的晓梦悄悄地将这事告诉秦磊时，秦磊心中一点儿也不慌。她有数，舞蹈队的基本功，自己是数一数二的。晓梦又说："听我爸讲，这次文工团进人的标准，部里开会定下来了，一是看业务水准，二是看政治面貌。这业务考核过了，下面就是政审了。"

老导演负责业务考核，征代表负责学员的政治面貌审查。团里是这样宣布的。心中笃定的秦磊一点儿也没想到，政审，这两个字又幽灵般地出现在她的生命中，而这个幽灵又直接与那个人相关。

那几天，征代表一直都在找人谈话。谈什么？晓梦笑："你表现不错啊！你家什么成分？你父母是干什么的？还有你有没有谈恋爱？笑死我了。几分钟时间，就完啦！"

看着欢天喜地什么也不在乎的晓梦，又看着学员们都被叫到前面楼上会议室去谈话了，秦磊心中七上八下：怎么舞蹈队的都谈过了，还没叫到自己？王秀玲也很轻松地回来了，声乐队应该也谈完了。现在好像是乐队的学员一个一个去会议室谈话了。晓梦说的那几个问题对自己来说简直是太难了！

晚饭吃过了，天黑了，艺校园的路灯在水汽中昏黄迷蒙。秦磊想想，还是去练功房再练练吧。唯有练功，在"咚嗒嗒咚嗒嗒"的节奏中，秦磊才能将七上八下的心稍稍收拢一下。

"秦磊——秦磊！通知你谈话喽！"大路上传来晓梦的声音。

秦磊一激动，终于轮到自己了，她拎着芭蕾鞋穿着练功服就直往前面小楼的会议室跑。

文工团、淮剧团各有一座两层办公小楼，路东边的是淮剧团的，路西边的是文工团的。

气喘吁吁的秦磊叩开了会议室的门，里面只有工宣队代表征建国一人。秦磊愣住了，因为说是还要有一人负责记录的。

"秦磊，请坐！"征代表很客气。

"你前天汇报展示的表现非常好！"征代表微笑着说。

"谢谢征代表！"秦磊很谨慎地回答。

"知道今天找你是什么事吗？"

"我知道，政审谈话。"

"其实，你的情况尤其是家庭情况我们都很清楚，但你的业务条件的确出类拔萃，目前在团里学员中你真的是非常优秀非常出色。"征代表稳重地赞许着。

"谢谢征代表！真的谢谢您！"秦磊心中平复了些，也许，那次在军营中这个人真的是酒喝多了吧。秦磊轻松下来。

"前天晚上聚餐，你穿着那件红衬衫非常漂亮。"征代表又微笑着，看着秦磊说："不过，你穿什么都好看。这练功服将你的身材衬托得很好看。"

文工团舞蹈队的学员每人都发有四套练功服，其中两套长的湖蓝色，两套短的，短的上装是白色的翻领运动衫，胸前一律印着半圆形的"文工团"三个红字，下装是墨绿色短裤。今天，秦磊穿了白色的短袖运动衫，下身是长长的湖蓝色阔腿练功裤。

秦磊脸红了，面对这个常令自己有点畏惧的征代表，今晚倒不大怕了。

　　　　　　　　　　　　舞之渡

"想跳吴清华吗？你跳吴清华太适合了！"

"当然想，我天天都在刻苦练呢。"秦磊放松地笑了。

"好，你回去写张决心书。明天在团长们的会议上，我一并提出来。"看着秦磊的笑容征代表停顿了一下："秦磊，你的家庭问题有些复杂，对样板戏的主演要求是很高的，但你的业务能力是别人比不上的。可能你也听说了，这次，学员并不是个个都能转正的，不能转正的，可能要退回原地。但，你演吴清华，我是要下大力气争取的，放心！你回去写一下决心书，明天，我和杨团长商量一下，再向宣传组汇报。这件事，这两天就要定下来了。好吗？"

平时不苟言笑的征代表很客气，一口气说了这么多的话。晓梦背地里和秦磊说：不苟言笑，摆的也就是权力和威风架子啊！

文工团的学员都知道，当时，如能入了事业编制，就是干部性质，人员身份不一样了，工资水平也不一样。不能进编的有两个出路，一个是找关系分到工厂中去，可能性更大的是另一个出路回到原籍。这不进编的出路，这批文艺青年谁也不想选择，也不仅仅是工资待遇问题。

秦磊认真地点了点头。

正要出门时，征代表开口："决心书，今晚就要送给我。我就在会议室。"

今晚就要？秦磊话没问出口。征代表已低下头翻看表格了。

踩着昏黄的灯光走在合欢花的树荫下，秦磊才想起自己芭蕾鞋都忘在会议室那张长椅子上了。

今晚就要？这么急！但征代表说得也不错：明天要与杨团长商量，向宣传部领导汇报；这件事这两天就要定下来；我要下大力气帮你的；想跳吴清华吗？你跳吴清华太适合了！

踩着树影与灯光，秦磊心里乱七八糟的。她不想回宿舍，沿着沙石路她向北面池塘走去。

这几天忙着基本功的汇报展示，她没到池塘边来。才几天的工夫，芦苇叶就长得这样阔大，柳叶在夜色中拂动，熟悉的水草气息弥漫缠绕出家乡的味道。

"磊儿，好好跳，一定要跳出去！不要再回到这个地方来！"母亲的声音又回响在耳边。妈妈，你在干吗呢？是在批改作业还是在备课？

再过几天就十九岁的秦磊知道自己要面临抉择了。能转入正式编制，就能跳吴清华，跳好吴清华，就对得起妈妈的付出和期盼。如果能做主演，终有一天要将妈妈和哥哥接到城里来，这一直是秦磊心底的期盼。而这个愿望能否实现，似乎都在今晚的这个决心书上，都在于那个人是否真的肯帮忙。

不知不觉，秦磊心中又以"那个人"的称呼来指征代表。还有文康，亲爱的文康，你在哪里？你能帮我吗？想到文康，秦磊心疼了起来。她知道，文康在这事上帮不了她，但自己不能对不住文康。

秦磊被自己的想法吓了一跳，我怎么会对不住文康呢？大不了我就回妈妈身边。但回了妈妈身边，和文康还有可能吗？还有，自己魂牵梦萦的芭蕾梦，跳吴清华的梦……

池塘边的小虫子嗡嗡地猖狂飞舞，萤火虫在水草丛中一亮一闪的，池塘中的荷叶上青蛙呱呱又嚣张地叫着，星星在天上明明灭灭。秦磊不知道自己在池塘边坐了多长时间，她起身径直向会议室走去，她想，决心书她先不写了，她去将芭蕾鞋拿回来，明早练功要用，再不去拿就太迟了。也可能是自己多想了，那个人不会那么坏，他是工宣队代表啊！

夏日的天，孩儿面。刚还好好的，一滴两滴的雨点又落下了。秦磊小跑着进了楼道上了二楼，刚走到会议室门前，会议室门就开了。

"决心书写好啦？"征代表笑眯眯地问。秦磊吐了一口气说："征代表，我的练功鞋落在您这儿了，明早练功要用。决心书我回去就写，明天一大早交您。我怕今晚写出来太迟了。"秦磊看着自己的脚尖，听到自己的声音细细的。

"好的，刚才我去了一趟宿舍，鞋子在我的宿舍。正好我也要下去啦。"征代表关了会议室的灯，锁上门就和秦磊一起下了楼。文工团的这办公楼二层都是办公用房，杨团长家、征代表还有老导演都住在一楼。

秦磊心放下来了，可能真的是自己多想了。征代表开了宿舍门，摘下军帽说："秦磊，鞋子在椅子上，拿去。"秦磊向椅子那边走去，突然，电灯"啪"的一下熄了，门被关上了……

外面的雨下大了，打在后窗户上哗哗地响，那几棵大梧桐树在雨中枝叶簌簌，绯红的合欢花碎了一地。

隔了几十年后，秦磊还是想，那晚如果自己不去拿鞋子多好！又想，如果不去拿练功鞋，不走进那间宿舍，是不是就此离开文工团，成为湖垛乡下的一个农妇？

第九章

在成功展示的喜悦与即将转正定编的激励下，练功房里这几天人气满满，学员们都在赶排《红色娘子军》。

"《泼水舞》上！"导演扯着嗓子喊。"欢快些，哎——笑起来！热烈！热烈是什么，不知道吗？！"舞蹈队的学员们满头满脸的汗，没有空调的练功房里四个角都放了几台华生牌的电风扇，这也是老团长从并不宽裕的经费中拿出来买的，但起到的作用很小。每个人都在争取，以最好的表演为自己加分。

声乐队学员的情绪都不怎么稳定，现在团里的重点是放在舞剧样板戏上，要拿下几个人，也可能从声乐队里拿吧。

"怎么可能！《红色娘子军》后面就是排歌剧《江姐》，我到省歌舞剧院去就是学习'江姐'的！"王秀玲不容置疑地说。

这次基本功汇报展示，王秀玲也是一鸣惊人，她清亮的歌喉和俏丽的形象给领导留下很深的印象。只有宣传组来的一位领导对征代表说：叫那个小王将头发拉拉直，江姐是短发，不是烫发。其实，王秀玲在南京也只是烫了刘海，弯弯的很妩媚。女学员们都觉得好看，秦磊也觉得很洋气，想着什么时候也将刘海烫一下。

仲导演天天泡在排练场上，连老团长也时常跑到排练场上来看，又让食堂的两位大师傅带着杂工小郑几个人，用大桶抬来绿豆汤，说是给大家去去暑热。

文工团每个人都在忙，秦磊包括晓梦她们都不知道老团长更忙。

杨团长是从部队转业回来的，也就比学员早来几个月。市里说是要加强文工团的领导力量，在文工团这样的100多号人的大单位，仅靠一个征代表，保证不了文艺单位政治上的可靠性、作风上的风清气正的。这是晓梦偷偷告诉舒叶老师的，晓梦也是听她爸爸说的。

挟着一股冷风，披着黄大衣高高大大的团长站到了排练场上。和蔼地笑着与团员一一握手。当时，晓梦觉得杨团长长得有点像毛主席。不过团长一开口，大家就笑开了，一口地道的滨海方言，也是大家平时经常开玩笑来自北三县学员的口音。老团长是部队转业的，从北疆转业回来，怎么连普通话都不会说？那么，说湖南话也是可以的啊，女孩子们笑成一团。

年轻的舞蹈演员，貌美如花。走在街头眼中无人又引人注意的女孩子们，骄傲得紧啊。女孩们随便地嬉笑着碰了一下杨团长的手，就又舞开了。杨团长好奇地摸摸把杆，又看看整墙的大镜子，说是还没看过这么大的镜子。他站在那儿看大家合成第四幕《万泉河水》那一场，高兴地扭过头对副团长说："和样板戏一样一样的！一样一样的！"后来，这带着滨海腔"一样一样的"就成了学员们的口头禅。

大家都叫他老团长，杨团长那时也就五十来岁吧，但脸上皱纹缕缕的，两鬓都花白了。团长个儿高，人有点胖，走起路来背着手。那日，晓梦和阿玲等三个年龄小的学员，排着队背着手跟在团长后面学着踱步。团长一回头，晓梦她们转身就逃，团长大笑："这些孩子们啊！"老导演将晓梦几个叫去教训："杨团长是厚道人！"

杨团长真是厚道。晓梦告诉秦磊，老团长刚到团里一个星期，就在练功房里装上了铁皮管道，贴着墙七拐八弯的铁皮散发着阵阵暖气。老团长说，寒冬腊月的，孩子们练功都穿得单衣薄衫的，冷啊！那时煤炭计划供应，偌大的炉子一天要烧多少煤啊！团长找了他在山西的战友解决了问题。冬天，宿舍楼屋檐下冰凌挂得一串串的，太阳一出，冰凌化了地上又是一层薄薄的冰，走路直打滑，但练功房里整日暖融融的。那两个最懒的男生也觉得被窝没练功房暖和，穿上练功服把军大衣一裹也冲进练功房来了。老团长笑眯眯地背着手进来了，学员们高呼："团长万岁！"他舒心地笑着，手直摆。

但很快，大家就对团长就有了意见。春节放假结束，家在苏州的两个女学员很漂亮地出现在大家眼前：鲜红的开司米长围巾，额前的刘海妩媚地卷曲着。这么洋气啊！男生的眼睛亮着，女学员们则迅速地打听着围巾是在苏州还是在上海买的，是在南京路还是在淮海路妇女用品商店购的。校园内南来北往的人多啊，很快大家就都"武装"了起来。晓梦也请做教师的母亲托人捎来一条大红的围巾。玫红的大红围巾可以包着脖颈和面庞，只露着两只大眼睛。

那日全团开大会，近百号人坐在会议室里，团长将工作布置完，忽地就开了腔："我看舞蹈队的女孩子啊，长得漂亮打扮也不错，一个个全是古兰丹姆吗？"他似笑非笑地，"心思不要全用在打扮上，多用在业务知识的学习和练功上。"老团长是什么意思？

舞之渡

散会后那两个苏州学员红着眼圈说已被征代表找了谈过话了，说不朴素！思想意识不健康！那以后，学员们看到老团长走过来，就相互开玩笑指着说，女特务！古兰丹姆！

其实，老团长真是好人。秦磊来不久就感觉到了。定下《红色娘子军》国庆要公演之后，团长常常笑眯眯地背着手来练功房视察，有一次忽然大手一挥喊，停下停下！表演正是吴清华逃出南霸天家又被团丁追上挥鞭抽打的那一幕，A角蓝子老师跳的吴清华。几个跳丫鬟的欲解救清华又无法挣脱团丁。老团长大手一挥冷着脸指向大家："还笑得出来？一点阶级感情都没有！"学员委屈："是排练嘛！""排练也要带着真感情！"团长嗓门大了起来。这话团长说的是对的，但也有的学员不愿意听，偷偷说他一点儿艺术也不懂，还来指手画脚！

其实，就是有一次团长在练功房看大家基本功训练，说"阿贝贝子"这动作很好看！他指的是舞蹈练功组合中的"阿拉贝斯"，晓梦几个坏坏地笑着纠正说是"阿拉贝斯"！团长看学员走五位足尖碎步，额头上全是汗珠心疼："脚放平了吧！非要脚尖竖在那儿干吗？"几个调皮的学员立刻变成了脚跟走路。导演一脸无奈地笑，团长也大笑。

实习期满，要转正了。转正，是有指标的。谁心中不在乎呢？尤其是家在农村的，还有好几个苏南知青。

但最忐忑不安的是那几对有着谈恋爱苗头的学姐学长。不准抽烟不准喝酒不准谈恋爱，是文工团对学员铁的纪律。但青春和春风儿一样，说来就来了呀！

夜幕拉下，艺校园那向北的大道上，繁密的合欢树下，暗色中总有一对、两对的身影。回宿舍的时候，她们长发上粘的是粉粉的合欢花瓣儿，眼中亮闪闪的都是喜悦和神秘。大家心照不宣。在大会上被团长不点名批过两次后，这几对就转入地下了，身影儿据说转移到了城北的人民公园去了。

文康和秦磊从来也没公开过，这转正的关键时候就再也不明面上接触了，只是在排练中，或是食堂打饭时，擦肩而过悄悄一瞥的心领神会。

这两天，文康奇怪了，他再也找不到秦磊的眼神了。明明就在对面走过来，可秦磊总是覆下长长的睫毛，看着沙石路上的石子走路。

"才子，最近又有什么新曲子了吗？"晓梦欢天喜地地看着文康问，秦磊则低垂着头加快着步子走了过去。文康看着秦磊的背影大声说："《新疆之春》！要听晚上到池塘边来听！"

自然，文康连续两天晚上拎着提琴到池塘边，但只有芦苇叶子听到，老柳树听，青蛙呱呱地应和着孤单的琴声。令文康心慌的是再也看不到秦磊穿那两件的确良衬衫了。上次他回无锡专门向姐姐坦白，自己喜欢上了一个舞蹈演员，求姐姐帮他在无锡最大的商店买的。姐姐很高兴，文康说这个女孩什么都好，就是家是农村的。因为家中弟弟文康到苏北插队，才得以在无锡食品店上班的姐姐倒是开通：只要人好，人漂亮，农村的又怎么啦？姐姐左叮咛右嘱托弟弟下次放假一定要将女朋友带回来。

可秦磊呢，整个人笑容都不见了，只有练功时还是拼着劲儿练，舞蹈队的几个苏南女生都说，秦磊就是个舞痴！

文康想不通，他伤心苦闷，还是拉的《梁祝》，那凄美的琴声如泣如诉。

老团长也在苦闷中，整日里跑完宣传部跑宣传组、人事局，一直跑到分管文化的地区革委会的副主任那儿问："能给我们团增加转正的指标吗？我们的学员都是业务尖子啊！"耿直的杨团长到最后甚至说："我不要编制好不好？将我们几个团领导的编制都让出来好不好？"

宣传组几位领导哭笑不得，说："老杨，你好歹在部队也是个营职干部，这人事上的事不是想让就让给谁的。哪有领导都没编制的！"杨团长梗着脖子说："我在部队好多年，所以我知道，要打胜仗必须要有精兵强将！"

喜讯是意想不到地降临的：除了声乐队一个苏南知青在插队之地得到招工的指标自愿走之外，其余 35 名学员全部转正。

晓梦跑到团部打电话给父亲时，父亲说让杨团长听电话，听到老团长开怀大笑说："对的，我们的学员太优秀了，感谢领导为我们多争取转正指标！"

"秦磊！秦磊——"晓梦疯跑着回宿舍将这喜讯告诉秦磊，秦磊呆了，忽地就泪水成串地流下。晓梦呆住了："你激动成这个样子啊？你要笑才对啊？"

舒叶老师看着秦磊伏在枕头上哭，朝晓梦使着眼色，示意她跟着自己出了宿舍。

那个暴风雨之夜，秦磊很晚回到宿舍之时，只有舒叶老师一个人在宿舍。晓梦周六照样是回家的，王秀玲也不知去了哪儿。秦磊失魂落魄地钻进帐子，也是这样伏在枕头上哭。舒叶都看见了，作为年长这批学员十来岁的老师，她想秦磊这姑娘应该遇到了什么事了，而且她如此委屈甚至号啕大哭，应该是遇到大事了。

"秦磊！"舒叶轻叫了一声，迅即淹没在秦磊的哭声里了。

"秦磊，不要哭，眼泪不能拯救什么，天是塌不下来的！"当时舒叶说了这句话就不吭声了。

舒叶不问了，这世上有着许多的事，痛苦的高兴的幸福的悲伤的，当事人不想说，就不该再去问。

舒叶生性清高平时话也不多，全文工团的人都知道，她是不管闲事也不问事的。舒叶只管自己的练声与练功。

"高傲！她那就是高傲！在她眼里，任何人都不如她！"王秀玲背地里这样说。

在我今日的悲伤里，最为苦涩的是我昨日欢乐的回忆。

记忆是一种相聚的方式。

忘却是一种自由的方式。

除了黑暗之路，人不可能到达黎明。

除非我的心碎了，否则它又怎能被开启？

看着晓梦站在窗口背诵，舒叶老师微微地笑了：是纪伯伦的《微言》哎！我也喜欢！

"和你一同笑过的人，你可能把他忘掉；但是一同和你哭过的人，你却永远不忘。"

舒叶老师吟诵了起来。

舞之渡

第十章

　　舒叶老师是文工团的一块名牌，能唱能跳能演。她扮演的芭蕾舞剧《白毛女》中的喜儿，甜美又恬静。红上衣绿裤子一条大辫子的舒叶，让湖城的老老少少倾倒了。这些都是晓梦告诉秦磊的。"一帮一，一对红"，舒叶是晓梦的舞蹈老师兼教练。秦磊来了后，团领导又让舒叶老师也带着秦磊。

　　天还黑蒙蒙的，5点30分，红色的小闹钟就催命似的叫个不停。敲着床框，舒叶老师发话："练功的时间到了！"晓梦将被子往头上一裹，秦磊则一骨碌爬起来，把军大衣一裹就迷迷瞪瞪拎着芭蕾鞋就往练功房冲。舒叶翻了一个身，继续睡她的美容觉。

　　晓梦进练功房总是比秦磊要迟上半个小时。她们一身汗淋淋地从练功房回来，已经7点30分天大亮了。舒叶坐老师在窗前的小桌边，对着她那红塑料框的圆镜子，左侧侧面、右侧侧面，精心修她的柳叶眉。桌上的玻璃瓶中，有一束带露的粉白相间的小花。

　　上午9点排练。舒叶拎着芭蕾鞋一分也不差地来到练功房。舒叶会来看晓梦、秦磊：擦地，脚要擦出去而不是提出去，对！

腰，腰拎起来不要松，胸挺起，还有肩，向下沉向后开。要舒展！完成了老师的职责，舒叶就悠悠地走到排练场中间，与乐队还有"杨白劳"或是"大春"合成练习她的《扎头绳》《北风吹》。舒叶的舞感真是好，一进入角色，一举手一投足无一处不到位，柳叶眉下又圆又大的眼睛流转顾盼，一颦一笑锁住了所有人的视线。

舒叶穿衣打扮非常讲究，衣服有的是自己做的。她身上那件粉色白格的泡泡纱睡衣，就是秦磊看见舒叶自己剪裁缝制的。

知了还没叫呢，舒叶就早早地穿上白色的连衣裙，腰间宽宽的腰带系出精致的蝴蝶结，晨风中，飘飘地立在荷塘边。冬天，灰色的长呢大衣，同样束出细细的腰，她还会配上一条长长的红围巾。也有女演员学着舒叶老师的打扮，但终没有她的气质和风韵。

每次到外地演出，团长总是要带几位主要演员去拜访当地的文化部门的各领导，可是舒叶老师从来不肯去。就那次去部队营房演出，秦磊见到征代表与舒叶老师说话，舒叶手直摆说是胃部有点疼，又不会喝酒。遇到请团里的演员参加的一些宴会什么的，哪怕点着名让舒叶去，她总是说不舒服或有事，端着她的饭盒，沿着绿绿的池塘袅袅娜娜独自向大食堂走去，静静地离开。

来了大半年了，秦磊没见舒叶老师高声说过话，也没见她大笑过，总是似笑非笑，也没见她生气过。舒叶不打牌也不串门，要么在房间看书要么就沿着艺校园的池塘漫步，总是一个人。荷叶绿绿，荷花粉粉，飘逸又冷凝。

秦磊对舒叶老师最深的印象就是那次在练功房里，一位声乐女老师，不知为什么事对着舒叶老师高声大气地叫嚷。舒叶老师一句话也不说，只是倚在把杆上好整以暇地看着，许多人都在劝，后来大家不知怎么也都散了。刚来不久的秦磊都不知道发生了什么事情。回到宿舍，舒叶老师一如既往地沉静，去吃晚饭，吃了饭又去琴房练声，柔美的歌声在艺校园中在晚风里轻柔地飘荡。

秦磊那一阵常和晓梦在池塘边看月亮，她们谈起这场纠纷和舒叶的沉静不语，晓梦十分欣赏：沉静就是一种力量！这就是优雅！

舒叶老师离开得很突然，说是调回省城那所高校做老师。晓梦前前后后帮着老师一起收拾行李书籍，秦磊也帮着捆起了行李。

月光泠泠，星子疏疏淡淡。舒叶老师冲泡了三杯可可粉，请秦磊和晓梦喝可可。

星光下，舒叶说她是 15 岁就离开家了，穿了件月白色的连衣裙到南艺考试，其实开始学的是声乐。

舒叶说，学东西，要用脑子想；跳舞，要让胳膊、腰、腿都会说话。

舒叶老师看着晓梦说：对外界的东西要有距离，保护与坚持自己，尤其是内心。秦磊听了脸上发热有点心虚，觉得老师是说给自己听的。

四周好静啊，舒叶老师的声音与月光一起冷冷地，飘进秦磊的耳畔，一直留在她生命中。

那一刻，秦磊几次想问老师：当实实在在的事情或是利益攸关的大事摆在一个人面前，该怎样抉择？但是没问出口。不是因为晓梦在，秦磊知道，在这样的事情上，自己的心中是有答案的。

在那个大雨的夜晚，在那个人的宿舍，电灯"啪"的一声被拉熄了，秦磊被那个人紧紧地抱住了。

　　秦磊挣扎着叫："放手！放手！"但她又不敢大声。

　　那人热烘烘的面庞紧紧地贴上来了："磊，小磊，别叫别叫！我就是想抱抱你！别动，别动，我白天想夜里想，从海边回来一直想。坐下坐下，我只是想问你几句话。"

　　"想跳吴清华，是吗？"

　　"想转为正式编制，是吗？"

　　坐在床边，那个人紧紧搂住秦磊的肩头，在秦磊耳边热烘烘地轻声说。秦磊低着头又点点头，那人一下子将秦磊按压在床上，紧紧地吻上了秦磊。

　　那个人的眼睛通红，那个人的喘息声急促，秦磊被压着吻着，声音都发不出来。

　　为什么没有大声呼叫或呼救？后来，秦磊不止一次地想过。

　　外面滂沱大雨，叫了也没人听见。秦磊原谅了自己。

　　还是，当时自己就根本就没想呼叫？秦磊又问自己。

　　"我不会害你的，真的！小磊，我一直喜欢你，从那次在练功房里看你练功，我就想这个女孩是我的！相信我，我会一直帮你的！我说话算话！就一次，我就摸摸，好不好？就这一次小磊！"

　　那个人喷着热气说个不停，一双手已解开了秦磊的胸罩，"太美了！太好了！"

　　被那个人压在身下，秦磊忽然想到那晚的母亲，在黑乎乎的房间里对大队长说"你要帮我！"

　　秦磊记得自己一直没有什么慌乱，甚至，当那个人亲吻时，她全身感到一阵麻，从未有过的感觉，浑身发软的她长叹一声放弃了挣扎。那个人的另一只手已解开了秦磊腰上的练功带，毫不犹豫地将手伸了进去，秦磊整个人都软了下来，无力地说："不要，不要，不要啊……"

倾盆大雨，大雨倾盆，这老天是发怒了吗？

艺校园那一排合欢树，花和叶碎了一地。

第十一章

"晓梦，请你帮我做一件事好吗？"

"什么事？尽管吩咐！"捧着书的晓梦头也不抬。

"晚上，方便时，你替我将这包东西还给文康好吗？"秦磊艰难又决绝地说。

"什么？"晓梦瞪大了圆眼睛，"你不和文康好了？文康不和你好了？文康琴拉得那么好，对你这么好，你们俩再适合不过啦！"

晓梦噼里啪啦说了一大串，秦磊赶快跑去将宿舍门关上。

"是我不好，我配不上文康！他家是苏南的，我是农村来的。"秦磊其他的想不出来什么话。在那个大雨之夜，自己最觉得对不住的，就是文康了。每每想到那个雨夜，秦磊总会心中一疼，不是为自己，是为这个一直对自己深情款款的文康。

文工团每个学员饭票的定量是 32 斤，舞蹈队的女生肯定是吃不完的，于是，给好友给恋人的比比皆是。秦磊来的第一个月，把饭票积了下来，放月假时前专门和孟师傅打了招呼，买了 50 个馒头带回家去。

这样的事情，有小家庭的老师和学员常这么做，晓梦也买过包子馒头带回家。这位孟师傅面发得好，面点做得远近闻名。再后来，多下来的饭票，秦磊就悄悄地塞给文康。

文康假期从无锡回来，或是偶尔上次商店买点东西回来，无人之时就送点零食啊、奶粉、麦乳精什么的给秦磊。那次文康从无锡回来，竟然带回来两盒无锡排骨悄悄塞给秦磊，秦磊说是没法吃。文康说你不是过两天回湖埭吗？带回家去。

三凤桥排骨！这是老字号哎！妈妈很高兴，哥哥也喜欢。

秦磊晚上吞吞吐吐地告诉母亲，送排骨的是个拉小提琴的，是个男的，21岁，父母都是大学老师。母亲欢喜得眼泪都流了出来，说："秦磊，你终于不用回这个土旮旯了！"秦磊依旧让妈妈煮了咸鸭蛋，20个，带给文康。

秦磊家处湖荡，每家都养鸭子，肥肥的鸭子走起路来一摇一摇的，下的蛋个顶个的大，腌出来个个流油。文康还真好这一口。

两个人甜蜜蜜地你来我往，鬼灵精的晓梦全知道。晓梦在上个月基本功汇报展示之前，还帮着秦磊送了支金星钢笔给文康。文康用手帕包了个小收音机说："谢谢晓梦，麻烦带给秦磊！"文康满脸是笑。

秦磊不知道的是，其实团支部让晓梦监视秦磊与文康私下有没有来往，说是陆续收到三封人民来信，揭发他俩地下谈恋爱。两个业务尖子心思不放在练功学习上，还想留在文工团！

不愿意背叛友情的晓梦，却拍着胸脯向团支部书记袁老师报告："没有的事！没有任何动静！是有人嫉妒秦磊。"这件事情，晓梦从来没向秦磊说过，一直到几十年后才告诉秦磊，那时已物是人非了。

　　文工团在为上演《红色娘子军》做各项准备，同时，也承担着地区行政公署过年过节慰问部队、进工厂、下农村的任务。秦磊刚来不久，还参加过街头宣传的演出任务。

　　"咚咚锵，咚咚锵！"伟大领袖的最高指示发表了，文工团举着红旗，从艺校园一路走到湖城大街中心，到那个搭起来的台子上演出。

　　那时，湖城中心矗立的是"忠字塔"，东北侧搭着一个较大的宣传台。只要伟大领袖的最高指示发表了，文工团都承担着宣传任务，一次一次敲锣打鼓上了街头。

　　第一个节目照例是歌舞，一群男女舞蹈演员手持花束先上台舞上一段热烈欢快的舞蹈，然后排成"八"字形立在宣传台的两侧。两位相声演员走了上来，一高一矮，高的姓王矮的姓方，说起相声来效果特好，而在这样的节目中他们只能说快板。一阵竹板声绕场一圈，高个儿王老师开了腔："万里河山红旗飘，革命形势就是好。"然后又是一遍"革命形势就是好"，一连重复三遍，大家都发现不对劲了。小个儿方老师焦急不安地围着王老师竹板直打转，老王不说完四句，他就接不下去了。

　　那个年头，文艺生活出奇地贫乏，文工团这种相当业余的应景节目也吸引了几百人。观众开始骚动了，一个声音笑叫着："有多好，说出来嘛！"手拿花束的晓梦她们在台上已控制不住放声大笑起来，乐队文康那群人笑得七倒八歪、琴弦倒垂，观众也哄笑了起来。

　　老王还在惶恐而绝望地"革命形势就是好"，矮个儿老方再也忍不住了，甩打着竹板跳到老王面前大吼："就是好！就是好！就——是——好！"，终于结束了这令人捧腹的滑稽场面。台上台下已笑成一锅粥，连秦磊也笑得腿都软了……

那次回去，全团整顿，办了三天学习班。两位相声演员被批评得流泪了，文康口头检讨了一下，因乐队是他带头笑的。

正儿八经的约会，除了那晚池塘边，秦磊与文康还曾有过一次公园约会。但也许算不上约会，因不是单独的两个人，但又是阳光灿烂的一次，在城北公园。

二十世纪七十年代的湖城说到底还是很冷清甚至萧条的。说起来是地区行政公署的所在地，但除了城中心一条大街叫作建军大道以外，就是行政公署的四层办公楼了。晓梦的父亲就在四楼宣传组上班。秦磊非常羡慕晓梦有这样的父亲，大家都很羡慕。

还有就是军分区的那座三层楼了，总是有军人进进出出的。从这座楼里走出来的人，"一颗红星头上戴，革命的红旗挂两边"。军装为军人平添着几分英武。

"一条马路两座楼，一个公园两只猴。"过了若干年，湖城人常这样形象地笑着回望。而就这只有几只猴的公园，到底也是公园。当文工团转正入编风声鹤唳之时，团里一对一对就真的转入了地下。而城北公园就是青年男女的避风港、恋爱地。

文康和秦磊是拉着晓梦一起去的。"一起去玩玩好吧！"晓梦知道他俩是拉着自己去做幌子的，有人遇到了三个人在一起，也就没觉得有什么大问题。晓梦说"好啊！"这刚接受了团支部下达的监视秦磊与文康任务的小女孩，欢天喜地地专门回家取了父亲海鸥牌的照相机。

春末夏初的日子，三个人一路走一路唱去了人民公园。尽管只有几只猴子在石头假山上上蹦下跳，但花草已是满目芳菲，红的月季绿的青松还有一大片油菜花。晓梦很是奇怪：公园又不是乡野，哪里冒出来这大片的油菜花？但也真是好看，金灿灿又欢天喜地的。

　　文康是带着提琴的，忽地，他打开了提琴盒，说"我来拉《新疆之春》，你们俩跳舞吧！"

　　"秦磊你跳，跳啊！我忙不过来呢！"手中拿着一把柳树条子的晓梦坐在石头台阶上，忙着编柳条帽，她正在将一朵朵花插到柳条间去。

　　文康小提琴声欢快地响起，秦磊一跺脚一个旋转就到了油菜花中间的小径上，只见她舒臂，扭胯，点步，转身。随着文康的提琴旋律越来越热烈，秦磊摊掌旋转了一圈又一圈，长辫子随着身子转动，简直像是飞舞了起来！

　　晓梦咔嚓咔嚓拍了几张照片。

　　蓝天白云，红色的月季金色的油菜花，更有那穿着白衬衫蓝长裤在阳光下琴声中舞动的姑娘，十来个游人都停下了脚步，太漂亮了！沁出了汗水的秦磊脸蛋红扑扑的，文康放下琴弓，深情又骄傲地看着自己心爱的姑娘。

　　那天，文康执意要请晓梦、秦磊一起吃个晚饭，去浠沧巷西边的竹林饭店。

　　浠沧巷是湖城街上很有历史的巷子。晓梦很喜欢，说："秦磊啊，要看湖城的历史，你就走进浠沧巷去看看；你要想吃最好吃的，你就得去竹林饭店去尝尝。"

　　　　　　　　　　　　　　　　　　　　舞之渡

后来的人总是说，一条建军路半部湖城史，晓梦当时就说，浠沧巷就是半部湖城史。

这条老巷子据说建于唐朝鼎盛时期。薛仁贵将军征东，必须从盐渎出海，那时候，浠沧巷作为东征大军的粮仓，热闹非常，浠沧巷也得名于此。

秦磊只在大街上看过那青砖黛瓦成片的老房子，却没有走进那曲折幽深小青砖路的巷子。

"我们走走那些小巷子，饭就不去吃了。你省点钱吧！别再吃出什么事情来。"晓梦向文康扮了个鬼脸。

"我在家查过，秦磊，你不知道，文康你是苏南人，就更知道啦。'浠'和'沧'呢都是指水的意思，而'沧'取'仓'的谐音，又因为古时的这条浠沧巷可比现在的要长，西面一直到登瀛桥的码头，所以取名浠沧很是贴切。随着朝代的更替，浠沧巷渐渐地褪去了军事禁地的神秘色彩，成了一座城市之中很平凡又很不一般的巷道，多少代的老湖城人在这里住呢。"

"这里的严家大院、王家大院之前可都是有钱的主子住的啊。你们瞧，这木排门上还有老虎头的铜环，真的是有钱人家！快来看，这墙根的苔藓，像不像一枚一枚有铜绿的古铜钱！"

晓梦为自己的发现与联想兴高采烈，一转身全然不知道秦磊和文康去了哪儿。

"秦磊！秦磊！"晓梦大叫起来。一会儿，秦磊和文康从那古老的清真寺小巷出来了，两个人都脸红红的。

"哼！重色轻友！"晓梦手指着秦磊，"我讲了半天原来都是讲给这些青砖黛瓦听的！讲给墙头上的狗尾巴草听的！"

文康赔着笑脸，送过来包在手帕中滚热的鸡蛋："谢谢晓梦！"他右手拿着一个小纸包，打开是晶莹剔透的白盐。文康买了6颗熟鸡蛋，7分钱一个，摊主收了4角钱。

秦磊拉着晓梦的手，向文康一起说"谢谢、谢谢！"晓梦看着他俩那个样子，也开心得笑了起来。晓梦真心为他俩高兴，全然忘记了团支部布置自己的任务。

多少年后，晓梦想起那天下午的古巷子之行尤其是人民公园之行，耳边就回荡着欢快热烈的《新疆之春》的琴声，眼前浮现出文康拉着小提琴，还有秦磊在蓝天下旋转的身影。两个字：美好！

可惜的是，那照片冲洗出来都很模糊，但文康要了过去，像宝贝一样珍藏了起来。

如此美好的感情，秦磊这是怎么啦？晓梦知道秦磊对文康的一片深情。

"我不去！我才不做这个坏人呢！"晓梦圆眼睛中全是不理解。

"晓梦，算我求你了！我真的配不上他，配不上！我是农村的，他家是大城市的。"秦磊坚定又决绝地说。

"我知道，你就是为了转正的事儿。这两日你们不讲话也不约会，过一阵子再活动不就行了吗？"晓梦百思不得其解。

"你自己去说吧，这件事我真的不帮你做。"

三天后的晚上，文康拎着提琴走过5号宿舍的门口，宿舍里只有晓梦和秦磊。"晓梦，到池塘边听我拉琴！"文康的口气是命令式的，眼睛只看着秦磊。

晓梦本就准备去池塘边背诗的。泰戈尔的《飞鸟集》基本背完了，晓梦又喜欢上了纪伯伦的散文诗："一个人有两个我，一个在黑暗中醒着，一个在光明中睡着。""和你一同笑过的人，你可能把他忘掉；但是一同和你哭过的人，你却永远不忘。"

晓梦看着秦磊："听到了吗？"晓梦又重复了一遍。

秦磊初中毕业后学业停了一年多，后来又到公社中学的春季班读高中，只上到高二，在即将毕业的时候考到文工团来了，公社中学也承诺发毕业证书给自己。但秦磊心中有数，比起晓梦，尤其是高中毕业生文康，自己的知识底蕴是不足的。

王秀玲就常有意无意地说："乡下的中学，ABC 都不教的，老师的普通话都说不准，秦磊你说是吗？"秦磊的普通话是说的不标准，前鼻音后鼻音不谈，连翘舌不翘舌也分不大清。秦磊有时很自卑，她只有跳起舞来才自信，总是那么神采焕发。

晓梦拖着秦磊说："陪我去背诗吧，其实你的悟性挺好的。"秦磊摇摇头不语。

晓梦是个善良的女孩，看着秦磊魂不守舍、郁郁寡欢，甚至在帐子里哭泣，她不好问，但她又真心希望帮秦磊做些什么。

远远地池塘边似乎有亮光，不，是火光！迅即，《梁祝》的琴声响起来了，那旋律不是悠扬的前奏而是乌云密布暴风骤雨的"抗婚"的那一段，琴声急促又悲愤。

文康的脚边一些纸片燃着一束火光，晓梦惊异地看到文康从地下的塑料袋中掏出一块红布，不，不是红布，那不是秦磊的那件茜红的衬衫吗？晓梦捂住了嘴巴，秦磊抓住晓梦的手颤抖着。

的确良的衬衫令火光燃烧更加热烈，第二件扔下的是那件淡青色衬衫，晓梦只看秦磊穿过一次，就被秦磊洗得干干净净叠得很整齐，很珍惜地放进了塑料袋。文康最后扔进去的是那只银色外壳的小收音机，被秦磊视为珍宝的收音机，晓梦都没看到秦磊听过这收音机。

小提琴声音又响起了，是《梁祝》"哭灵"的那一段。夜色晦暗，文康的表情淹没在夜色中，只有如泣如诉的琴声。

晓梦转身一看，秦磊已不在自己身边。

秦磊躲到了老柳树的后边，泪如雨下。

这么多年，和妈妈在乡下过苦日子，那次哥哥癫痫病发作差点送了命，在文工团没日没夜的苦练，被王秀玲那样的人明着欺负，还有被一些城里的学员们暗着嘲讽，甚至，在那个大雨夜里的失身，秦磊都没有这样难过。她第一次感到什么叫心疼，心被这火光烧疼了，秦磊的心碎了……

晓梦向宿舍走去，惊异地发现那远远的不正是秦磊的身影？秦磊的步子走得很稳，一点没有惊慌的样子。晓梦追了上去："秦磊！"

"晓梦，一切都过去了。我安心了。"秦磊的脸上却没有一丝波澜，更不见难过。

第二天早上5点30，小闹钟依旧响起，秦磊立即起床，拎着芭蕾鞋去了练功房。她早就征得副团长的同意，配了一把练功房的钥匙。

踩着满是露水的小草，路边全是红的黄的白的粉的碎碎密密怒放的太阳花。秦磊一步步走去了练功房，"咣"的一声，练功房的大铁门打开了，又关上了。

这次月假秦磊回家，她带回了一本红色的工作证，捧到母亲面前。工作证上，秦磊的照片右下角盖着地区文工团的钢印，编号 197 1 0026。照片上的秦磊脸上一点笑意都没有，嘴角抿得紧紧的，眼睛睁得大大的。这是团里请了照相馆的师傅统一到团里为大家拍的。

秦磊觉得自己活在这世上只有一件事了，跳吴清华，将吴清华跳好。

第十二章

9月底彩排，10月1日演出，在地区大会堂。当时只有最重要的演出才会在这里进行，一般的演出，都是放在人民剧场或是胜利剧场。军分区也有个礼堂，文工团慰问演出会放在那里，而地区大会堂的舞台最大最气派。

还是常常会遇到征代表，过去是秦磊怕见到他，现在似乎颠倒了过来，秦磊每次都是头昂得高高地走过，那个人则满腹心思侧眼瞄瞄秦磊。自从那个大雨夜之后，征代表在秦磊的眼中又成了"那个人"。

进了9月以后，《红色娘子军》的排练主要就是一场一场地打磨了，A、B组角色的演员都要参加排练。蓝子老师表演经验非常丰富，也常对秦磊进行指点："小秦，逃出南霸天家在椰林中闪出的吴清华，你要弓箭步闪出，是第一个亮相。你动作做得非常到位，但你脸上的表情还欠一些，愤怒有了倔强也有了，但是，还有提防追你的打手们的警惕，不仅仅是愤怒。"秦磊很感谢蓝子老师。蓝子老师和秦磊轮流参加合成，不跳吴清华时，秦磊就跳第三场，在南霸天家，洪常青乔装富商进去的那场，她跳黎族舞的领舞，也是和蓝子老师轮流跳。

团里的领导轮流来排练场"监工"，杨团长、征代表、李副团长和管舞美那摊子的王副团长轮流来排练场地，仲导演则是手拿着小藤条天天泡在排练房内。

舞蹈队的男生笑着说："现在，哪需要领导来啊！我们是响鼓不要重锤，快马无须加鞭！"

真的，此时的学员根本不需要监工：政治任务的重要，对舞蹈、舞台的热爱，尤其是组织上的关心关怀，让他们一个个成了正式团员，食堂里菜谱变着花样为辛苦排练的大家加餐加茶。

每次大家湿淋淋地先去打饭，老团长都会坐在食堂，笑眯眯地为大家抢着大勺子打红烧肉，说："消耗大啊孩子们，增强点营养！"男生们会立正向团长敬礼表态："保证完成任务！"

此时的文康也不再苦着脸，他与乐队那帮子团员嘻嘻哈哈，甚至与声乐队的女生也在笑眯眯地交流。

那日，团里开"战"前动员会，在那办公楼一楼东侧的琴房，文康弹着钢琴为王秀玲伴奏《红梅赞》。叮咚悠扬的钢琴声、激越高亢的歌声配合得非常默契，走过的团友都情不自禁地鼓起了掌。

晓梦忍不住了，说："文大师，要不要再找一个伴舞的啊！"文康笑得有些玩世不恭："好啊，你来还是秦磊来？"

秦磊从窗前走了过去，心中一阵刺痛。

突然，老团长不见了。一天、两天、三天、五天，学员忍不住相互问着、打听着，可导演说不知道，厨房的大师傅也不知道，征代表冷冷地说杨团出差了。有人说，前两天好像看到团长师娘来了一下，拿了些什么又走了。

平时团里领导出差是常有的事，大家并不在意，而这一个星期未见到老团长，大家都牵肠挂肚。终于，大家听说老团长住院了，住的是肿瘤病房。

大家立即乱了起来，托晓梦先跑到办公室找仲导演问："仲导啊，我们下午能不能请个假去看看杨团长？就两个小时，要不就一个小时！晚上我们加班继续排练！"

"不行！明天都联排了！国庆节公演后再去。"导演看着晓梦说，"这就是杨团长的交代，离国庆节还不到10天了，谁也不能影响演出！这是政治任务！市里要召开三代会，文工团首场演出，必须确保高水平、高质量！"军代表更是斩钉截铁。

排练场一片寂静。《万泉河水》的音乐缓缓响起，舞蹈演员认真地捧着斗笠，五位足尖碎步，飘然而出……

压腿、弹跳、旋转，九月的练功房，一动还是一身汗。在团部，要进行一次联排一次彩排。穿服装联排时，吴清华由蓝子老师上，带妆彩排时，由秦磊上。秦磊心中十拿九稳，一般来说，彩排只要自己没出问题，那肯定是自己上了。

蓝子老师和秦磊的表现令所有人都满意，蓝子的表现力十分强，将吴清华的爱恨情仇在舞蹈动作中诠释得淋漓尽致。而秦磊的舞蹈技巧更令大家惊艳，在舞台上表演与在练功房里排练说到底还是不一样的。一上舞台，人的激情勃勃爆发。吴清华那经典的"倒踢紫金冠"动作，秦磊真的是用生命在完成，腾空而起又高又飘。地区革委会政治部、宣传组那些来审查的领导忍不住都鼓起了掌。

"紧张吗？"早早来到后台化好了装的蓝子老师问秦磊。演出是晚上七时整。

化妆镜就是贴在墙壁上的镜子，斑驳破旧，四个角中已损了左右下方的两个角，岁月的痕迹一点点显露在这些损了角的镜子上，这些斑斑的锈迹里了。

被精心细描过的一双大眼睛，眼角微微上吊，浓密的睫毛经过眼线的修饰，就更有神采了。她对着镜子微微地笑了一下，这一笑，整个镜子里的女孩就如花般美丽灵动了。

蓝子老师为人很好，与秦磊分别是 A、B 角的吴清华，这次定下来演出彩排和第一场都让秦磊上，她一点情绪都没有。

"来，我替你再补上点腮红！舞台上的灯光强，腮红必须深一些。"秦磊任由蓝子老师给自己补妆。映在镜子里的这女子有着多少好看：她最满意自己的这双眼睛，一如考文工团时，老导演的赞叹："这就是'吴清华'的眼睛啊，漂亮且有神！"哦，还要刷腮红，还要涂唇膏，还要梳头接上长辫子，再去换服装。一转身，那搭在木头椅背上的"吴清华"的那套红衣服呢？她已接好长辫子，再换上服装就万事俱备了。

"我的服装呢？"二十世纪七十年代初是没有服装间的，只有两排长长的吊杆，每个演员的衣服按照不同的角色组合相对集中挂在衣架上。"吴清华"的只有两套红衣，蓝子老师和秦磊的。秦磊转着衣架找了两圈，怎么自己的那套红衣杳无踪影了？秦磊头上的汗沁了出来。

"叮——叮，叮——叮！"第一遍催场铃声响得怎么这样急？这不是催场，这是催命呢！

仲导演在后台一眼看到秦磊："啊！怎么服装还没换？要候场了！"《红色娘子军》序幕一开始，吴清华就是身穿红衣被铁链铐在地牢里的。

"秦磊的服装找不到了！"蓝子老师也着急，一直在帮秦磊寻找。

"昨晚彩排结束，我就脱下来挂在这衣架上的！"秦磊都要哭了。"今天下午，我们熨烫衣服，吴清华的两套红服装我们都熨了呀！"服装组的李老师也前后找着。

"要不秦磊先穿我的服装？"蓝子老师焦灼地说。

"不行，秦磊穿你的太短！"导演大吼。

仲导演、征代表都来到了后台，两个人一商量，救场如救火！"蓝子老师赶快换服装、接辫子！"……秦磊听着台上序幕音乐响起，全身瘫软在化妆镜前的凳子上，汗水、泪水都下来了。

晓梦站在秦磊面前说："肯定是有坏人捣乱了！你赶快换第三幕黎族舞的吧！不然这事儿就更大了！"

秦磊一声不吭地换上了黎族舞的服装，她和蓝子老师轮流，不跳吴清华时就跳黎族舞的领舞，并参加《万泉河水》的斗笠舞群舞。

秦磊多少年后都记得，黎族舞自己出场一个后控腿就是135度，观众席上一片惊叹。后来就有一些观众跑到后台来问："哪个是秦磊？今天怎么不是她演吴清华？海报上就是这个姑娘'倒踢紫金冠'的照片啊！"

征代表找秦磊谈过一次话："我是帮你的，我尽力了。谁想到会出那样的事情呢？你应该早早地将服装放在自己身边的。"

"你们要找出那个偷了我服装的人！你必须去找！"盯着眼前这个人，秦磊一声不吭，眼睛中都有了血丝。征代表说这是政治问题，必须的。

隔了几天，清粪工在地区大会堂女厕所的粪坑里掏出来一团红色的衣衫，但始终没能找出偷了秦磊服装的人。事情也就不了了之……

第十三章

　　"叮——叮，叮——叮！"前台的催场铃声响得怎么这样急？乐队的人已经在长一声短一声地调试琴弦，隐约可以听到，《梁祝》的小提琴旋律在前台、后台回荡。

　　已化好装的秦磊准备去换服装，可吴清华那套红衣红裤衣架上却没有了，服装箱一个一个翻过去也没有找到。催场的铃声又响了起来，刺耳得很。这不是催场，这是催命呢！

　　老导演翘着两撇胡须汗淋淋地跳了过来："秦磊，快啊！候场了，候场了！"她额头上的汗沁过脂粉流了出来："我的衣服呢？我挂在衣架上的服装呢？"她知道自己的声音变调了："是谁拿走了我的衣服？"她声嘶力竭地叫了起来……

　　窗外，东方朦胧的白。一个激灵，她从床上坐了起来，是被自己的声音叫醒的，心口还在怦怦地跳，满头的汗水湿了头发楂。是梦吗？耳边、四周似乎依稀还回荡着《梁祝》的提琴声。

她定了定神，今天，也许就是生命的重新开始，她要出嫁了。23岁刚过就结婚，倒回去两年，秦磊是想也不敢想的。

自打前年国庆节，文工团在地区大会堂连演三场《红色娘子军》，在湖城地区甚至在相邻的地区引起较大的轰动后，文工团整日处在热气腾腾的状态。领导对文工团的成功排演给予高度赞赏："太好了！一点不输样板戏的原版！"并要求文工团去各个县巡回演出，各个县要做好接待工作！

文工团专门又为秦磊去苏州那家服装厂定制了一套吴清华的红衣红裤。

休整三日后，准备去县里演出时，因老团长去世而暂时主持文工团工作的征代表找秦磊谈话，说是什么人写了人民来信到宣传组，又一直写到地革会领导那里，说是秦磊出身不好，其父亲是有反党言论的右派，尽管其父亲已去世，但其母亲生活作风不好，其亲舅父是国民党军官在台湾等，这样的人怎么能演英雄人物吴清华？

征代表说，"在你的问题上我一直会帮你，我和李副团长商量了，也向宣传部领导作了报告，你们家那是历史问题，况且你父亲已不在了。至于你母亲的生活作风问题，我认为是道听途说。这样，我派两个老师跑个外调，去你家新民大队出个证明就行了……"

"不用去调查开证明的了，我不跳吴清华不就得了！"秦磊不知道谁与她有着如此的深仇大恨，脸红一阵白一阵。她打断了征代表的絮絮叨叨，推开团长办公室的门跑了出去。回到宿舍她倒在床上用被子蒙住了头。

　　　　　　　　　　　　　　　　　　　舞之渡

一个人的痛苦对其他人来说，就是风中的一片落叶，甚至是飞絮，所有的人都无法感受那种痛苦。

大家在高度的紧张和兴奋中，一场接一场地演出。文工团晚上演出，白天排练，地区很多单位都集体来订票，下面县里、公社包括农场都来订票，相邻的地区还派演员来观摩。导演说这是建团二十年来从没有过的繁荣景象。

"你不能老是这样！多大的事情！多少人不演吴清华就不能过啦？"只有晓梦知道秦磊心中的过不去，知道秦磊的难堪和巨大的痛苦。

才几天的工夫，秦磊脸上就脱了色，眼窝深深地镶着一圈黑边，下巴都尖了出来。秦磊的眼中没有了以前的神采，排练也只是为了完成演出任务，她渐渐地从一个舞蹈新秀而沦为群舞演员。

秦磊觉得自己很无耻，为了演吴清华，屈从了征代表；失了身又觉得太对不起文康，失去了爱情，那放在心尖子上的那么美好的爱情。还有，说到底，她是不愿意文工团派人去湖垛，去自家那个大队去调查母亲什么生活作风问题的。母亲很孤独，母亲为自己牺牲了清白。母亲现在还是家乡人人尊重的老师。秦磊怕外调有什么风吹草动，妈妈就无法做人了，秦磊真的不愿意。

好在自己现在也是公家的人了，事业编制，每个月36元的工资，还有基本功训练每月6元的补贴。秦磊为自己买了一只橘色的手提皮箱。手提皮箱舞蹈队每个人都有，秦磊想想也去城东商场买了一只，去县里外地演出方便点。

秦磊每个月都能节省15元左右，她隔月回家总是带钱给妈妈。妈妈不要，说："磊儿，你自己存点钱，将来总有用得着的地方。妈妈工资够用的。"

"秦磊，秦磊！有你的信！"那日下午，艺校园传达室的老严叔站在大梧桐树下对着学员宿舍喊。正在宿舍门口晾衣服的秦磊听见了，边往传达室跑边猜想：什么人写信给我啊？不会是家中出了什么事吧？不会的！前几天月假才回去的，妈妈、哥哥似乎都没什么问题。

信封是牛皮纸的，没有贴邮票，上面是龙飞凤舞的钢笔字："文工团秦磊同志收"，信封下面印着红字："湖城地区革命委员会"，还有两个"内详"的钢笔字，纯蓝墨水的。秦磊拆了下来，信中有一张纸还掉下来两张票。纸上写着："秦磊同志你好，久仰大名，我看过你跳舞，我是你的崇拜者。今天电影公司放电影，请你去看电影好不好？你可以邀请你的朋友一起去。"下面落款是"见过面的人"。

秦磊有点蒙，这是哪儿来的"见过面的人"？自己在地区大会堂演出过，也只是跳的群舞；尽管不少人打听过演出海报上那照片上的"倒踢紫金冠"的演员，但事情已过去了近两年。歌剧《江姐》都成功地上演过了。

秦磊仰起头看看天，天空瓦蓝瓦蓝的，今年的合欢树已过了花期，叶子还是绿绿的，但花儿早已萎了，结出了一堆堆小果子，有点枯黄的颜色。

这二十来月，有多少事情发生了。

工宣队征代表撤走了。走之前那个人找了秦磊说："你不要恨我。"秦磊说："我不恨你。"那个人又说："你有什么事，去找我。"秦磊说："我永远不会有事去找你！"那个人走了。秦磊不止一次问自己：我真的不恨他吗？真的不恨。秦磊觉得他又没有多么强迫自己，如果自己强烈地反抗，那个人不会得逞的。从小就干过农活儿的秦磊气力不小。不过是自己为了转正为了演吴清华罢了。竹篮打水！想起这事，秦磊总是骂着"无耻，无耻！"骂征代表，更是骂自己。

在秦磊的刻意疏远和决绝下，文康在池塘边燃起火光烧掉了送给秦磊又被退回的衬衫、小收音机（只是烧坏了外壳）后，他与王秀玲似乎走得近了些。琴房中，文康会拉着提琴或是弹着钢琴为王秀玲唱歌伴奏。王秀玲进进出出春风满面，总是哼着《红梅赞》。吃饭的时候，王秀玲会挨着文康坐下，她欢喜地将自己饭盒中的红烧肉攘往文康的饭盒中，文康也不避嫌。

偶尔，他眼神会往秦磊这儿一瞥。

还有老团长。老团长后来从湖城医院转院去了上海，那个年代的人们，对肿瘤似乎没有什么害怕与恐惧。大家都想着哪天，老团长忽然走进排练场，笑眯眯地，手背在后面站在那儿。

然而，大家根本也没想到杨团长冬天的时候被上海那家医院退了回来，说是肝癌晚期！扩散！回来在湖城医院也只是做着化疗。

再见老团长的时候，是在殡仪馆。盖着党旗，杨团长静静地躺在那儿。团长的个子大，那玻璃盒子怎么看也就觉得小。女生们的辫子上都扎上了白绸结，失控地围住冰棺哭泣，导演和副团长拖了这个又拉回来那个。他们自己也在哭，哭得不像样子。

漫天的大雪，纷纷扬扬。周围有其他送葬的人家说：这些都是死者的女儿吗？怎么个个漂亮。

秦磊看着老团长躺在那个盒子里，看着那个盒子被推进了焚烧炉的房间，眼泪忽地就没有了。高大的火化炉烟囱里吐出一些烟雾，在寒风中瞬间飘散了。

远处那几棵银杏树，叶子还泛着枯黄。秦磊心中忽地一阵轻松：跳不跳吴清华又有什么了不得呢？这世上有什么事比活着更重要呢？好死不如赖活，村子里人都这样说，吃糠咽菜做牛当马，好过坟头一堆土。

此时的秦磊，哪里想到，有那么一天，自己那么积极主动地想死，想为种种不堪与这个世界做一个了断？

"晓梦，今天晚上有事不？"秦磊也叫上了晓梦。秦磊很好奇，是什么"见过面的人"送来的电影票呢？那时，能到电影公司看内部电影是件不容易的事情，文工团的领导也没有这个机会。只有一次，文化局决定，专场为文工团演员们放映一次舞剧《红色娘子军》，就是在那次公演之前一个星期，大家排着队去的电影公司。

也就是在那次，大家都开了眼界，那个小放映室室内有沙发，还是乳白色的。那时放电影前会播放 10 分钟的新闻纪录片，毛主席接见外宾，坐的就是这种阔大的沙发，于是秦磊也认识了沙发。两大盆绿绿的不知道什么植物有半人高摆在放映室门口，很好看也很威武。

"东强哥！"晓梦忽然叫了起来。

"晓梦！你是秦磊吧？"

秦磊抬起眼来。

"我们见过面的！"这个高高壮壮浓眉大眼的男青年笑眯眯地

伸出了手。

"我们见过面吗？"秦磊看看眼前这个有一米八的穿着旧军服的人，又看看晓梦。

"秦磊，东强和我住在一个大院子里，前后排的邻居。"晓梦介绍。

"秦磊，你们排练汇报那次，我们几个专门跑到艺校园里，扒在后窗户上看的，你跳得真好！"高个儿的胡东强说话嗓门也很大。

"哦，见过面的人就是你啊！"秦磊笑了。秦磊一笑，东强就愣住了，目不转睛地看着秦磊。

晓梦坐在东强与秦磊中间，那场内部电影放的是《飘》，独立大胆、敢爱敢恨的女主角郝思嘉给秦磊留下很深的印象。

看过电影，东强似乎有点恋恋不舍，说："我送你们回艺校吧。"东强开着一辆吉普车，将晓梦和秦磊一直送到艺校门口。这是秦磊有生以来第一次坐小汽车。

东强是去年转业回来的，他在部队就是学的驾驶。他爸爸原是湖城地区的副专员，"文革"开始后，到地区五七干校劳动两年多。前几年倡导"三结合"（把计划生育工作与发展社会主义市场经济相结合，与群众勤劳致富奔小康相结合，与建设文明幸福家庭相结合），他爸爸进了革委会班子，做了分管工业的副主任。胡东强就在革委会机关为领导开小车。这些是晓梦告诉秦磊的。

之后，东强又来约晓梦和秦磊去看内部电影。晓梦发现秦磊对这穿着旧军服的东强似乎也不反感，情绪也不是那么郁郁寡欢了，倒是很高兴。

"秦磊，这个星期天到我们大院子去玩玩可好？胡东强也让我邀请你呢。"晓梦没什么把握地问着秦磊。

"好啊！我还没到你家去过呢！"晓梦没想到秦磊答应得很爽快。

晓梦家的条件让秦磊出乎意料，三间带走廊的房子，阔大的窗户。她家中竟然也有着两张大沙发，很气派，和电影公司小礼堂边上的会议室一样的，只不过颜色是深黄色的。

很快，东强和他的母亲到晓梦家中来了，说是找晓梦父母的，可是秦磊知道，他们是来看自己的。

"秦磊的舞跳得可好呢！"东强似乎很得意。东强的母亲在湖城第一中学做党支部书记，微笑着说看过文工团演出的那张大海报的，并问秦磊了很多问题，也是一副很中意的样子："小秦啊，下周到我们家来坐坐。今天，东强的爸爸去南京开会了。"

秦磊回去的时候，还是东强开着车送的，他拿着两只大牛皮纸口袋说："秦磊，我妈让我拿给你的。"口袋里面是一只热水袋，一大包奶油椰子糖，还有两大罐光明奶粉。

"我不要！"秦磊推托。

"你必须要！"胡东强嗓门很响亮。

"知道吗？我们可以回家安排工作了！"一批无锡、苏州的团员得到了可以按政策可以回苏南的消息。"真的假的？可靠吗？有文件吗？"大家都在打听着。

在食堂在排练场在开会的时候，文康用眼神一次一次地找着秦磊，秦磊视而不见。

文康让晓梦捎信给秦磊，问，"我回不回无锡？秦磊你说留，我就在这湖城拉一辈子小提琴！"

秦磊面无表情地让晓梦转告文康："不关我的事。"说出这句话时秦磊心中一阵刺痛。

这是秦磊的初恋，天知道秦磊是多么珍惜与文康的情感。可是，秦磊不能，秦磊不敢，秦磊配不上文康了，她宁愿狠心斩断这份情感，好过自己的形象在文康的心中轰然崩塌。

文康，对不起！文康，对不起！秦磊在深夜对星星对月亮说，在池塘边对着黑乎乎的水塘说，对着那棵老柳树说。

终有一日晚上，文康在沙石路上拦住了秦磊："秦磊，你欠我一个说法！"文康声音很大，不管不顾。秦磊前后看看，没有人。

"是我对不起你！是我配不上你！"秦磊眼眶红了。

文康一把攥住秦磊的胳膊："你好好和我说个清楚！什么配不上？什么对不起？"

"你松手，我跟你走。"秦磊说。

跟在文康后面，秦磊走到了池塘边上。月亮躲在云层后面，昏昏暗暗的。

"文康，我上次和你说过的。我永远不会忘记我们之间的情感，我一辈子都会珍惜。"秦磊泣不成声。

"我真的是不懂你了秦磊！我知道，你也没有和谁谈恋爱。我始终觉得，你也不是因为团里规定而放弃了我们的感情！"文康有点激动。

前一阵，文工团进行作风整顿，有三对明目张胆谈恋爱的，团里下了狠招子，将每对其中的一个下放到工厂里去。舞蹈队、声乐队、乐队被下到工厂里有三个人，编制暂时还挂在团里。这处罚对许多明里暗里谈恋爱的学员们，就是个杀鸡给猴看的效果。

"有什么委屈你和我讲，有什么人欺负了你，你告诉我！"看着汗流满面的秦磊，文康心痛，语气软了下来。文康将秦磊紧紧地抱在怀中，拿出大大的格子手帕，轻轻擦拭着秦磊的泪水。

秦磊看着月光下更显得斯文秀气的文康，咬住嘴唇摇着头："就是我觉得不配你，文康，我愿意为你做任何事，你是苏南人，你家全是知识分子，我家在乡下，我哥哥是个癫痫病人治不好的……"

"小磊，你听我说，我爱的是你这个人。你知道，你不理睬我的这些日子我是怎么过来的吗？我是在乎什么城里、乡下、苏南、苏北的人吗！我想，我也是个骄傲的人，可是你秦磊不在乎我这份情感。几个女孩子或明或暗地向我示好，可是，小磊，我心里只有你啊！"

被文康拉着手的秦磊顺从地跟着文康回到了宿舍，8号宿舍。文康心疼地冲了一杯麦乳精，端到秦磊手边，说："他们几个都不在，都被台城文工团演出请去帮忙了。我们坐这儿说话吧。有什么难题我们俩一起克服好吗？"

秦磊心中一阵又一阵地冲动：如实告诉文康吗？让他选择吧。不，不能！

"文康，是我对不住你！真的！有人给我介绍了一个对象，是地革会机关的。"秦磊看着文康很艰难地说出这句话。

"别骗我，我根本不信！你是我的，谁也抢不过去，对吗？"

文康不信，他搂住了秦磊的肩头猛地低下了头，紧紧地吻住了秦磊，堵住了秦磊的话。

秦磊没有推开他，顺从地依偎在文康的怀中，是自己对不住深爱的文康啊！文康站起身将床头的台灯"啪"的一下关了，月光忽地一下就跳了进来，如银似水又朦胧似梦。

秦磊忽然挣扎着起身用尽全部气力推开了文康说"我们不能！我已经对不起你了！我不能再对不起别人了！"秦磊的心底里还想道：万一文康发现自己已不是……她绝不能让文康瞧不起！

看着受伤颓然的文康，秦磊流着泪，月光下，用手指一下一下地划过文康的面颊，划过文康的额头、挺直的鼻梁，薄薄的嘴唇。月光如烛，她似乎要将眼前这个人刻在心上，今生今世。

文康终究还是走了，他父母一直在催促，说是让他去江南歌舞团面试。走之前，文康紧紧地拥抱着秦磊，还是说："你等我，我肯定还是要回来的！你要相信我。我会写信给你的！"

秦磊凄然地笑了："文康，我会永远记住你，记住《梁祝》的。"

第十四章

当她再次去了老地委大院晓梦家时，见到东强手撑在晓梦家的门框上站着，穿蓝白条相间的海魂衫，黄军裤束在外面，倒是有点帅。他说："我妈说啦，这次无论如何请你到我家去坐坐。"东强笑眯眯又有点霸道地看着秦磊。

东强家房子比晓梦家的就更大了，一个小院子里是一排五间带走廊的房子，房子对面的南边还有三小间房子。其中一间是阿姨住的，一间是厨房，中间的是餐厅。

小院子里种有不少花花草草，正值秋日，红的绿的煞是好看。

一进院子门，胡东强就高声说："妈，秦磊来啦！"

"小秦，坐，请坐！李阿姨倒两杯茶来！"走进客厅，客厅中间摆着四张咖啡色大沙发。阿姨送上来两杯冒着热气的绿茶，放在了沙发前的茶几上。墙壁正中贴着那张毛主席挥手的照片。这样的摆设，让这间房子又像会客厅又像会议室了。

东侧是个套间，外面是书房，里面就是东强父母的卧室。西侧有两间卧室，其中一间是东强姐姐的房间，但姐姐在部队，房间是空着的。东强的那间房间，进门迎面就贴着一张《红色娘子军》的大海报，不知道他从哪儿弄来的。

"我去地区大会堂要的！"东强看着秦磊疑问的眼神得意扬扬道，"他们说胡公子啊，我们要当作资料收存的。"我对经理说："我收存的意义更大。你们什么时候要，我找人再印一张给你们，立刻送来。"

东强就那么看着那张海报，又看看秦磊，一直看得秦磊脸红了起来。

"他们叫你什么？"秦磊看向窗外问。"叫我胡公子啊，叫着玩的。"胡东强似乎很中意这个称呼。

东强的母亲执意要留下秦磊吃饺子。李阿姨还做了几碟小菜，韭黄炒鸡蛋、红烧排骨、清蒸黄鱼，还有一盆绿绿的茼蒿。

东强的妈妈不停地用一双专用的白色筷子，往秦磊面前的碟子里搛菜，那是秦磊第一次知道有"公筷"这一说。秦磊都不好意思吃了。

"张阿姨！"吃过饭，秦磊想想开了口说。

"小秦，过一阵啊，这阿姨的称呼可能都要改口了！"东强的妈妈在湖城一中做书记，看得出她很喜欢秦磊，"我年轻的时候，也在部队文工团待过一阵，担任指导员，也上台演出过。"东强的妈妈显年轻，看上去最多也只有 40 岁多点，穿着两排扣子的列宁装，短发很干练也很有气质。

"阿姨，我家是湖垛农村的。"

"阿姨，我爸爸是右派，早就过世了。"

"阿姨，我妈妈是大队小学的老师，我哥哥有癫痫病，时好时坏。还有，他们说我家有海外关系，我妈妈的哥哥也就是我的亲舅舅可能在台湾，是国民党的军官。"

秦磊将自己的家世一股脑儿都说了，她想，这些能说清楚的早些说清楚。

"孩子，你说的这些我都知道，我还知道，你是文工团年轻一班同志中练功最刻苦的，舞跳得最好的，我还知道第一人民医院有医生专门治癫痫的……"东强的妈妈抓住了秦磊的手。

秦磊眼眶红了。从小到大，秦磊很独立也很自卑，尤其是到文工团这几年来，受过委屈、吃过苦，甚至遭受侮辱，最终也没演成吴清华。

"孩子，孩子，一切都不是问题，你放心！"东强的妈妈拍着秦磊的手，东强妈妈的手很绵软，"强子，带小秦去你房间坐坐。"

东强很高兴地拉着秦磊的手，去了自己房间："哎，你看这样好不好？如果我们结婚，妈妈说，就将我姐姐那间房墙上开了门，和我爸妈那两间一样，也打成套间好不好？"

秦磊与这胡东强其实接触不多，就这几次。胡东强说有许多人给他介绍女朋友，介绍的有军分区的发报员，有邮电局的接线员，有中学的老师，也有文工团的。"可我就是喜欢你，喜欢看你跳舞，更喜欢你笑起来的样子，秦磊！"

东强的性子有点急也有点直，与秦磊在一起时倒还好，但在家中对他母亲、对他们家的阿姨说话都是高声大气的。

秦磊对胡东强印象不坏。每次坐在东强的车上，车窗摇下，让风吹起自己的长发，秦磊心中都是喜欢的。她有着文工团员的梦，有着跳吴清华的梦，有着做个城里人的梦，就是从来没有坐小汽车的梦。东强给她带来了这个梦。东强的拥抱也很有力很温暖，秦磊倚在这个主任"公子"的怀中，会想起晓梦那堆书中有水晶鞋、灰姑娘和王子的那个故事。

二十世纪七十年代的湖城街头，鲜有小汽车出现，青年人有个自行车就非常了不起了。晓梦家就有个自行车，晓梦说是机关配给她父亲的，二八大杠的。晓梦有次回家骑着车到艺校来取忘带走的书，专门让秦磊坐在后座上。晓梦个头不大，车倒还是骑得挺稳的，一直将秦磊带到城东商场。

看着东强的母亲，看着这个有着五间房又有许多花花草草的院子，秦磊感到一份心安和踏实。真的住进这个院子，也许自己这辈子就有了一份实实在在的依靠。

文康去了无锡后，王秀玲也去了无锡，听舞蹈队的几个苏南女生讲，他们俩好了，都进了江南歌舞团。秦磊心中难过但也释然：文康提琴拉得那么好，王秀玲歌唱得又好，几年来一心一意追着文康，他们在一起，自己也就心安了。

其实，只要想起文康，秦磊心中还是会疼的，非常疼。

"秦磊，我 25 岁了，你也 22 了，选个日子，我们将事儿办了怎样？"当东强第三次提出结婚之事，秦磊说我要回去告诉我妈妈。

"我开车送你回家！"东强很兴奋。

"不要！"秦磊不好意思。

"一定要！必须要，不准不要！"胡东强跳进他家客厅说："妈妈，我星期天送秦磊到她家去！"

当吉普车沿着湖垛乡间公路疾驰，最后停在了新民大队部门口时，全生产队的人都惊住了，他们还从来没有见小车子开到这里来过。

个子高高的穿着四个口袋旧军装的胡东强，将大包小包从车上拎下来，跟着秦磊走进那三间红砖墙的房子时，秦磊妈妈也愣住了。

"妈妈，这是胡东强。"秦磊脸红红地介绍着。

"徐老师好！我是胡东强，这是我妈妈让我带过来的。这是糕点，这是酒、茶叶还有毛毯什么的。"东强事先就问过秦磊应该怎么称呼她的妈妈。

"磊儿，你这是？小胡啊，不要这么客气。你们坐！我去泡茶。"徐碧霞丢了一个眼色给秦磊，秦磊跟着妈妈走进了厨房。

"那个拉小提琴的呢？"看着秦磊，做妈妈的一脸不解。

"他回无锡了。胡东强爸爸是地区革委会副主任，他妈妈是湖城一中的书记。她说还认识第一人民医院的医生，可以帮哥哥治病。"秦磊低声说。

妈妈烧了开水，打进了几只鸡蛋，抓了炒米放进去又放进了一大勺白糖，端到了东强面前。秦磊的那碗糖水中只有一只鸡蛋。

"小磊这也不敢多吃那也不敢多吃，就害怕吃胖了，跳舞不好看。"东强笑着告诉秦磊妈妈。妈妈笑了，秦磊也笑了。

秦磊帮着母亲收拾碗筷进了灶间。

"我看这小胡对你蛮好的，他家对你也蛮好的？"做妈妈的不放心，做教师的母亲知道，这地区革委会副主任是多大的干部，这两家地位差距太大了。

"他妈妈对我蛮好的，他爸爸我总共见过两次，总是很忙，经常开会出差的。"

　　　　　　　　　　　　　　舞之渡

"徐老师，我爸妈让我请您到我们家去坐坐呢。要不，今天就和我们一起走吧？明天，我再将您送回来。"吃罢午饭，东强很热情，给足了秦磊的面子。

"我明天要给学生上课呢，小胡，你有空来玩哦！向你父母问好！"秦磊妈妈是做老师的，说话、礼数很是得体。

胡东强家做事似乎总有人帮着做的，高效神速。

隔了一个星期，秦磊又被东强用车接过去时，东强那间房子与他姐姐那间房子就打通了。东强的房间房门本来是朝南的，从走廊进去的，现在原来的门已被封起，进门也是从客厅进。更让秦磊惊异的是这西套间的外间，后面竟然又隔出了一个小间。打开门，里面已安好了一个浴缸，一个洗脸盆。和电影上的厕所一样，墙上还挂着一面方镜子。

东强搂着秦磊说："满意不？这就是我俩的盥洗室。我爸妈那边也是这个格局。"

那张《红色娘子军》的海报被贴在了西套间的外间，站在客厅就可以看到，很醒目。

再隔了半个月去，东强的房间已放入一套新式的捷克式实木家具，浅黄色的明亮亮的，说是刷的清漆。东强说是他妈妈让家具厂的厂长，带着老师傅来量了房间定做的。这种款式的家具很洋气，秦磊在文工团老师们的小家庭里没有看到过。文工团的老师有了小家庭，一人就会分到一间20多平方米的房子，都是中间有一个隔断，前边是吃饭的地方，里面是放床的卧室。

秦磊没有了退路，或者说秦磊自己也根本没有想到退路。自己一个农村来的姑娘，有了这样的归宿，所有的人都会羡慕的吧！秦磊心中多少有点安慰甚至是高兴。

还是东强开车去了湖垛老家，将秦磊的妈妈接了过来，秦磊的哥哥死活不肯来，东强就没有勉强。秦磊想想也罢，万一婚礼上哥哥身体有个什么好歹，大家都不好处理。

"哥哥啊，这阵子忙过了，我们来接你到湖城最大的医院看病。"秦磊对着哥哥，有点歉意地说。

下午，东强先是将秦磊和妈妈接到了老地委大院自己的家，又领着丈母娘在小院子里转了转看了看花，将丈母娘按坐在沙发上："妈妈，喝杯茶！"看着东强的家，看到女儿的新房，做母亲的笑了，笑得小心翼翼。

晚上，秦磊和妈妈住进了地区的第一招待所。本来秦磊就准备住文工团宿舍的，准备和晓梦说一下，让晓梦回家住，腾出一张床来住。可东强妈妈将招待所两个房间都定好了，哥哥没来，秦磊就让退了一间。

那晚，妈妈和秦磊说话，说到了很晚。

"磊儿，只要你高兴，妈妈就高兴。但在这样的人家，你说话行事还是得处处注意的。"妈妈睡在床上，侧过身和女儿说话。

"妈，我这么大人了，知道好歹的。"秦磊让妈妈放心。

"早点睡吧，明天你会很累的。"妈妈说。

秦磊将电灯线一扯，那月光和在文康宿舍那晚一样，轻盈地就跳进了房间。蒙着被子，秦磊鼻子一酸，泪水沁出了眼眶。

黑暗中，噩梦中的秦磊猛地惊醒了。又是那个噩梦。窗户外面黑黢黢的，此时是凌晨5时。她是在招待所的房间，母亲在对面的床上还没有醒。

看着枕边一套粉色的内衣，红色的罩衣，是了，今日自己要做新娘了。

坐在床头秦磊想，自己和以前的一切要告别了。

真的告别了吗？

第十五章

文工团去乡镇巡演了，带的是一台歌舞小节目。正在休婚假的秦磊没有参加这为期一个月的巡演。秦磊其实心中想去的，但东强坚决不让，东强的妈妈就打电话向新来的崔团长请了假。

其实不请假，团里也不会催秦磊的。新上任的团长以前也是宣传组下来的，他看过秦磊的演出，也知道这个优秀出众的舞蹈演员现在是胡副主任家的儿媳妇。

那日婚礼，胡东强家没大操大办，就在招待所食堂摆了三桌子。这之前东强的妈妈也征求秦磊的意见："小秦啊，文工团你的领导我们肯定是要请的，你还有哪些朋友老师要请过来？"

秦磊感激道："谢谢阿姨，晓梦来了就行了。"秦磊知道，胡家已请了晓梦还有晓梦的父母。

"孩子，要改口了，不要叫阿姨了！"东强的妈妈拍拍秦磊的手。秦磊脸红了，点了点头。

"小秦啊，不知道你喜欢什么东西，告诉阿姨，我们去准备。"东强的母亲一个多月前就问过秦磊。

"阿姨，我什么也不需要。"秦磊想都没想就拒绝了。

"好孩子！"秦磊令东强母亲很高兴，但到底还是托人从上海买了一块上海牌女式手表，装在那只精致的红丝绒小盒子里，还有一辆宝蓝色的凤凰牌女式自行车，一并送给秦磊。当时的湖城商场还没有这些商品。

东强的父亲总是很忙，忙开会、忙下乡视察还有什么调研。有时晚上九点多了，家里电话铃还会响起，还有办公室的人送材料、文件过来。东强家中的事，大大小小都是由东强的母亲来打点安排的。

一个月后回到团里，秦磊骑着那辆小巧的凤凰自行车，带了几大包玻璃纸的奶油软糖、椰子糖分给大家。许多团友已知道，秦磊结婚了，嫁到了一个高干家。他们吃着糖，看着秦磊骑来的自行车，羡慕嫉妒恨，七嘴八舌说啥的都有。

秦磊只装没听见，微笑着回宿舍将自己的床铺收拾干净，拎着芭蕾鞋去了练功房。这舞蹈基本功，一天不练自己清楚，三天不练观众就都看出来了。

其实结婚后一个月，秦磊一点也没闲着。她让东强帮着搬了一块旧床板搁在走廊上，每天她都要在上面练习脚尖碎步，压腿就搁在窗台上，踢腿，前腿、旁腿、后腿，再练习舞蹈身韵组合……

东强他们都去上班了，门一关，东强家的小院子就是秦磊的天下。烧饭的李阿姨常笑眯眯地坐在小凳子上，边择菜边看秦磊练功，感到很是稀奇："啧啧，太厉害了！这腿跷起来就和我们将膀子竖起来一样灵便！"

东强的妈妈是真的欣赏秦磊："台上一分钟，台下十年功！妈妈就喜欢做事认真刻苦的孩子。小磊，要不要请家具厂替你做套搁腿的杆子？叫什么来着？对，把杆！"

"妈妈，谢谢了，不需要。我这样想，他们巡回演出的过两天也要回来了，那我就住艺校园去方便练功，星期六晚上就回来可好？"秦磊有点想念艺校园，想念那面有着满墙大镜子的练功房，想念那盛着秦磊多少心事碧绿凝翠的池塘了，尽管每次想起，都有点忧伤。

"我不同意！"一脚跨进客厅的东强忽然大声说。他跟着领导出差南京三天刚回到家。

"小强，说话声音这么大干吗？我喜欢有事业心的孩子！"东强妈妈看着神色不好的儿子，再看看低垂着长睫毛的秦磊。

和东强结婚以来，秦磊基本是顺心的。尤其新婚之夜以后，东强的欢天喜地也除去了秦磊一直的担忧。他似乎没对自己的身体有过疑心，秦磊觉得这个大自己几岁的东强是粗线条的，但这样一起过日子也好。对东强心存了一份愧疚的秦磊下了决心：一定要对东强好，对东强的父母好。

"你每天骑车去上班，晚上骑车回来！必须的！"东强拿起秦磊手中的杯子，咕嘟咕嘟喝完了水。

"妈！"秦磊看向东强的母亲求援。东强妈妈笑了："花喜鹊长尾巴，娶了媳妇忘了娘！好吧，小磊是舞蹈演员，不好好地练功是不行的。先两天回来一次吧！"秦磊脸红了，东强也勉强同意了。

东强的妈妈还许给了秦磊一个实实在在的念想："文工团如果再复排《红色娘子军》，肯定是你跳吴清华！"那瞬间，秦磊为

　　　　　　　　　　　　　　　　　　　舞之渡

婆婆这份理解热泪盈眶:"妈妈,谢谢啊!"

秦磊以为这样的日子就安实地过下去了。这期间她也参加过团里去扬州、宝应、淮阴等地的演出,都是歌舞节目,还有去矿山、部队等慰问演出。秦磊特别盼望的是文工团哪日复排《红色娘子军》。

春花又开了,夏花又谢了。《红色娘子军》没有复排,倒是隔三岔五又开始了三个月的政治学习,批这个批那个,秦磊一点兴趣没有。

秦磊怀孕了,她生下一个女儿。秦磊多少有点失望,但东强的妈妈真是一个好人:"女孩好啊!小磊来到我家,又带来一个女儿!"

倒是东强似乎不大高兴,甚至夜里都嫌婴儿哭闹,有时干脆就住到了办公室内。

秦磊让他给孩子起个名字,他直接回答:"不会!"

秦磊就和晓梦商量,给孩子起了名字:"我的名字是三个石头,命太硬了,处处磕磕碰碰。晓梦,帮着给起个软和一点的名字!"

隔了一天,晓梦来了:"宝宝名字嘛,就用淼,三个水字组成,柔软又水灵灵的,好吗?"看着睡着了婴儿粉嘟嘟的小脸蛋,晓梦忍不住轻轻上去亲了一口。

想着乡下家门口的那条河,想着艺校园那方盛着自己万千心思水灵灵的池塘,还有东大河,那确实就是三条河呢。秦磊笑了。

晓梦家与东强家在一个院子,周日回来常会到秦磊这儿坐坐。

"哎,听说那个文康到底还是和王秀玲在一起了,都在江南歌舞团挑大梁。""团里那几个因谈恋爱被惩罚性下放到工厂去的，又回团里来了。""还有，谁谁谁一回团，就和恋爱对象去扯了结婚证……"

日子不着痕迹地飞过，小院子里的月季花又是绯红一片。

那日，晓梦带回来一封挂号信，白色的外壳，没有落款。两行潇洒的钢笔字，纯蓝墨水，写着："湖城地区文工团，舞蹈队秦磊收。"秦磊脑子"轰"的一声，她一看就知道是谁的笔迹。

家中人都午睡了，李阿姨将森森的尿布都收了出去洗了晒了。东强今天中午没回来，是出差到县里去了吗？最近他常常不回家。

小院子里静谧一片，月季花芳香四溢。

秦磊你好！

我是一直希望回湖城的，你当明白我的心意。但现已物是人非！

我也与你的室友拿了订婚证，这样，似乎离你又近了些……

小磊，有些话不吐不快。我这辈子最大的不幸就是爱上了你，我这辈子最大的幸福也是爱上了你！

我没有想到，我离开湖城几日你竟然嫁人！你知道我的感受吗？

你喜添千金了，我多希望这是我和你的孩子啊！

这封信，我是用那支金星牌的钢笔写的，是你喜欢的纯蓝色墨水！

我一辈子都会用这颜色的墨水……

从沙发上站起，秦磊走到窗前，月季花忙得很，早晨还打着骨朵，太阳一照中午就绽开了笑脸。秦磊抹了把脸上的泪水，想想又去洗了洗脸。

是的，那支笔是自己用省下的钱去百货公司买的。自打文康退了王秀玲送的笔以后，秦磊就打定主意要送支最好的钢笔给亲爱的文康。跑了几次市中心的最大的百货公司，那营业员老伯笑道："文工团的小姑娘，你真心想要，下次我们去进货，我帮你带一支。这个牌子在这里卖不动。金星的、英雄的都是名牌。"于是秦磊放下了20元的定金。老伯打了一个定金收条。后来，秦磊再去时，老伯笑眯眯地取出了一个深蓝色长方形小盒子。

"文康！给你的！"隔着岁月，秦磊依旧能听到自己那欢喜的声音，看到池塘边柔白的芦苇花轻轻摇曳。在那棵老柳树下，文康接过盒子，打开，里面是一支金星钢笔，一瓶纯蓝墨水。搂住自己心爱的姑娘，文康说："我以后就用这支笔，用这个颜色的墨水写日记抄谱子……"

坐月子的秦磊较以前稍胖了些，森森还没断奶，秦磊就开始了基本功训练，舞蹈演员的身材太重要了。除了星期天，秦磊每天上午都骑车去团里的练功房练功两个小时，再赶回来给森森喂奶。

可那天从艺校园骑车回来，她在院子外就听到东强的吼声、骂声，还有宝宝的大哭声、东强妈妈的劝阻声。

将自行车架好，秦磊冲了进去："森森怎么啦？"

"我要问的是你！你怎么啦？我胡东强哪点对不起你？我胡家

何处对不住你？"两张信纸被甩到了秦磊的脸上，随即一记耳光狠狠地扇向了秦磊。

秦磊脑袋"轰"的一下两眼冒着金花，出事了！

文康的信，秦磊不知自己读了多少遍。她是想将这信烧掉的，可是她舍不得，尽管一行行一字字都能背出来了，包括标点符号。她收藏得很好，把信放在自己从文工团带回的那只橙红色行李箱里，用那咖啡色格子手绢包着，藏在那个底板夹层里。怎么东强竟翻了出来？

"离婚！离婚！坚决离婚！"整个小院子都是胡东强的吼声。

秦磊向东强的母亲如实讲了，这写信的是自己在文工团的初恋，但他回苏南了。和东强接触后，自己没有和这个人有任何瓜葛了，也不知道他是如何写了这封信来。

东强红了眼："什么叫'希望是他和你的孩子'？你当我胡东强是二百五啊！我当过兵，当兵的人实在咽不下这口气！"

胡东强自从秦磊生孩子以后变化也很大，白天基本不在家还好说，经常不回来，晚上喝得醉醺醺回来，回来就骂骂咧咧的。这件事上，说到底秦磊是心中有愧，但胡东强那狠狠的一记耳光，打碎了秦磊好好过日子的梦想。

那个星期天，胡东强又在家发作，踢桌子摔板凳，将房间秦磊那张演出剧照恶狠狠地撕了下来扔到地上。秦磊抱着森森在房间哭，东强的母亲劝儿子劝不住，胡东强的父亲将桌上的茶杯狠狠地摔到了地上。

"这个家，有她没我，有我没她！"胡东强咆哮着冲了出去。

秦磊将森森放回摇篮，蹲下身子去一片一片地捡着茶杯的碎瓷片，手被划破了，血滴在地上也不觉得疼。

秦磊终于抱着孩子离开了胡家，稍稍不舍的是东强的妈妈。秦磊在这个小院子里，感受到母爱也感受着婆婆对自己的呵护。这个给了自己平安依靠的小院子西侧的大桂花树已有了一些碎碎的金黄，再过 10 多天就满院子桂花香了。

"孩子，东强这孩子脾气暴躁，也是我们小时候惯的。你们是夫妻，你容我慢慢做他的工作。"东强的妈妈将秦磊从手腕上取下放在茶几上的手表，又替秦磊戴上，长叹一口气。真应了那句"清官难断家务事"！在学校做教师思想工作的婆婆，一直想留住秦磊和孩子，可儿子的发火暴躁不是没有由头的。

东强妈妈给文工团长打了电话，团领导也给足了这高干家的面子，给秦磊按照已婚职工的待遇，安排了一间房子。秦磊将自己的母亲从湖垛接了过来，帮自己照看孩子。东强的母亲又让人将那辆宝蓝色的自行车送了过来，还送来了几大罐奶粉，还有孩子的一辆花花绿绿的学步车，秦磊在文工团有孩子的老师家还没看到过这种学步车。

绿绿的池塘，水已发出墨绿色了。不是说这池塘是活水，与东大河相连的吗？秦磊不止一次地站在池塘边，看着死寂的水面上漂着的一些枯叶和杂物愣神。

这池塘盛放着歌声、乐声、小号声，女孩子的悄悄话，还有秦磊与文康刻骨铭心的爱恋。

以前，她觉得这池塘很大的，现在变小了，脏了。这样的一汪脏水，不要也罢了。

如果纵身一跃，也就一了百了。

没有了爱情，没有了婚姻，没有了吴清华的梦，秦磊活在这世上还有什么用？且这样没脸没皮的。秦磊以前总是扬着头走路，现在却觉得大家的心里，对自己都是瞧不起甚至鄙视的。

征代表的事情大家知道吗？与文康的恋情有人知道吗？被胡东强赶出家门的事大家已是心知肚明，只是文工团的人有修养，不当面说而已。多少个白天黑夜，秦磊辗转反侧泪流满面。

眼前一块锋利的玻璃片，在阳光下发出锐利的光芒，拿着它对着手腕上来一下？或是投入这东大河，就不用在乎别人怎样看自己了。

可是森森呢，粉嘟嘟的小女儿，看见秦磊就小腿直蹬大笑着，伸出手来要抱抱的样子，想起她秦磊的心就要化了。

还有妈妈，妈妈的头发已白了大半，秦磊舍不得妈妈和女儿。

一粒微茫火星的泯灭，还有谁会关心呢？

专注地看着脚边不知疲倦努力爬行的小小蚂蚁，秦磊忽地想起多年前的往事。

那个与文康定情的夜晚，黑乎乎的夜空，微波荡漾的池塘，手电筒乱照的光柱、人声与追逐的脚步声。再就是第二日一大早东大河边，那席子卷起的露在席子外泡得发白巨大的脚趾……

喧嚣的尘世，谁的死活都会被迅速淡忘，没有人会永远记住谁的存亡，一如这些勤劳的小蚂蚁不被重视，小时候课本上就是这样说的。但在这个世间，勤劳努力就可以摆脱被践踏的命运吗？

此时的文工团正经历着历史上的变革。从七十年代末到八十年代初，文工团从排练歌剧《江姐》再到话剧《西安事变》，再到歌剧《秋海棠》，舞蹈演员基本成了群众演员跑龙套。秦磊和另外两个舞蹈演员被调到了服装组，管理和熨烫服装。

唯一令秦磊稍感意外甚至温暖的是文工团的老师和团友们，并没有如她想象的那样对她嘲笑或是轻蔑。她又去练功，大家丝毫不觉意外地与自己搭话。丁老师已过四十，是男老师中唯一还坚持练功的，他有时还叫住秦磊："小秦，我们来对一对、合一合《常青指路》。"第一次丁老师叫住她的时候，《常青指路》一下子蹦进秦磊的心中。

现在每排房子两侧都安装上了自来水管道，她去洗衣服或去食堂打饭什么的，大家对她一如既往。两位大师傅也很热情。就好像自己的闺女出了趟远门又回家来了。

秦磊心中万般的不甘，每天早晨依旧去练功房练功，每天下午去整理演出服装，晚上在后台熨烫。打理演出服装没人之时，一有空闲她总是将腿搁得高高的。只有将腿搁得高高的，秦磊才觉得自己是活着的，自己是一个舞蹈演员，而不仅仅是一个熨衣服管服装的。

晓梦已经考上大学离开了文工团，就在本城的师范学院。与秦磊一批的学员有两个男生也考上了省城的艺术学院，其他转业的转业，回苏南的调回了苏南。二十世纪八十年代中期兴起了轻歌舞，港台歌曲盛行。与秦磊一批的舞蹈演员还有十来个一直在演出队工作，为流行歌曲伴舞。

秦磊上过一次舞台，是那次去山东演出，节目中有一个是舞剧《沂蒙颂》"我为亲人熬鸡汤"的双人舞片断。临时，跳红嫂的季丽急性阑尾炎发作，而去山东聊城的节目单也早就定了下来，团里也与那边的人民剧场签了约。崔团长脑子活，立即让舞蹈队的队长丁俊问问秦磊，可不可以顶上去？跳"红嫂"的演员与丁俊有一段双人舞，光那大跳和16个掖腿转就令舞蹈演员们望而生畏。丁俊想也没想说："秦磊肯定行！"秦磊这几年从未放弃过练功，基本功训练已成了秦磊生命的重要组成部分。

秦磊盘上发髻，穿上"红嫂"的红上衣，围上蓝花的围裙，在舞台上光彩照人，"蒙山高，沂水长，我为亲人熬鸡汤……"三十岁的秦磊深情又专注，一个后控腿还是135度稳稳当当，足尖碎步行云流水，大跳旋转又高又飘，观众掌声如潮。文工团在聊城一连演了五场，场场爆满。很多观众就是冲着《沂蒙颂》"我为亲人熬鸡汤"这个片断去的。这个叫季丽的舞蹈演员太棒了！因为节目单早印好的，上面还是：红嫂——季丽。

崔团长在大会上表扬："舞台大如天，救场如救火！秦磊同志多少年如一日坚持基本功训练，出色地完成了这次《沂蒙颂》的演出任务，大家尤其是新进团的年轻同志要向秦磊同志学习！"破天荒地，在文工团年终表彰时，秦磊进团12年了，第一次拿到了先进工作者的证书，还有20元奖金。

看着红彤彤的证书，秦磊感慨万端。

人生有着太多的假如。

北面的那个小池塘，秦磊有时会牵着森森的手散步。看来看去，池塘真的变小了。看着那春天依旧柳丝青绿的老柳树，秦磊曾经想，如果那次坚决地拒绝或是抗拒了那个人，自己会不会转不了正，且永远是湖垛乡下的农妇？也曾经想过自己住过近两年的那个胡东强家的小院子，如果不是文康的那封信，自己或许现

　　　　　　　　　　　　　　　舞之渡

在还是在那个四季有花的小院子里过着少奶奶般的日子？每次想到"少奶奶"这称谓，秦磊都会情不自禁地冷笑一下，是嘲笑自己鄙夷自己。

秦磊更愿意想，如果不是那吴清华的红色演出服在演出前神秘失踪，自己能在舞台上挥洒自如淋漓尽致地跳吴清华，在众人瞩目下腾空跃起"倒踢紫金冠"，自己的一生会不会是另外一种样子……

那次熨烫服装，秦磊想着心事，一不小心将自己手背烫出一个大血泡，疼啊！手上的血泡是自己烫出来的，这脚上的血泡都是自己走出来的！

人生没有如果，只有结果。现在这些梦都远去了。秦磊一无所有。

当所有的梦幻都若肥皂泡在风雨中破碎，秦磊只有一份不高的工资，当然，还有眼前这个已会满地奔跑的森森。跑着跑着，小小女儿会回过头来向秦磊咧嘴一笑，这是秦磊活下去的动力与勇气。

秦磊很冷静也很现实，其实她也知道，自己一直很现实。她需要担起这个家，也需要钱，森森秋天要上幼儿园了。

艺校园有一所小幼儿园，实际上就是一个托儿所，里面都是文工团、淮剧团的孩子们。托儿所里有几位老师，一位教育局分派下来的园长，还有一架脚踏风琴，三个老师都是因年龄大了一点不能上台的老演员。她们整天看守着小孩子在彩色的围栏里不准孩子往外跑，或是教孩子唱《走在乡间的小路上》《甜蜜蜜》等歌曲，那时候，湖城大街小巷都在流行港台的校园歌曲。

秦磊不想将淼淼送到这个"圈养"的地方受教育，文化水平不高是秦磊自身的一个痛点。为这事，她第一次去一中找了胡东强的母亲，请她帮助在市幼儿园为淼淼找了个名额，这是湖城最好的幼儿园。

东强的母亲又做了奶奶。胡东强前年再婚，对方是纺织厂的厂花，很漂亮，挺着大肚子住进了那座小院子，东强的母亲对现在的媳妇也很好。

东强的妈妈也不止一次地请晓梦带食品给孩子或是带话给秦磊，说要有什么事，只管找她。

这个世界上，又有谁能帮得了谁。秦磊想着往事，想着这辈子唯一挨过的那记重重的耳光，将嘴唇都咬出血来。

天下只有靠自己打！

第十六章

　　秦磊额头上的汗沁过脂粉流了出来："我的红衣服呢？"我挂在衣架上的服装呢？'吴清华'的演出服呢？"她听到自己的声音变调了："是谁拿走了我的服装？"她声嘶力竭地叫了起来……

　　又是这个噩梦，秦磊仍然是从这个化装来不及上舞台的噩梦中惊醒。身边是三岁多一点的森森，今天，是送孩子去幼儿园报名的日子了。

　　看着森森进了幼儿园小三班的教室，那个穿着红白格子连衣裙的小人回头向妈妈扬起小手，满脸笑容。秦磊感到欣慰又五味杂陈，这单身母亲的酸甜苦辣啊！

　　秋风一阵阵拂过，这艺校园的树就镀上了一层隐约的金黄。门前的灌木月季仍在认真地打蕾绽放，绯红一片，只不过花儿不似春天那么硕大了。

　　此时，全社会涌起一股办公司下海的热潮。半年前，文化局领导在大会上号召："我们每个人都要学会在海中游泳！这个海，就是商海。"文工团领导层开会商量了，文工团全体成员要发挥所长，文工团要人有人、要乐队有乐队，办一个歌舞厅不在话下，就算文工团的三产。虽然许多大城市有歌舞厅了，但湖城还没有。

崔团长脑子活，也算了一笔账："我们有现成的歌舞演员，不需要外请。艺校园路西的老法院审判庭空也是空着，向部里打个报告三文不值二文说不定就给我们了，音响设备团里有现成的，差什么我们再去备一些。我们只需把内部装潢一下，再派两三个管理人员就行了……"

秦磊32岁了。舞蹈演员吃的是青春饭，似陈爱莲那样50岁了还在舞台上演《红楼梦》跳林黛玉，全国没有几个。再说，森森就要上小学了，自己也不适合整天跟着团出去演出。听说文工团要办歌舞厅，秦磊找晓梦商量了一下："你看我能不能去？"师范学院中文系即将毕业的晓梦现在正在一所中学实习。晓梦想想说："去也能去，但那个歌舞厅不是你跳吴清华的舞台，更不是练功房。你要拉下面子的哦，还要狠下心的。"

"团长，我能去歌舞厅吗？"想了两天后，秦磊找了崔团长。

"秦磊你想去啊？那太适合了！"团长喜出望外。

团长有团长的打算。年轻的一批演员已经挑大梁，秦磊他们这些二十世纪七十年代进团的舞蹈演员基本上都改了行，舞蹈本来就是碗青春饭。秦磊没有提出转业或是到其他什么单位的要求，团领导也没好意思提出来。秦磊在团内管服装，的确是可有可无。对这位副市长的前儿媳，崔团长还是多了一份客气的。

此时，湖城地区行政公署已改成了湖城市政府，副专员自然而然成了副市长还进了常委。胡市长的夫人只要看到崔团长，总要谢谢他对前儿媳小秦的关照。现在办歌舞厅是半承包制的，团里拿设备，派出的歌舞演员轮流驻舞厅，他们的工资要从舞厅营业的收益里出，舞厅年终还要向单位上缴一笔费用。这个歌舞厅，是湖城第一家。社会上各式人等，歌舞厅要有个什么突发事情，秦磊或许还要请前婆婆帮忙。

"艺柳歌舞厅"，这个名字是副经理秦磊起的，只有她自己知道这两个字寄托了她半生甚至一生的爱恋。经理是王副团长兼的，歌舞厅主要也就是秦磊带着两位年过四十的声乐演员一起在打理。还有一个器乐队的年轻男演员小丁，因在一次大的演出中出了差错，被带着些许惩罚性的分配来到歌舞厅。

歌舞厅在国庆前一天开张了，这是湖城开的第一家歌舞厅。发出去的请柬和入场券没有一张作废。开业当天，舞厅外挤满了人："你手中有入场券吗？""五元，卖我好吗？"两元一张的入场券被炒到了五元钱一张……

那天文工团请来了宣传部、文化局的领导，又请了供电局、建设局、自来水公司等平时对文工团有帮助支持的相关单位的领导。文工团是全盘出动，声乐、舞蹈还有乐队成员都全部早早地来到了歌舞厅。

晓梦进入舞厅后大为诧异，她在电影中见识过舞厅，灯红酒绿荧光闪烁，可秦磊这个舞厅与想象中的大不一样。彩灯与简单的拉花装饰是有的，一些小小的金色、红色灯笼也这里那里地闪烁着。墙壁上挂着的大大小小的相框里都是文工团的剧照，从舞剧《白毛女》到《红色娘子军》再到《小刀会》，还有歌剧《小二黑结婚》《江姐》《刘三姐》等，可以说是从二十世纪六十年代文工团创办起演出的节目剧照都在这里了。许多观众提前到了，从一张张照片前走过看过，寻找自己以前在舞台上看过的演员：喜儿、大春、杨白劳、洪常青、吴清华……

崔团长陪着王副部长、江副局长一行领导视察着歌舞厅，他们对以文工团演出剧照来布置歌舞厅给予大大的赞赏："有特色，有品位，既有历史感又有艺术感！"崔团长喊："秦经理、秦经理！"秦磊正忙着与音响师确定舞曲的顺序，先是"四步"、再放"慢三华尔兹"……

秦磊被叫到领导面前。"小秦啊，你是怎么想到用文工团剧照布置这舞厅的？给领导汇报一下！"崔团长很高兴也很得意。

白衬衫束在藏蓝色大摆裙内，将长发在脑后松松地盘了一个发髻的秦磊微笑道："这是我们文工团办的歌舞厅啊！再说，我们又没有多少钱去请人家画画再制作什么广告图的。我想，正好也展示我们团里这么多年来演出的精品节目！"不施脂粉清秀雅致的秦磊吸引了众人的目光。

秦磊真是越来越好看了，身材高挑秀眉丽目，生过孩子也一点没胖。关键她的气质比做姑娘时，比刚进文工团时多了一种优雅和稳重，当年从湖垛乡下来时身上的那点乡土气早已荡然无存。

"秦磊，你就是块璞玉，被舞蹈擦得更亮了。"晓梦老是盯着秦磊笑。

"老崔啊，这秦经理是你们团里的演员吗？"文化局分管文艺的江副局长有点诧异，他是去年刚从部队转业到地方上的。

"那当然是了。当年，秦磊是我们舞蹈队的骨干演员！"崔团长很骄傲。

歌舞厅在湖城引起轰动了！开业第二天就有很多人到歌舞厅门口的售票处排队。"我买五张票！""我要十张！""我是替我们单位来办理的，三十张，有没有打折？"……

二十世纪八十年代中后期，交谊舞在湖城是个新鲜玩意儿，男男女女可以手拉手，可以光明正大地搂着跳舞，那是多新潮的活动，过去只是在电影中看到资本主义生活方式。中华人民共和国成立前广州、上海的什么百乐门歌舞厅，都是资本家、大富豪才涉足的地方，听说现在也换了什么名称，形形色色的人，只要花上几元钱买张门票，都可以进去"嘭嚓嚓"了。

艺柳歌舞厅的开张，是一个轰动小城的大新闻，而连带着的是小城的中老年人也热气腾腾地往歌舞厅跑，一是为了看个新鲜，二是连带着回忆个往事，那些个演《白毛女》《红色娘子军》的剧照，与自己的青春岁月是相互交融的。有的大叔开玩笑说：去看看自己的梦中情人。舒叶老师演的喜儿、蓝子老师的吴清华的剧照，包括丁俊老师演的大春与洪常青的剧照，还有那个长得有点像外国人的仲导演饰演的穆仁智的剧照，都是大家驻足凝望的焦点。

秦磊一点儿也不避嫌，自己在舞剧《红色娘子军》倒踢紫金冠的那张剧照，自己专门花了钱放大了，高调地挂放在了舞厅最显眼的位置。团长倒是支持："这代表着我们文工团芭蕾舞的最高水准，必须挂出来！这是我们团的面子！"

说真的，去舞厅的男男女女，会跳交谊舞的只是少数。为此，头脑灵光的崔团长安排着舞蹈演员去现场教学，每天下午晚上都分别派上几个演员去舞厅教学。有的女舞蹈演员不肯去，说我们是舞蹈演员，不是陪舞小姐！崔团长杀伐果断："这不是陪舞是教学！去，算完成工作任务且每场发十元补助；不去，扣工资！"

二十世纪八十年代中期，大家的工资水准也就在每月 200 元左右，教跳舞既是团里要求，也能给自己挣点"外快"，何乐而不为？于是这任务也就顺当地分派下了。教学演员以女演员为主，只有三位男演员。乐队隔三岔五去伴奏，很快就完全过渡到放录音带了。这一过渡，乐队的人挺高兴，秦磊也高兴，毕竟，一群乐手每晚的报酬远高于雇一个小伙子放放乐曲的报酬。

几个月下来，秦磊按合同上缴了给团里的收入，除去水电等各项费用，以及雇佣人员的报酬等，自己竟然有了近万元的收入！看着小存折上的数字，秦磊有着很大的成就感，当时自己一年的工资加起来，也就 2000 多元。

那日晚上，秦磊将存折拿给妈妈看："妈妈，到年底，我们可以租大一点的房子了！淼淼明年就要上小学了，该有自己的小书房了！"

"小磊，累了你了！"妈妈的泪水沁了出来。妈妈知道秦磊的委屈与不易。为了妈妈和淼儿，也为自己，秦磊再难也要咬着牙撑下去。

在他人眼中风光无限的秦磊真的不容易。舞厅经营初期，一切的管理还算正常，随着生意的红火和人流的增加，许多想得到的和想不到的事情都冒了出来。

那日，秦磊照样坐在靠舞台一侧的卡座里，看着舞厅里的欢声笑语。忽然一眉心间有着一颗痦子的中年人来到她身边："秦老板，可否请你跳支舞？"秦磊愣了一下，自开舞厅以来，自己从不涉足舞池，这是秦磊的底线，舞厅里的工作人员知道，常来舞厅的客人们也知道。

秦磊站了起来："先生，对不起，我不会跳交谊舞！"秦磊手招了一下："小陈，过来一下！我们这位小陈老师交谊舞跳得挺好的，还会带舞伴！"秦磊笑意吟吟。那中年男子变了脸色："秦小姐不给面子啊！"秦磊又说："真是对不起！"那中年男人手一甩，坐回了自己的小圆桌旁。舞蹈队的学员小陈低声道："秦磊姐，那是个大老板！"

没隔几日，一群年轻人喝得醉醺醺地进了舞厅，对着正在放华尔兹舞曲的小丁说："换！换迪斯科！"小丁笑着说："下一个就换迪斯科！""不行！你现在就得换！"小丁指着舞池里十来对客人："他们正在跳着呢！麻烦你们稍等会儿，请先坐下来喝杯茶水！""他妈的，老子买了票是来喝茶的吗？"有人一把上前揪住了小丁的衣襟："你给老子现在就换！"

秦磊看这群人醉醺醺地冲着小丁，立即走上前劝阻。那群小子看到秦磊愣了一下，打头的说："不换就不换吧。请秦老板教教我跳曲三步吧！"

"我真的不会呢！"秦磊微笑。那小子将手中的啤酒瓶猛地往地上一砸："舞厅的老板不会跳舞，诓谁呢！不会跳舞开什么歌舞厅？"白衣白裙的秦磊双手抱肘，冷冷地看着这帮小子，脸上什么表情都没有。那几个有招无处使，牵手搭臂地走了出去。

这类的事情常有。歌舞厅经营十多天以后秦磊就知道了，开歌舞厅不是如自己起初想的，有多风雅多文艺。社会上的三教九流的各种做派，也真是让从农村来的秦磊开了眼呢。

"秦磊，要想将这个歌舞厅开下去，必须得狠！"晓梦的话再次在耳边响起。

秦磊知道自己狠得起来，也知道自己必须狠。

歌舞厅开业的第一个月的最后一日，秦磊动了手。

那日晚近九时了，三个中年男人抽着红中华的香烟，手中拎着一扎啤酒进了舞厅。他们进来就吆五喝六要服务员上茶水，一个人指着正在教客人跳四步的王小玲说："小美女，给我们兄弟上茶！"安徽艺校毕业的小姑娘连声说好的，就到就到！也就迟了几分钟，那几个中年人就大发雷霆："我们不是客人吗？拉住你跳舞的是多大的好佬？我就不信了呢！"

那梳油腻大背头的男人一把拖住了王小玲："过来！叫大哥！"王小玲愣住了："我为什么要叫你大哥？"另外一个瘦子将王小玲摁到了自己大腿上，右手搂了过来："坐下！小丫头！我来告诉你为什么要叫我大哥！"说着将脸朝小王脸上蹭了上去。小姑娘手脚并用地推搡："放开我！我不是陪舞的小姐！我是文工团的！你们不要乱来！"大背头笑着："文工团的来舞厅不就是想赚两个钱吗！叫大哥，叫一声10块！叫10声100块钱！这个钱好赚吧？"

放乐曲的小丁机灵地跑到秦磊身边："磊姐，那边有情况！"秦磊疾步走去大声说："放开，放开！"

"嗬，管事的来了嘛！你不就是那个大照片上的吴清华吗？漂亮漂亮，见到真人了！"秦磊冲上前想去拉泪水满面的王小玲，却被这几个男人嬉皮笑脸地挡住了："你不管教你的服务员，你还要不要做生意啦？"

舞之渡

"小丁，报警！"秦磊咬着牙一把将圆桌掀翻，将小玲拖到身后，又"啪"的一声敲碎了一只啤酒瓶握在手中。秦磊的手被锋利的玻璃扎得流着血："有种的就上来！老娘我就不信了！"舞厅里的人都围了上来，指责着这三个闹事的大男人。

那几个男人看平素似乎文静的秦磊如此泼辣剽悍，也有点发愣："不就让倒个茶吗？至于吗？"秦磊一直举着残损的啤酒瓶铁青着脸看那三个男人离开了歌舞厅。

舞客渐渐散去，十八岁的小玲抱住秦磊大哭起来："磊姐，我以后不来了！"秦磊此时全身发软，面对那几个男人，她心中其实是发怵的，但当时什么也顾不上了。如果自己做这个歌舞厅经理，连团里的小演员都保护不了，这个经理还有什么用呢？

那晚回宿舍，秦磊整夜难眠思来想去。今天，自己差点就打人了，甚至说出了"老娘"这样的字眼。其实，在农村长大的姑娘，什么样的脏话粗话都会说的。秦磊是会骂人的，只是进了文工团后，学着晓梦和舒叶老师的高素质，还有为了文康，要文雅要秀气，不能粗俗。秦磊一直这样要求着自己。

崔团长带团去隔壁市巡回演出了。另一位副团长是个好好先生，且身体有病一直居家，完全指望不上。秦磊想着想着，东方慢慢发白了。

秦磊牙一咬，在白衬衫蓝裙子外面套上一件米色的风衣，穿上双白色帆布鞋。这是秦磊最正式的打扮。当时歌舞厅要开业时，秦磊问晓梦：明天我穿什么样的衣服好？红上衣黑裙子好不好？红的喜气一些。当时秦磊看着一床的衣服，没了主意。

"NO！NO！"晓梦东翻西拣，在秦磊一堆的衣服中，翻出一件白衬衫："穿上，配你身上的大摆蓝裙子。我来看看！哇！清水芙蓉！太好看了！"

"你再去买双白帆布鞋，就齐活了！"晓梦很满意这样的歌舞厅老板："你想啊，歌舞厅花花绿绿的人多了去的，你这样穿不要太出挑哦！听我的，没错！"事实证明这样清纯的舞厅老板，让所有的人都赏心悦目。帆布鞋也让在舞厅中跑来跑去的秦磊一点儿不累。后来，秦磊又买了一双，换着穿。

经营歌舞厅这样的大事，许多事情秦磊总是要和晓梦商量的，晓梦是秦磊最信任的人，用现在的话就是"闺密"。秦磊觉得，晓梦不仅是好友，更是自己的小老师。晓梦书看得多，上的学也多，说话行事都显得特别有主见，她对一些问题的看法，往往都是得到事实验证正确或是很得体的。

今天跑市政府，秦磊依旧穿了这套行头，既正式又显得年轻。秦磊现在知道歌舞厅说起来是文工团的三产，但由自己单枪匹马管理，肯定是不行的，她直奔文化局去找局长。在办营业执照时秦磊知道，歌舞厅的主办方是文工团，而文化局是文工团的主管部门。秦磊想来想去，只有找领导。

当站在文化局会议室等得焦灼不安之时，一个中年男人走了进来："是秦经理找我吗？我姓江。"陪同的一个年轻人介绍："这是我们江局长。"秦磊眼睛一亮，对的，舞厅试营业那天，崔团长陪着宣传部、文化局的领导去参观舞厅，就有眼前的这位江局长。

"江局长，做一件事，为什么就这样难啊？"手上缠着白纱布的秦磊话一出口，眼眶就红了。事后，秦磊想了也觉得奇怪，自己已多少年没有当众落泪了，可面对着眼前这个看着自己微笑的

　　　　　　　　　　　　　舞之渡

领导，忽地就控制不了自己了。那个年轻的小伙子给秦磊倒了杯热水，就坐在旁边记录着。后来隔了好长时间，秦磊才知道自己跑到市政府的这举动叫上访。

听了秦磊的诉说，江朝阳（秦磊也是事后才知道江局长的全名）沉吟片刻，让秦磊先坐这儿喝点水，他去打两个电话。后来再走进来，江局长微笑道："小秦请放心，我们文化局与公安局联系过了，公安局也与你们舞厅附近的派出所联系过了，再有此类事情发生，你可以打这个电话，派出所所长的电话。"秦磊没想到事情解决得如此顺利，她拿着纸条，站了起来说："太感谢江局长了！"江局长想想又撕下一张纸，写了一串号码："文工团是我们的下属单位，这是我分内的事。这是我办公室的电话号码，再遇到特别难解决的问题，你可以直接打电话给我。"

看着江局长走了出去，秘书小李送秦磊下楼。秦磊说："太感谢你们了！"小李说："我们江局长的战友就在公安局当副局长。我们局长人好，你有事可以找他的。"

秦磊是将心提着、忐忑不安地走进这市政府大楼的，兴许是漂亮的秦磊急匆匆地走进，大门边的门卫都没让她登记。

从十八岁第一次见到这座大楼起，对这座楼，秦磊一直是仰望着的。近二十年后第一次跨进这楼，四块长长的木牌上面是竖写的红字：中国共产党湖城市委员会，湖城市人民政府，湖城市人大委员会，还有政协的牌子。这楼在湖城人的心中是神圣的、庄严的。

走出这楼，秦磊心中放松又欢喜。十一月了，秋日的早晨似乎有点寒气。一个多小时以后，太阳将四处都映得金灿灿的，眼前路道两边老梧桐树的枝枝丫丫都洒下金色的光斑，秦磊觉得身上暖和起来了。

进楼的那一刹那，秦磊其实还想到了胡东强，他和他的副市长父亲应该也在这座楼中上班。但几年不联系，秦磊已经真的没有任何牵记了。有时候觉得似乎生命中没有过这个人，只有上了幼儿园的森森偶尔问过："妈妈，小朋友都有爸爸，我有爸爸吗？"秦磊一点也不迟疑地告诉小女儿："你有爸爸的，但他生病去世了。"

崔团长受了文化局小小的批评，怎么可以让团里的演员去舞厅陪舞呢？王小玲事件后，团里的乐队与舞蹈演员都被撤了回去，此时交谊舞也基本普及了，人们似乎只要能走几步路的，在舞厅都能摇摇摆摆跟着乐曲晃动了。

秦磊办了留职停薪，象征性地每年交给团里三万元，而这三万元大部分也被团里交了这座舞厅的租金和水电费。至于团里为何对自己这样的宽厚甚至是优待，秦磊也是后来才知道的。

第十七章

　　五年多下来，秦磊已在城南、淼淼学校附近买下了一套两室一厅一卫的房子，手头还有一些积蓄。这套两居室的房子都是根据秦磊的喜好布置的，很文艺也很雅致。新居中引人注目的依然是墙上那张吴清华的倒踢紫金冠的剧照。

　　对母亲来说，这是一段相对温馨平静的日子。秦磊妈妈很知足："小磊，妈妈跟着你享福了，可惜你哥哥没等到这一天。"秦磊的哥哥前两年发病失足落水，被村里人发现时皮肤都泡得发白了。秦磊和妈妈一起将哥哥送走了，妈妈也就彻底离开了湖垛那个家。一把大铁锁，将秦磊的童年、少年和母亲曾经的甜蜜与屈辱都锁在了那三间房子里了。

　　"小磊，你接触的人多，有中意的人吗？也可以考虑考虑。"看着已至中年依旧漂亮的女儿，做母亲的不止一次叹息和提醒。

　　年近不惑了，秦磊也想身边有个知冷知热的人。很多年以后，秦磊看到那句微信上到处冒泡的"有人为你立黄昏，有人问你粥可温"，摇着头黯然神伤。

　　歌舞厅美丽的女经理或是老板，不知道有多少人明里暗里横七竖八地打着主意，有碰了钉子知难而退的，也有的湖城混混口出狂言：老子要啥有啥，就不信搞不定一个跳舞的！艺柳艺柳，老子就要折一折这段柳！那几个混混们的头子胡大，说是因投机倒把曾经被抓进去过。

那次，混混们前呼后拥五六个人，买了入场券抽着烟进了舞厅。看着墙壁上吴清华那张剧照，淫邪地笑着在照片上摸来摸去，他们叫来服务生要红酒要水果并说："要见你们老板，就是这个吴清华！"二十世纪九十年代后，舞厅已不仅仅供应茶水，专设了吧台酒柜。

"几位先生，没有舞伴是吗？这舞场里有女舞客，你们可以邀请啊！"秦磊白裙一袭笑意盈盈地飘了过来。

"秦老板，我想请您赏光！"胡大站了起来右手一伸弯下了腰。这个四十多岁的男人，看起来倒也算得上仪表堂堂，身材魁伟，有一米八吧，留着浓密的络腮胡子。

"先生，对不起，我不会跳交谊舞！"秦磊依旧笑盈盈地双手抱肘。

"开舞厅的不会跳交际舞！这是明摆着骗人嘛！"混混们七嘴八舌地起哄。

秦磊其实说的也不是假话。

自开舞厅以来，秦磊为自己定下来的第一条规矩就是绝不下舞池，只管理，不跳舞。再说，对芭蕾爱到骨髓里的秦磊，说到底对交际舞是有些不屑甚至抗拒的：交际舞不算舞蹈，只是人们用来交际联谊的工具罢了。况且，来舞厅的三教九流啥样的人都有，一个不能惹，惹了一个会上来一群。几年来，她从来不陪舞。

有一次省、市检查娱乐场所的工作组来实地检查，有领导提出让秦磊陪省领导来一曲，秦磊婉拒："我真的不会呀！"省领导脸色有点怏怏的，最后还是市文化局的那位江局长打圆场："要不，我们请秦磊来一段《红色娘子军》片段？她曾是我市文工团最出色的芭蕾舞演员。瞧，那墙上的大海报就是秦磊。"大家就一起鼓起了掌。

"谢谢领导赏光！"秦磊知道，这些验收对于歌舞厅的重要性。她随即进去就换了服装与芭蕾鞋。随着音乐响起，遍体鳞伤的吴清华冲出牢房冲出南府，在椰林间独舞。秦磊用舞蹈语汇将吴清华刚烈的性格，表现得淋漓尽致荡气回肠。当倒踢紫金冠的动作完美呈现，省文化厅的领导带头鼓掌，舞厅里掌声雷动。这票买得值了！当日的舞客们也饱了眼福。

其实，这么多年，秦磊在外人眼里风光旖旎，还赚了不少钱。但也受了很多苦与累，甚至屈辱。秦磊心中一直在给自己鼓劲：秦磊，你什么人也靠不上，天下要靠自己打！说起来歌舞厅属文工团，但作为管理者，秦磊是事必躬亲样样求人。税务部门、消防部门、卫生防疫部门、水电部门，乃至街道办事处、居委会……处处得打理，事事要求人。

秦磊说，我就是一堆石头！四十岁的女子真的似石头一样坚硬：对喝多了的客人胡闹场子，秦磊摔破高脚杯啤酒瓶，拿着残破的玻璃片逼走醉鬼。还有那次那个不知天高地厚的电管所临时工来修电路，黑暗中觍着脸来摸秦磊的胸脯，秦磊咬着牙毫不犹豫地上去就是两记响亮的耳光。当时跟着秦磊的小丁眼睛瞪成铜铃，说："磊姐厉害！"

秦磊有时问自己：那个拎着旧藤箱怯生生地站在艺校园的乡下姑娘到哪儿去了？那个受了那个人欺负号啕大哭的女孩到哪儿去了？还有那个被赶出高干家庭的小媳妇到哪儿去了？想想自己真是可笑又可怜，还曾指望过上少奶奶的日子，再在副市长的帮助下谋个办公室工作的呢。"不要脸！下贱！"秦磊狠狠地骂自己。

偶尔有时间，秦磊还是会漫步到艺校园后面那汪绿池塘去站站。池塘不知怎么变小了，那棵老柳树还在，那几丛芦苇花也在还秋风中摇曳。似有若无地，《梁祝》的旋律还在这水塘、柳枝条间、白蓬蓬的芦苇花里回荡。

秦磊文化程度不高，读书少，她知道这是自己的弱项。晓梦调到省城那所学院之前，专门劝过秦磊："这个社会变化大，读点书绝对有用。你就应该去读个电大或是夜校什么的。"秦磊怕考试，对书本她有着一种与生俱来的抗拒，甚至恐惧。

无数个夜晚和黎明，秦磊想来想去，她并没有变，有着性格中的倔强，也有为了得到不怕失去的勇敢。这么多年来，秦磊从生孩子到在团里管理服装，再到下海办舞厅，雷打不动的日常就是坚持基本功训练。每天早晨文工团练功房内，都有秦磊的身影。很多人奇怪，又不上台演出了，她还这么刻苦，舞痴！秦磊充耳不闻，芭蕾、基本功训练，大跳、旋转已经成了她生活的一种状态或是生命的一部分。

二十世纪九十年代，湖城已有了很多歌舞厅，有些高档的酒店都有了专门跳舞活动的场所。但从专业性或是艺术品位来讲，还没有超过艺柳歌舞厅的。这次验收以后，艺柳歌舞厅名声更响了，很多人甚至就是为了看看秦磊，看看那张大海报，还有墙壁上文工团的老剧照而去。

今晚，这几个混混也就是存心来找秦磊的麻烦来的。

“真的不会跳？”胡大也抱着双肘，盯着秦磊。

“真的不会，我是跳芭蕾舞的。”秦磊礼貌又客气。

两个人对视了足足有一分钟，小李、小王提心吊胆地站在秦磊的身后。胡大身后的混混们摩拳擦掌。小王将那砖头样大的“大哥大”攥得紧紧的，随时准备报警。

“好！什么时候我包场，你跳芭蕾舞给我看！”看着秦磊略带笑意又沁着寒气的双眼，胡大忽然改了口。

“好！今天服装、芭蕾鞋都没带。何时先生来包场，我请我们团的朋友一起来，为你们演专场！这是我们文工团办的歌舞厅嘛！”秦磊答应得很爽快。当然，秦磊绝对没有想到，多少年以后，这胡大成了胡董事长，还真的为秦磊跳舞出了力，当然不是秦磊的个人专场。这是后话了。

胡大带着手下几个走了，走到门口又回过头，深深地看了看秦磊。晚风夜色中，高挑的秦磊扬起长长的手臂，白裙飘飘若仙子般。

胡大那帮人在艺柳吃了瘪的事，不知怎么就在社会上传得沸沸扬扬的。秦磊紧跟着放出了口风：想跳舞的想风雅的，艺柳欢迎至之；想到歌舞厅胡来的，艺柳让他竖着进来横着出去！

歌舞厅圈很快有传言：胡大到哪儿都没有㞞过！秦老板了不得！奇怪的是，胡大自己倒一点没放狂言。也有人告诉秦磊，胡大手下的小混混们想要去杀杀艺柳的风头，都被胡大制止了，说谁也不准动那个秦磊！

"艺柳有后台罩着呢！那个姓秦的老板不是一般人！"有些舞厅对手恶意地笑道："她呀，上面有人，人多着呢！"

这样的传言秦磊听了只是一笑："让他们说去吧，对艺柳只有十分的好处没有一分坏处。让那些竞争对手和不三不四的人有所忌惮也挺好的。"

说到后台，秦磊还多少真是有的。当初开歌舞厅时，自己斗胆跑到市政府，接过了江局长递过来的两张纸条，上面写着江局长的电话号码和公安局副局长的电话号码。那天自己走出市政府大门，深秋的风都觉得很和煦，那街道两侧的老梧桐树叶上金光灿灿的样子，一直闪烁在秦磊心中。

文康回来过，他专门到歌舞厅来看望秦磊。当秦磊新换的诺基亚手机上显示出无锡移动的字样，秦磊心中一动，果然！电话里文康的声音似乎一点没变："上了年纪有点怀旧，在艺校园中走了两圈，想来看看你和歌舞厅。"

秦磊披着长发，白得耀眼的衬衫领子翻在了黑风衣外面，内里依旧是束腰的蓝色大摆裙。这样的秦磊微笑着站在舞厅的门厅内候着，身后的整面墙上还是一棵绿色的大柳树，彩色的五线谱在柳枝、柳叶中蜿蜒，小提琴协奏曲《梁祝》的乐声在舞厅中悠扬回荡。自打几年前秦磊的舞厅开业后，开场曲从来都是《梁祝》。四四拍的"四步"，会跳的不会跳的人都能跟上，音乐旋律很抒情也多少有点凄婉。

听着这音乐，看着站在老柳树背景墙前，若素描般淡雅清秀又风情万种的秦磊，文康摘下了眼镜，掏出了手绢擦着被泪水模

　　　　　　　　　　　　　　　　　　舞之渡

糊了的眼眶与镜片。看着眼前这个男人，依旧用的是那种老式的咖啡色格纹的手帕，秦磊心中"咯"的一声疼了起来。那年那月练功房内，文康递过来的那方格子大手绢，咖啡色格子边的，秦磊一直收在自己那只小皮箱内。

秦磊让小王安排了舞厅最好的位置，正对着墙壁上《红色娘子军》的大幅剧照。文康一坐下就看到了，就站起来立在那儿看。

"坐下吧，红茶还是绿茶？咖啡？"身后是秦磊轻柔的声音。

"麦乳精，有吗？"转过身坐下，文康微笑着接住了秦磊的眼神。

"这个，这个还真的没有。"秦磊勉强地笑了。"麦乳精"这三个字，恰如夏日晴空中忽来一阵暴雨，将秦磊的心"哗"的一下打湿了。

那么多的岁月已过去了啊！这岁月似乎对男人特别厚待，眼前45岁的文康与25岁的文康似乎没有什么变化，只是气质更斯文儒雅。

"我能请你跳支舞吗？就这个乐曲。"文康尽可能使自己的声音平稳。

"这么多年来，我从不陪客人跳舞。"秦磊恢复了平静。

"我是客人吗？"文康专注又执拗地凝视着秦磊。文康手中的咖啡一口没喝。

"你是友人也是故人。"秦磊笑了，"今天我与你跳舞了，就会成为这小城一大新闻，明晚，这舞厅就被挤翻了。"秦磊诚恳地看向文康。

"秦磊，你真不容易！我们原是爱人，也可以成为亲人的。"

文康眼眶红了，端起咖啡杯，将咖啡全灌了下去。

当年文康回无锡后，扎实的小提琴功底让他在江南歌舞团很快成了首席，严格讲文康是被作为人才引进的。如秦磊预料的一样，女高音王秀玲也如愿嫁给了文康。到底是什么原因这两个人到了一个屋檐下，秦磊不知道也不想知道。在这件事情上，秦磊对文康一直有着深深的歉疚：是自己对不住文康。她希望文康能过得好，希望那个对自己尖酸刻薄的王秀玲能对文康好一些。但又不知道什么原因，前年听说两个人又离婚了。

"我现在是一个人，有一个儿子上中学了，随我，小提琴也拉得很好。"透过镜片，文康深深地注视着秦磊。

看着文康期待的眼神，秦磊心又疼了起来。

"我父母已随弟弟移居加拿大，空荡荡的两层小楼需要一位女主人。我，需要一个爱人，需要那个一直驻在我心中的舞蹈仙子。这么多年，她一直在陪着我。我知道她嫁人，我知道她离婚，我知道她抱着孩子跟着文工团漂走四方，我更知道她现在成了这城里鼎鼎大名的秦老板。"文康一字一句说得很艰难。

"我不想说的秦磊，真的。多少次提起笔来想写信给你，但是我也听说，是我的信给你惹了麻烦，让你离了婚。多少回，我想回到湖城来看看你，但又不敢。可是今天，我看到你，听到这音乐，看到歌舞厅叫艺柳……"文康说的是实情，这缠绵凄婉的《梁祝》，这墙壁上《红色娘子军》的剧照，还有这"艺柳"二字，这棵大柳树！文康觉得自己都懂，也许这世界上只有他一个人懂，秦磊为何为歌舞厅起"艺柳"这个名字。是这些，给了他希望也给了他勇气。

"我们出去走走吧！"秦磊站了起来。副经理小丁、小王跟了她这么多年，就算秦磊不在，他们也就能将舞厅的方方面面打理得井井有条。秦磊不愿意让他们看着自己失态。

出了门，两个人不约而同过了马路，向着艺校园走了过去。那两排大合欢树依然伫立在校园中，树下的沙石路早已成了水泥路。

"它还在。"文康看着池塘边的老柳树。

"它们一直在。"秦磊看着柳树、芦苇。

"我们也都在！"文康转过了身，双手伸向了秦磊。

"文康，我一辈子都记得麦乳精的味道！奶香奶香的。"秦磊笑了但没伸出手去。

"小磊，你喜欢，我请人去香港买，香港还有的。一辈子，不会断了的。"夜色中披着风衣的文康俊逸潇洒，眼神炽热。

每每站在这池塘边，秦磊总是听到《梁祝》的乐声从校园荡起，今天也毫不例外。

四周静谧，深秋的池塘没有了虫儿的呢喃，曾经的蛙鸣声早已遁去，却又依旧在忆念中。秦磊站在那儿一动不动。

"谢谢你文康！谢谢你来看我，也谢谢你陪着我度过了那么难的日子。更要感谢你的，是你让我知道，这世上，有着那么美好的情感。这么多年来，我一直也没有忘记。"秦磊的心情渐渐平复了下来。

"那为什么？为什么！"文康伸着的双手没有着落，他失望地放了下去，他感觉到秦磊情绪的变化。

为什么？看着眼前这汪池塘，看着文康颓然受伤的表情，秦磊也在问自己：为什么就这样拒绝了文康，一直如珍宝般搁在心底的初恋。

是为了他吗？那个一直在关注和关照自己的那个人。

第十八章

江朝阳。

对的，江朝阳，那个一直温和、敦厚，不动声色地关注，甚至是关爱着秦磊的男人。

秦磊童年时没有了父亲，父亲或是爸爸这个称谓，对秦磊来说，只是挂在墙上的那张黑白照片，偏分头，眉眼黑黑的。妈妈对秦磊不止说了一次："磊儿，你的眉眼就是遗传你的爸爸。"

秦磊的哥哥是个病人，似乎从秦磊记事起，患有癫痫的哥哥状态就是好一阵坏一阵。哥哥喜欢读书，对秦磊的学习成绩总是嗤之以鼻。哥哥清醒的时候总说，"秦磊啊，你不读书就是自己找死！"哥哥留给秦磊最深的印象就是一个身影，妈妈送秦磊去文工团，腿脚不便的哥哥悄悄地跟着自己和妈妈走了几里地，在苦楝树后面看着秦磊上小轮船的身影让秦磊一生难忘。

在文工团，与斯文、秀气的苏南小伙子文康的恋爱，有多少甜蜜就有多少提心吊胆；与胡东强的短暂婚姻，秦磊感受到的是一个粗鲁男人从喜欢到追求，再以一记重重的耳光将之破碎；那个征代表，秦磊已不再想起，她毅然决然将"那个人"从心中删除，他只是在生命途中绊了自己一跤的石头，尽管秦磊摔得很疼，太疼。

江朝阳是不一样的。他和父亲、哥哥，以及成年后自己遇到的所有男人都是不一样的，宽厚、大气，对秦磊这几年来不动声色、不求回报的关心和爱护，令秦磊温暖心动但又知道不能靠得太近。

几年前刚开业的歌舞厅因受到几次混混们骚扰，秦磊第一次冲到市政府四楼，完成了自己的第一次"上访"。当时接过江朝阳递过来的两张写着电话号码的纸条时，秦磊满心的欢喜，却一点没有想到在人生的后半途，与这位局长有着剪不断理还乱的情感。

江朝阳，山东人，因为其妻子是湖城人，他在部队做了五年团职干部后转业到湖城任文化局副局长，分管文化市场、娱乐场所管理等方面的工作。

"你在部队是带兵的，怎么管起文艺来了？"熟悉后，秦磊与江朝阳有过好几次很有意思的对话。

"我是带兵的，但带兵不代表就不能介入文艺工作啊。"江朝阳不介意眼前这个比自己小几岁的文工团前舞蹈演员偶尔提出的唐突甚至不大得体的问话。

"喏，在我眼中，这一个个舞厅、网吧什么的，就是一个个战场或是阵地。我呢，要负责这些个阵地的红旗不倒且不被敌人破坏。"

"那我们，在局长眼中，是你的兵还是你的敌人？"秦磊笑言。

　　　　　　　　　　　　　　　　　　　舞之渡

"你呀，是我的连排长，与我一起将这些阵地管理好。我呢，也要保护你们的安全和阵地的红旗招展。"江朝阳到底是当兵的，说起话来句句都有部队特色。

秦磊朝眼前这个初看上去没有什么特色的局长竖了竖大拇指："对的，我就是你的连排长！艺柳保证风清气正红旗招展！"歪着头，秦磊得意扬扬地笑了。

一米七六的江朝阳皮肤黝黑，个儿不算太高，眼睛不大不小，但胳膊长腿长，且永远腰板挺直，年近五十的男人身材一点也没走样。那次市里办娱乐场所负责人培训班，在看现场时，走在领导身后的秦磊注意江朝阳身材的好比例。

"江局，你这身材完全可以跳洪常青的。"和所有的舞蹈演员一样，秦磊看人对身材特别敏感或是挑剔，忍不住就将自己的欣赏说了出来。

"好的，那你要好好教我，你跳吴清华，我就跳洪常青！"江朝阳那天心情可能特别好，阳光下一脸的灿烂，平时他是不大和人说笑的。

江朝阳的家庭很困难。秦磊也是后来听江局长的司机说的，其妻子因得了尿毒症，常年不上班，定期去医院透析。近年他妻子身体每况愈下，就一直住在医院。他有一个女儿在省城读大学，后来留校做了辅导员。家中的岳母、岳父年龄大了，前前后后也都是江朝阳照应着。

江朝阳曾带着秦磊他们十来个人，到苏州去参观了苏州的文化宫和几个规模较大也很正规的歌舞厅，让小城的几个自认为还很不错的歌厅、舞厅负责人开了眼界。

晚上，他们住在观前街的快捷酒店，条件也就是比招待所略好些。秦磊是唯一的女经理，一个人住了一个房间。晚饭后，大家请求江局带着去平江路走走。

走过小石桥，走过老茶楼，走过潘家老宅，走过挂着花花绿绿旗袍的服饰店，还有卖青团子、枣泥糕什么的各式小店。一路走，江朝阳一路说，说为什么这条古色古香的小桥流水旁的青石板路叫平江路。"知道苏州过去叫什么吗？平江府啊！什么时候叫的平江府？是北宋政和三年，也就是1113年升苏州为平江府的。以前那平江府可不仅是这苏州城，包括今天的江苏苏州及张家港、太仓、常熟、昆山、吴江等市和上海市的嘉定、宝山等地区呢。哦，这儿的评弹艺人都是了不得的……"

一行人听着江局长似导游般的讲解，秦磊才知道，江朝阳远不是她以为的只会带兵的团长，心中对他又多了一分敬意。

秦磊书读得不多，文化水平不高，对有文化的人总是心存敬意。一如当年她对舒叶老师、仲导演的仰望，对小她两岁整天捧着书的晓梦的佩服，晓梦现在已是大学的老师了。十几年后，秦磊偶然听说苏州平江路当选首批"中国十大历史文化名街"，耳边立即回响起江朝阳的声音。评弹的腔韵一丝丝穿透岁月，那晚的林林总总近在眼前。

一行人坐在面馆吃了夜宵，说是什么朱鸿兴老牌子的面馆。那面汤是红的，一大块焖肉盖在面上，个个都说太好吃了。秦磊喝了几口面汤后胃部开始隐疼，可能晚上受了点风寒。秦磊的胃有点娇气，可能也与早年在文工团白天练功、晚上演出，舞蹈演员再为控制体形节食，饱一顿饿一顿有关系。看着有气无力拖着

　　　　　　　　　　　　　　　　　　　　舞之渡

步子走在后面的秦磊，江朝阳发话："明天还得去吴江县参观几个文化场所，我们早点回去休息吧。"

回到房间，秦磊刚给自己倒了杯热水，就有人敲门。"可以进来吗？"是江朝阳的声音。

门一开，江朝阳带着司机小李站在门外，小李手中拎着一个小纸包说："秦经理，我们江局去买了红糖姜茶。"

"你冲泡着喝，驱驱寒气。我和小李住在顶头那一间 301，有事情你可以打电话叫我们。"江朝阳走了两步又回转身叮嘱几句。江朝阳看着秦磊，秦磊看到他眼中的关切。

"谢谢小李，谢谢江局长了！"生活中早已习惯单打独斗的秦磊感到一阵暖意，眼中温润了。真的，喝了一大杯姜茶的秦磊身上很快暖了起来，那夜秦磊睡得很暖和。

还有一次，还是迎接兄弟市来访的团队，秦磊他们在市区参观完了还要去几个景点。那些个年头，学习、看现场历来与参观各地的风景名胜这些活动紧紧相连。江朝阳倒一直这样说：读万卷书行万里路，人要多看多学多悟，胸怀与视野都会不一样的。

湖水清澈见底，可以看得见湖水中肥大的红菱角，还有在水草与湖水间这儿蹦一下那儿跳一下的鱼虾。芦苇茂密青翠，绿绿的叶和纯白的芦苇花，在秋风中轻轻摇。秦磊喜欢这阔大的湖，让她想起自己湖垛乡下家中门前的那条河，又想起艺校园中北面的那方池塘，还有芦苇花。三条"突突突"的小游轮载着外地来参观的客人，在阔大的湖面上划出长长的水波。这是江朝阳专门叮嘱郊区文化局找的船。

"小秦，想事情？"江朝阳注意着同船的秦磊。这个秦磊说到底和别人不一样的地方，倒不是她的漂亮和气质，也不是她的能干与要强。江朝阳总觉得她似一个谜，心事很重。江朝阳知道她是一个单身女人，带着一个女儿，和母亲住在一起。

"哦，我想起我老家门前的那条河了，没有这湖宽，但水也这样清澈。还有……"抱着膝盖坐在船头的秦磊停顿了一下，"我们艺校园后面有方池塘，四周长的芦苇和这边的也一样，这个时节芦花也会白的。"秦磊说得有点词不达意。

"天下水水相通，地上的芦苇秋日总是顶着满头的白花。"江朝阳笑了。前面的两条小游艇离江朝阳他们这条有点远了，江朝阳怕秦磊晕船，让师傅平稳点开。秦磊开始是不想上船的：怕晕船。

夕阳挂在了西天，又大又圆，在湖面上投下金的红的光影，绚丽缤纷。湖水中肥大的红菱角充满诱惑，秦磊忍不住探着身子将手伸向湖水中那团翠绿藤蔓中的红菱。忽然，小船倾斜，坐在船侧的秦磊大叫一声就向湖中滑去，左手死死地攀在了船帮上。江朝阳手疾眼快，长胳膊立刻抓住了秦磊的手臂："抓住我！抓住我！不要慌，手抓紧了！"江朝阳使出全身的力气，硬是将大半个身子落水的秦磊拽了上来。那开游艇的师傅慌了神："领导，我是想追上前面那船的，他们就要靠岸了！我也不知道这船怎么就倾歪了！对不起！对不起！"

惊魂未定的秦磊全身湿漉漉地瘫在江朝阳的怀中，江朝阳也很自然地揽住了秦磊，就是眼睛不知往哪儿看了。秦磊自从二十岁与征代表有过那次以后，和男人接触再没有感受到什么愉悦。在胡东强的身下，秦磊有的只是对一个人的依赖或是对这个家庭

舞之渡

的指望和依赖。这次，秦磊很意外又很欣喜地有了种触电的感觉，似乎全身的细胞都在江朝阳的怀抱中苏醒了。秦磊脸上烧得很厉害，全红了。江朝阳似乎也有种感觉，一直忍住不朝怀中的秦磊看，也没松开怀中的秦磊，只是将头抬得高高的。秦磊只看到他刚毅的下巴，线条分明的面部轮廓。

二人上岸与大部队会合后，江朝阳就离秦磊远远的了。但披着湿漉漉风衣的秦磊知道，自己的身后，一直有来自江朝阳视线的注视。

这么多年，江朝阳对秦磊而言，是父亲是兄长，又是秦磊能吐露心思的好友，也是秦磊最困难时有力的支持者。舞厅自从江朝阳通过公安局的战友向派出所打过招呼，几年来，很少有不三不四的人去歌舞厅骚扰滋事：秦老板上面有人的！

艺柳歌舞厅仍隶属于市文工团，秦磊每年向文工团交的三万元租金，也基本上用做了歌舞厅的水电费。这几年，团里也一直没有要求增加。当然，团里先后将五位不再登台的演员，全塞给了秦磊，指望着歌舞厅这边发工资。歌舞厅上午基本不用上班，又靠艺校园近，能方便演员照应家里，工资比去工厂的演员每月要多上个百十元，秦磊从来没有拖欠过团友们的工资。每年，文工团要搞联欢与团庆，总是在秦磊的歌舞厅免费举办，秦磊也总是尽心尽力且高兴——自己能为"娘家人"做点事。

说心里话，得到江局长的支持，秦磊是很高兴的。在这个社会上做事，秦磊早已不似开始那么豪情满怀，以为天下可以靠自己打。这天下有黑有白，有宽厚之人，也有奸佞之徒。秦磊想与政府部门搞好关系，开舞厅真的需要有人支持。秦磊不允许自己的舞厅发生不干不净的事情，也容不下不三不四的人。干净、高雅是秦磊对开歌舞厅的底线，至于进些烟酒然后提点价卖给客人，秦磊都交给副经理小丁他们打理。一直跟着秦磊的几个人也是懂规矩的。

有一个阶段，湖城的歌舞厅风起云涌，舞客也有点分散。"那个什么艺柳，搞得一副礼堂开会的样子，谁还去啊？""那个秦磊就是一个尼姑样子，装什么清高！"甚至，还有些同行无聊地拿秦磊的离婚来说事：这么高傲的女人，因为怀了别人的孩子，被副市长家踢了出来，等等，传言时有时无。

有那么一日，江朝阳派手下的科长去了歌舞厅。

"秦经理，我们局里要搞一个群众文艺会演，你这儿舞台大小很适合，我们租用你的歌舞厅三天，按你每天满场的票价统一付你。歌舞厅我们要稍微布置一下，可以吗？"秦磊一听这是件大好事，每天按客人满场付费，这就是一个大利好。

那一阵子，艺柳被竞争对手搞得一天只有二十来个客人。这水电、空调一开，人员工资什么的亏空大了去了。而这一次三天文艺会演，满员满场租金，还下拨了舞台演出需要补一些灯光的费用，这是天大的好事。

这次会演以后，连带效应来了。有不少企事业单位搞联欢、年会、节庆、培训班什么的，也来找秦磊接洽，说是市文化局推荐的。

"江局长，谢谢啊！"秦磊打电话给江朝阳。

"谢我什么？"江朝阳不动声色。

"我知道，是您在帮艺柳，帮我！我知道！"秦磊真是满心的感激。

"不谢！你们本来就是文工团的歌舞厅，承担着文化普及宣传阵地的功能。现在，市里文化馆正在搬迁装修，要个两年呢！你们歌舞厅干净雅致，光线也通透，文艺感很强。很适合办培训班什么的。再说，到局里的下属单位开会、办班名正言顺。"

"哪天我请您吃饭！"秦磊不知道怎样表示自己的感激。

"好嘞！我等着！到你家吃！秦磊的拿手好菜是什么？"在手机中能听出江朝阳的笑意。

"不告诉您！"秦磊也笑了。放下手机秦磊心中很是欢喜，她在自己的声音中都听到那如小女生般的欢喜。

"我会做蚬子豆腐羹！"秦磊对自己说。小时候，都是妈妈做饭，妈妈做得最好吃的就是这道菜，还有红烧肉，哥哥最喜欢吃。

"妈妈，蚬子豆腐羹，如何做？"秦磊笑着问母亲。

买新鲜的蚬子，焯水剥开蚬肉，再来一小把开洋虾米、豆腐……秦磊一心想着自己做道菜给江朝阳吃。

"什么贵客啊？要我家小磊要亲自下厨？"妈妈看着女儿笑。做母亲的都希望孩子好。秦磊在别人眼中万般风光，可做母亲的知道，小磊的不容易。再要强的女人到年近不惑，都应该有个稳妥的归宿。

秦磊洗了澡，看着墙上大镜子里自己依旧美丽苗条的身躯，忽然发现乳房有点下垂，腹部也有些松弛了。尽管年复一年地为保持身材节食、练功，但似乎总是抵挡不了岁月的无情。叹了一口气，秦磊将头发又绾了上去，露出长长的脖颈。她身穿一件黑天鹅绒的连衣裙长至脚踝，令身材更为修长。

"磊儿，我去接淼淼回家。"妈妈烧了红烧肉和新鲜的芦蒿，还有一碗烧杂烩盛在了有两只耳把的黄花搪瓷锅子里。徐碧霞自己简单吃了点，就出去了。外孙女秦淼今年读初三了，要上晚自习的。秦磊这是第一次请男人回家吃饭，尽管女儿没明说。但徐碧霞看女儿喜悦的笑容和认真备菜的神态，多少心中有数，也是欢喜的。按理说，要到晚八点半出去接外孙女回家，但今天徐碧霞早早地出去了。

一阵轻轻的叩门声，秦磊欢喜地开了门。拎着一个果篮的江朝阳几分腼腆地进门来。

"先喝茶还是先吃饭？"笑吟吟的秦磊在灯光下显得温柔又清秀。江朝阳目不转睛地看着秦磊。相识八年了，江朝阳还是第一次走进秦磊的家。

"小秦你别忙活！我坐会儿就走。"江朝阳有点手足无措，他忽然有些后悔，怎么脑子一热就到秦磊家里来。

"喝杯龙井？"秦磊知道江朝阳喜欢喝绿茶，沏了茶端到江朝阳手边，坐到了江朝阳的右侧。

银灰色的家具，米白色的沙发，米白色的窗帘，茶几与餐桌上都摆放着精致的绿植。江朝阳心有点虚，也没敢仔细看看那绿植是什么品种，碎密密的绿叶，有点像文竹又有点似含羞草。客厅一面墙上挂着秦磊那张剧照，放得有半面墙那么大。红衣的秦磊，倒踢紫金冠。

"真是室雅何须大！小秦家中布置得很有品位。"端着茶杯，江朝阳站了起来。

"江局长多指教！"秦磊客气地说，"吃饭吧！"

舞之渡

"不了，不了！我晚上还有点事！"江朝阳放下了茶杯。

"你不是问我的拿手好菜吗？人家费心烧了，好歹您也尝一口嘛！"秦磊有些失望也有些委屈，她看出江朝阳真的要走。

"好，好！尝尝小秦的手艺！"看着秦磊似个孩子那般的委屈，江朝阳不忍心了，又坐下。

秦磊将菜一道道打开，杂烩里黄的是肉臊，红的是肉片，白的是鹌鹑蛋，碎碎的是香菜；红烧肉炖得红油发亮，火柴盒大的方块肉一块块码得整整齐齐；清炒芦蒿绿意盎然。江朝阳笑了："哪个菜是你的绝活呢？我根本就不相信秦经理会烧菜！"

"就来了！看！请您先尝尝！本小姐亲手制作！"秦磊跑到厨房间端出一个青瓷碗说："蚬子豆腐羹！"白嫩嫩的豆腐和肥大的蚬子，勾过芡了，秦磊又洒上了绿绿的青蒜花。

"先尝这个，先尝这个！"秦磊很是得意。

"哎呀，真的鲜！真是绝活！我看哪，你以后还可以去开饭店，这道蚬子豆腐羹可以说是招牌菜了，又好看又好吃！"江朝阳喝了两口蚬子豆腐羹，还真的被鲜着了。

"湖垛我老家门前有一条河，小的时候我们常常到河边去摸这蚬子。我家门前那条河不大，但水好清啊，清得能看见躺在水底的蚬子。我们女孩就在岸边去摸它们，邻居长我们几岁的男孩子则卷起裤脚站到水中。蚬子小巧玲珑，圆圆的扁扁的，或白或青或灰。我妈妈就用开水焯了，掏出里面的蚬肉子，与豆腐一起烧，还真是好吃。"此时的秦磊完全是一个炫耀中的小女孩，又似一个殷勤的家庭主妇，在向远方归来的兄长热切地邀功摆好。

江朝阳喜欢这样的秦磊。这么多年来其实自己一直喜欢这样一个出色的舞蹈演员，一个大气又果敢的舞厅管理人。在市区这一块，平心而论，还没有哪一家歌舞厅的负责人似秦磊这样，既懂艺术又洁身自好的。今晚的秦磊向江朝阳展示着女人更为温柔的一面。

该走了，该走了！江朝阳一次次提醒自己，但却站不起身来。

"要不要来一点儿酒？"秦磊看出江朝阳的喜欢。

"我要走了！真的要走了！"江朝阳决绝地站了起来。

"你才吃一点点呢！"秦磊十分不情愿，睁着乌黑的大眼睛说。

"小秦，谢谢你！真的谢谢你！你这桌菜胜过我在任何一个酒店吃过的酒席！还有，你知道的，我真的必须走！"江朝阳注视着眼前的秦磊。

"我知道，我懂！你走吧！"秦磊不留江朝阳了，她站了起来，就那样直直地立在江朝阳的面前。

"小秦，你知道，尽管她现在已经走了几年，但我一直……"看着秦磊，江朝阳不忍。

"我知道！"

"她是我在部队的战友，自卫反击战，我们共过生死。"

"我知道！"

"她即将离开之时，我有过不再娶人的承诺。我曾是军人，我不能……"江朝阳停住了。

"朝阳，我从没有非分之想……"秦磊下面的话被江朝阳止住了："小秦，不说，我们都不说。你知道，你是多么美好！"江朝阳拉住了秦磊的手。

"妈，妈！"门"砰"的一声开了，秦磊和江朝阳都被惊住了。

"姥姥去接你了，没碰上吗？"秦磊太意外了，正常时间，女儿要再过一个小时到家的。秦磊一直注意着时间。

"我们今天只上了一节自习课，老师临时开会，说是学校明天要迎接督导检查。咦，你是谁啊？"放下书包，秦森转向了江朝阳。

秦森的长相和秦磊很像，正在抽条的女孩也是长腿长胳膊。江朝阳迅速放开了秦磊的手，心中叫苦不迭：早几分钟走就好了！

"你们在吃饭吗？我也饿了。"十五岁的小女孩径直坐到桌前，"叔叔，我们一起吃饭哦！"

"叔叔还有事，先走了！"江朝阳跨出了门外，秦磊随即拿上风衣："我送你！"

彩灯闪烁，车水马龙。远处近处的音乐声在夜色中萦绕。湖城与秦磊二十年前来的时候相比是天翻地覆的变化。高楼多了，汽车多了，还有银行、广场什么的也多了。秦磊的妈妈总是想不通：为什么住宅区叫什么花园或是什么广场呢？这城里的银行可是比米店都多！

江朝阳和秦磊在人行道的树荫下默默地走着。右侧邮政局门前的一方空地上，许多人随着音乐在跳广场舞，"天地悠悠过客匆匆潮起又潮落，恩恩怨怨生死白头几人能看透……"是《潇洒走一回》。录音机中，叶倩文的声音不知疲倦地一遍又一遍唱着。

"你跳，肯定好看。"江朝阳找话说。

"小秦，谢谢你。这是一个美好的夜晚。"江朝阳站住了，灯影下的江朝阳比起白天，面庞上多了一些棱角。秦磊很喜欢。

"和我说什么谢啊？"秦磊将目光从江朝阳身上移开。

近处是文化艺术活动中心，远处是 25 层的皇都大酒店，红色、金色的霓虹灯在夜色中绽放出时尚与繁华。湖城的夜晚比白天好看得多，许是黑暗掩盖了白日许多的杂乱和不洁。

"留一半清醒留一半醉，至少梦里有你追随……"叶倩文的歌声远了些，但依旧清晰。

"小秦，我做不到留一半清醒再留一半醉，但这几年来，真的，梦中一直有你，梦中有你追随，我就满足了。"苦涩又艰难说出这话的江朝阳，身心有了一些释然，这是他的心里话。

"谢谢你朝阳，我小时候就没有了父亲，哥哥一直有病，进了文工团什么我都是自己扛。我是从农村上来的，被人瞧不起，甚至被人欺负，简直没有选择，我哭过、恨过，甚至想到过死！没有人能帮我。

"这几年，你帮了我很多。但是我要说的是，并不因你是局长，也不是因为你帮我，我是真的喜欢你。

"如果说，开始因了你的帮助，我觉得你这个人好，也想对你好，想找个依靠的话，这两年就不一样了。对我而言，你是父兄，更是我的深爱，做什么事，白天梦里睁开眼闭上眼全是你。就想为你烧顿饭吃。甚至想，如果你不在局长的位置上，或者病了、残了，那么，推轮椅照顾你的，那肯定就是我……"

一口气说了这么多，秦磊再次看向江朝阳，苦涩又欣慰地说："朝阳，今天，我们都说开了，如果你还有什么顾虑，我可以再也不走近你身边。如果你也愿意，我们就这样吧。人的一辈子真的很短。"

"小秦！"江朝阳将秦磊拉进了怀中，秦磊将头轻轻地倚在了江朝阳的肩上。

"好，你走好，我走啦！"秦磊抽出了身子。

"你走吧，我看着你走！"江朝阳对这个倾心爱着自己，自己也十分喜欢的女人真是不舍。

"留一半清醒留一半醉，至少梦里有你追随……"叶倩文、林子祥的歌声在夜色中反复回荡。踏着歌声，秦磊轻盈地走向夜色，江朝阳一会儿就看不见她了。

第十九章

"妈妈，那个叔叔是你的男朋友吗？"正在整理书包的淼淼，欢天喜地看向刚进门的秦磊。

一直压抑着自己情感的秦磊被女儿一问，眼眶红了。

"妈妈，妈妈，你怎么啦？"淼淼慌了，从桌上抽出面巾纸替秦磊拭泪水。

"没事，妈妈没事！是什么小虫子进眼中了。"秦磊走向盥洗室，拧开水龙头，将凉水一捧一捧地拍向面庞。

"淼淼长大了！"秦磊对自己说。十五岁的女儿于自己，是命根子，是全部的寄托。这与江朝阳在心中的分量是不一样的，为了江朝阳，秦磊愿意为他做任何事，而对女儿，秦磊曾经对母亲说过：淼淼就是我的命！我开舞厅，就是为了让妈妈和淼淼过上好日子。让女儿受到好的教育，是文化水平不高的秦磊全部的期望，一个沉重的念想和无比饱满的希望。

当十五年前抱着几个月大的小淼淼离开胡东强家时，秦磊是绝望的：好不容易以为有了一生的依靠，因为文康的一封信打破希望，也不仅仅是因为一封信，秦磊知道，是自己当时对文康割舍不了的爱情。

胡东强妈妈相信秦磊，提出到上海给孩子去做基因比对，让胡东强放心。当时湖城的医院还没有这项技术。秦磊坚决不肯。

"妈妈，从小到大没有人打过我！"秦磊对婆婆说，"他不信任我，是他的孩子他也不会信任我！"那一记让秦磊眼前冒金星的耳光，打掉了秦磊对这个男人对这个高干家庭全部的依赖与幻想。

抱着孩子离开那个开着好多花的小院子，秦磊内心是很不情愿也很舍不得的，舍不得自己住过的地方，也舍不得对自己似亲女儿一般的婆婆。

十来年回过头来，秦磊不止一次地嘲笑过那时的自己，说到底，那时自己也还是舍不得那高干小院子的安逸，还有自以为稳实的依靠。

秦磊抱着孩子一无所有地回到了文工团，打电报给湖垛的母亲。母亲提前办了退休，一家三代就这样在文工团那间 20 多平方米的房子过了几年艰苦的日子。

秦磊从心底感谢文工团的老师、团友，他们没有看秦磊的笑话或歧视她，这原本是秦磊心中最怕的。从农村来的秦磊自卑又敏感，做了专员家的儿媳，多少人背后喊喊喳喳，而现在自己落到这般境地，从团长到老师，每个人都很温情地伸出手来帮助自己，从锅碗瓢盆到煤炉使用，从墙壁粉刷到家具添置和搬运、安放。

"你们团里的人都好，真好！"妈妈从乡下来几天后，发自内心地说。秦磊笑了。

很多年后，在并不复杂的生活经验中，秦磊感觉到，人啊，弱者有人同情，但风头太劲就有人不喜欢。这是她自己感受到的。

"你的感觉是对的！"晓梦拍着手很认真地说，"古人说，木秀于林风必摧之嘛！那时团里明确你主演《红色娘子军》，你以为个个都高兴啊！"晓梦还是那个讨喜的圆圆脸，看起来像长不大似的，但说起话来似经过了沧海桑田。

森森刚满周岁，秦磊就开始跟着文工团四处去演出。多亏团长，允许自己的母亲一起跟着走四方。过场的时候。母亲抱着孩子，秦磊和大家一起抬道具箱、服装箱，给舞台的吊杆上装灯拧灯泡什么的，尽自己最大的力量。秦磊总觉得不尽自己的力量和大家一起干活儿，就对不住团领导和团友对自己的照顾。一个离了婚的单身女子，带着母亲带着孩子跟着团里一起东南西北地走。团里也有老师带着孩子的，但没有带着母亲的。

森森是在音乐声中、在舞蹈的练功乐曲中长大的。每天早晨练功是秦磊的必修课，雷打不动。两三岁的森森看着妈妈压腿也将小短腿搁在了小凳子上。团里演出，有几个比森森年龄大的孩子在后台跑来跑去玩儿，只有森森安静地坐在上场门那个角落专心致志地看大人演出。可能是秦磊的遗传因子，森森也对舞蹈情有独钟，四五岁时扬臂抬腿有模有样，一字叉稳稳的，小手一伸将腿就扳得过头顶，在湖城幼儿园她就是园里节目的领舞。

那年森森上幼儿园大班。"六一"儿童节，幼儿园请家长去参加毕业演出联欢。森森说："妈妈，你一定要去！我是小朋友中跳得最好的！"

"你今天还是跳《北风吹》吗？"秦磊替女儿梳着小辫子。

"我们在《北风吹》后面还加了四个小朋友一起跳《窗花舞》！你教过我的。"七岁的淼淼拿起了她的肉色舞蹈鞋。

　　那天，在幼儿园广场搭起的舞台上，小朋友们各显神通。

　　当《北风吹》的前奏响起，红衣服绿裤子的淼淼梳着一根独辫子，轻盈地跃上了台。踮脚、控腿90度、旋转、秧歌步，淼淼将喜儿的喜悦和盼爹爹回家的那份情感表达得很不错。这孩子在文工团耳濡目染，舞感、节奏感都非常好。表演中，下面的家长掌声不断。忽地，秦磊看到女儿脸部抽搐了一下，是疼痛的表情？随着四个小女孩手持窗花欢快地跳上来，淼淼的表情又恢复正常了。一段《窗花舞》结束，五个小朋友手拉手向台下行着屈膝礼，观众席掌声雷动。

　　"秦淼妈妈，谢谢你！你教会了淼淼，我们才排了这么好的舞蹈！"淼淼的两个老师专程来向秦磊致谢。秦磊看到跟在老师后面的淼淼，一瘸一拐的。秦磊没有看错，孩子在舞蹈中那一刹那疼痛的表情，还真是因为脚扭伤了。秦磊翻开孩子的长筒袜子，淼淼脚踝那儿肿起一大块，红亮亮的。

　　老师吓了一跳："秦淼，什么时候扭伤的？"

　　淼淼低着头回答："在台上跳舞的时候，脚崴了。"

　　"但是我想，我无论如何要坚持到底！我们班排了好长时间，老师，对吗？"淼淼仰起头看向老师，又看向妈妈。

　　"好孩子！"老师夸淼淼，秦磊也为孩子骄傲，这份倔强和坚持很像自己。

　　那日，秦磊叫了出租车，将淼淼带回了家。平时，秦磊舍不得打出租车的。

为了孩子读最好的学校，秦磊拿出这几年开舞厅的积蓄，在湖城最好的中学附近买了房，母女三人一起住到现在，房子不大，但很温馨。秦磊也竭尽可能将家中布置得很雅致，这就是江朝阳忍不住发出"室雅何须大"感慨的房子。

　　从文工团那一间平房，搬到这小区的楼房里，妈妈高兴得不得了："还是小磊有本事，挣钱买起了房子。"那时，湖城的房子也就800多一平方米，秦磊找自己的客户说合，又打了个折，花了将近6万元，就拿下了这套在二层的楼房。妈妈年纪大了，身体又不大好，可以少爬点楼。

　　淼淼的性格温顺，但遇上什么事情都有自己的主见。秦磊看着孩子成长，心中很是高兴。她感谢晓梦为淼淼起了个很柔软的名字，孩子的性格明显比当年的自己好。

　　淼淼很阳光也很坚强，不仅仅是倔强。进了湖城一小以后，她立即就被音乐老师推荐到学校小红花文工团，上三年级后她又被推荐到少年宫舞蹈队。市区有什么少年儿童的重大活动，淼淼不是负责独舞就是负责领舞。秦磊看着女儿忙得很，总是说舞蹈什么的就不跳了吧，我们好好学习。女儿搂着秦磊的脖子说："妈妈，我保证不耽误功课！我和妈妈一样，喜欢舞蹈啊！"

　　上了初中的女儿已一米六四，出落得亭亭玉立。令秦磊高兴的是孩子不光舞跳得好，学习成绩也总是位于班级前几名。每每看到成绩单，秦磊总是发自内心地感谢母亲："妈妈，我整天在外面忙，淼淼多亏您了！"

　　徐碧霞自打秦磊的哥哥失足落水后，就将全部的心思都放在了秦磊和外孙女身上。一日三餐、外孙女的学习监督与功课辅导，

　　　　　　　　　　　　　　　　　　　　　　　舞之渡

她一个做过老师的师范生还在教中学、学中教。森森每学期的课本一发下来，做姥姥的总是到新华书店再买上一套，平时就跟着外孙女学习的进度，预习、复习，将教科书不离手地翻了个遍。森森很骄傲：我姥姥也是老师！

森森的舞蹈才华让她从小学到初中在学校的各大活动中都得到了充分的展示。森森初二的时候，就有老师将森森向省城艺校担任系主任的同学推荐："难得一见的舞蹈好苗子！"老师的同学从南京专程来到湖城看了森森，让森森跳了一段《北风吹》，又看了看森森的胳膊、腿的比例，问了家庭情况，尤其是听说秦森小时候就跟着文工团团员的妈妈练功、学习舞蹈，更感兴趣。秦森很骄傲地将自己小钱包里秦磊那张倒踢紫金冠的剧照拿出来，说："看，我妈妈跳舞才好呢！"那位姓沙的系主任当即留下联系电话，并留下话来："南京艺术学院欢迎秦森！暑期就可以去，初三毕业就可以去。"

"森森，舞蹈是青春饭！你学习成绩很好，没有必要非走那条路。"秦森回去向秦磊说了，秦磊不同意。

看出女儿的失望，秦磊知道，自小就喜欢舞蹈、形象身材条件很好的森森如果去专门学习舞蹈，也是个不错的选择。

但秦磊很快想到自己，想到文工团昔日的团友们，又有几个能在艺术这条路上一直走呢？除了晓梦他们几个上了大学的，其他人后来有的去了工厂、商场，有找人进了新华书店什么的事业单位，能去少年宫、文化馆这些相对跟文艺还搭点边的是凤毛麟角。

"森森，我们把跳舞当个业余爱好，女孩子学习舞蹈气质好，但根本的还是要读书。你成绩很好，妈妈特别高兴。我们考高中上大学，妈妈一路支持你。哪怕读到硕士、博士！"

"好的，妈妈！"森森还是听话的，抱着书包回房间学习了。秦磊家的两居室，女儿小的时候，秦磊和女儿住一个房间，一张床，母亲住一个房间。女儿上了初中以后，秦磊和妈妈住一间，一张床，给森森单独一个房间，添置了较大的书桌、两个书橱。女儿应该有个独立的学习空间。

安静、安宁、安谧，这样的生存状态，秦磊心中还是挺满意的。但自打江朝阳来过家中又被森森撞见之后，似乎某种平衡被打破了。

"妈妈，那个叔叔是你男朋友吗？"当森森再次装作若无其事地问秦磊之时，秦磊知道无法回避这个话题了。

"那个叔叔是朋友，比较好的朋友，妈妈很信任他，他是个好人，但不是男朋友。"秦磊认真地斟酌词句。

"朋友，又是男的，就是男朋友吧？"十五岁的森森很认真，越长越像秦磊。班上已有小男生给秦森递约会的纸条了。秦森一概不理，懂事的孩子很有定力。

"妈妈，你会与你的男朋友结婚吗？结婚后，家中是不是就只有我和姥姥两个人啦？"森森的话音有些许的不安和忧伤。

"森森，胡思乱想些啥啊？那个叔叔有家有女儿。他帮助妈妈解决了许多问题，妈妈只是请他吃饭感谢感谢他的。人要知恩图报。"秦磊很认真地承诺："妈妈和森森、姥姥永远不会分开的！"

母亲徐碧霞也与秦磊有过一次认真的交流。

"小磊，那晚我看到你和那位江先生在一起走的。"徐碧霞那晚接外孙女放学接了个空，急急忙忙往回赶。回来看到女儿和一个男人在人行道上一起走。

"我看江朝阳这个人很不错，稳重谦和，我倒不是看他是个什么副局长。你们走在一起样子很般配，你们都穿的风衣。"徐碧霞微笑。做母亲的为女儿一直在操心，希望女儿有个安定的依靠。

"妈妈，他人很好，对他家庭很负责任。这几年，他帮了我歌舞厅生意上很多的忙。请他来吃饭，也就是感谢他。"秦磊尽可能将语气放轻松，但心中很是苦涩，甚至绝望。

秦磊不止一次地想：自己之所以这样喜欢江朝阳，不也正是由于江朝阳这样理智与对家庭的负责任吗？这更让自己心心念念。"留一半清醒留一半醉，至少梦里有你追随。"秦磊知道，他做不到一半清醒一半醉，自己也只能这样了。

那晚以后，也有着在公开场合见到江朝阳的机会，秦磊有意离他远远的，江朝阳也似乎与她有了点距离。

思念一个人很是痛苦，何况也并不是完全的单相思。秦磊真是叹息：这样好的男人，怎么与自己就有缘无分呢？

日子就这样不着痕迹地飞过。

至少，森森一日日地长大，这就是生命的痕迹。

这样想着，秦磊就又想起当年圆脸圆眼睛的晓梦，站在那池塘边朗诵："天空没有翅膀的痕迹，而我已飞过。"那是泰戈尔的诗句。现在秦磊也多少知道泰戈尔是世界著名的大诗人了，是印度人。那时的自己真是什么也不知道啊！秦磊摇摇头笑了。

湖城的春天、秋天总是很短，前日还穿裙子呢，一夜风起羽绒服就满大街的了。秦磊不喜欢羽绒服的臃肿，一如她从不穿那种紧身裤、皮短裙。她也从没烫过头发，多少年都是长长的直发，有时披肩有时绾上去盘起来，练功的时候就扎个马尾。

苍黄的梧桐叶飘落一地，在寒风中打着旋又堆积在树根下。天冷了，秦磊最多是穿大衣，黑色的米色的灰色的，再裹上黑白碎格子大围巾。森森喜欢妈妈这样素洁雅致的打扮，小小年纪也不喜欢大红大绿。

窗外寒月若水，秦磊熄了灯，月光依旧冷冷地钻了进来。在月光的笼罩下，秦磊将人生似乎看得透透的了。

一晃又是几年，总归日子就这样过吧。

祈愿女儿、妈妈都好好的，森森明年就要高考了，高考对于秦森来说，不是难事，关键是考什么大学。还有，江朝阳也好好的。他是秦磊心底一份深深的牵挂。

第二十章

总是说福无双致，祸不单行。

那天，出奇的冷。风狂卷起所有的树叶，枯黄的、黄中带青的，树上的、地上的树叶在呼啸的风中毫无章法地旋转，发出"哗啦啦"的声音，昨日它们在风中还是瑟瑟作响的轻鸣。

"请问，是艺柳歌舞厅的负责人秦磊经理吗？"一个陌生的电话打到秦磊的手机上。

"你好，我是。请问？"上午秦磊一般都是在家，今天秦磊正准备带母亲去医院再次检查。前些日秦磊带母亲一起去体检，医生说妈妈肺部有结节。

"我们是区拆迁办的，根据市区改造计划，艺柳歌舞厅所在的地块即将拆迁。请您或是派人至区拆迁办拿通知，并做好拆迁准备。"

秦磊头"嗡"了一下：拆迁！拆迁了歌舞厅就没有了。这地块并不属秦磊，只是租用。怎么办？

歌舞厅主办单位是文工团，秦磊当即给崔团长打了电话，崔团长说还不知道此事，说他打电话去问问。

秦磊又拨通了江朝阳的手机，江朝阳也不知道这事，他说："小秦别急，你先带你妈妈上医院。我来了解些具体情况，再告诉你。"江朝阳说话一直是稳稳的，让人放心。

那一阵，是秦磊最焦头烂额的时期。母亲再次去检查以后，江朝阳帮找的熟人医生，指出 X 光片上那块阴影还有几个小黑点。医生说是要在肺部组织取一小块活检，要一周后结果才能出来。秦磊太阳穴一跳一跳的，胃部又隐隐地疼痛了。秦磊的胃一直不怎么好，疲劳或是生气时都会突然跳出来抗议。

江朝阳和崔团长先后地电话确认了，秦磊的歌舞厅的确在拆迁范围中。南至东方红路，北至无线电配件厂都将在春节后统一拆迁。

"那我怎么办？"秦磊不知道怎么办，将这个问号抛给了江朝阳，也抛给了崔团长。

"你别急，我来看看市区其他歌舞厅有没有需要管理人员的。别急啊！"江朝阳对秦磊的事情一如既往地上心。

而崔团长那儿就没啥法子了，文工团连秦磊一共八个人在艺柳歌舞厅工作，舞厅关门后，本来就不怎么景气的团里，还要拿出一笔经费来管住这批人的吃喝。虽然不参加演出的团员每个人一个月只有几百元的生活费，可加起来全年也是一笔不小的开支。

此时的文工团已从全额事业拨款改革为差额拨款。文工团也不像二十世纪七八十年代时那么红火了，全民看样板戏的热潮早已过去。从话剧、歌剧、轻歌舞，文工团都尝试过，在电视机普及的年代，到剧场看戏的观众日趋减少。文工团需要赚钱养活自己，崔团长也带着申请追加经费的报告，厚着脸皮常跑文化局、

舞之渡

市政府。

歌舞厅早已过了门庭若市的年代。二十世纪九十年代末，湖城的歌舞厅似乎进入了分流或是转型的阶段。大街小巷卡拉OK厅风起云涌。拿起话筒吼上几嗓子成了时尚与潮流，也的确涌现了不少准歌手。不少同行也纷纷将歌舞厅转型，从卡拉OK到后来的KTV。

夜色降临时，霓虹灯上一闪一闪的都是英文字母。舞厅大多挂出了迪厅的牌子，夜色中的迪厅基本是年轻人的天下，穿着露脐装染着黄头发的少男少女，不知疲倦地扭着胯，将手高高地举过头顶。秦磊有次去那所装潢很花哨的迪厅看了一下，一群黄头发的小姑娘将荧光棒花气球什么的都举在头顶上舞，还有男孩子举着啤酒瓶边喝边舞。

秦磊的歌舞厅自然更是人烟稀少，用晓梦的话说，现代人谁还如你想的那样，优雅或潇洒地花钱买票来跳舞？这个年代，优雅与潇洒就是奢侈品。晓梦让她去公园和广场看看。

还真是这样。市中心的迎宾桥下的小广场、北面人民公园前的空地上，每天早晨就有不少中老年人在那儿搭伴跳舞。这些人大都有固定的舞伴，据说有的跳着跳着还擦出了"火花"，跳出了绯闻与故事，甚至上演过老婆或丈夫经过一番侦察后，上演全武行，大打出手一直闹到派出所、对方单位的情景，当然这是极少数。多的是一些中年妇女、下岗女工，早晨与男舞伴跳舞，跳过了去吃早点、回家为家人烧饭。

秦磊一直想在歌舞厅做些高雅艺术，或是与舞蹈艺术有点关联的，但在现实面前不堪一击。

"秦总，客人太少没办法。要不，我们也兼容并蓄，丰富内容与形式，愿唱的唱，愿舞的舞，客人想干啥我们就提供场所呗！许多迪厅、卡拉 OK 可都有包厢的。"从创办之初就在艺柳的小丁现已是副经理，常常笑着在秦磊面前嘀咕。小丁也是从文工团下来的，是受了点小小的处分，想到这个处分，秦磊和小丁都是哭笑不得。

"为什么团长叫我上那个节目呢？"隔了几年小丁又提起时总是摸着圆圆的脑袋苦笑。小丁本来是吹萨克斯的，表演能力强，也有一副好嗓子。那次市里召开人大、政协会，不知怎么想起来要文工团为两会演一场节目，就安排在新建成的号称华东地区最大的文化城。那时，文工团也只是演一些歌舞节目，节目单排来排去还是舞蹈节目多。舞蹈演员换服装都抢不过来了，插两个唱歌节目吧，一个是女声独唱，一个是男声说唱。当时有两个男演员借调到省歌舞团了，省歌舞团也在外巡回演出。于是，临时定下来让进团时间不长的小丁上个男声说唱《磨剪子嘞戗菜刀》。这个节目生动明快，有说有唱，导演和团长都认为小丁完全可以胜任。

"梦里回到了我的童年。那条深不见底的胡同，那个帮人磨刀的老头……磨剪子嘞戗菜刀，磨剪子嘞戗菜刀！"圆圆脸大眼睛的小丁兴致勃勃地就开始了练习。从艺校刚毕业的小丁圆头圆脑形象讨喜，悟性也非常好。这首歌说唱结合，有点怀旧又带着喜感，大家都认定这个节目肯定能出彩。

那晚，台下黑压压的全是人，有市里四套班子领导和参加两会的会议代表，将新世纪文化城坐得满满的。小丁早就在上场门候场了。主持人报幕，前奏音乐响起，小丁身着鲜红的夹克，白色的长裤很活泼地上了台："昨晚我又做了个梦，那个永远不想醒来的梦……"在炫目的灯光下，小丁从上场门走到下场门，又从下场门去到台中间。刹那，大脑短路，下面的台词他全忘记了！小丁头皮发麻，扯起了嗓子唱："磨剪子嘞戗菜刀——磨剪子嘞戗菜刀！"台下的中年人都熟悉这样板戏《红灯记》中地下党接头的暗号。可小丁连唱了四遍"磨剪子嘞戗菜刀"，他在舞台上绝望得转来转去。导演和团长急得不得了，又不能拉大幕，提词小丁又听不见。忽然台下就有几个人应和："磨剪子嘞戗菜刀！"少倾，全场很多人都笑着跟着唱了起来："磨剪子嘞戗菜刀！磨剪子嘞戗菜刀！"坐在第六排领导席上的人大党委会主任、政协主席再也撑不住大笑了起来。

宣传部长和文化局局长急匆匆地跑到了后台，铁青着脸说："你们怎么搞的？这么年轻的演员，刚从学校毕业，就让他上这么个重要演出？暂时不要用了！"

那时，正好歌舞厅需要乐手，团里就让小丁去了歌舞厅，与秦磊一起工作。那时萨克斯时髦得很，小丁在歌舞厅一亮相，全场就兴奋起来，还有小姑娘向小丁献花。每晚十时左右，小丁一曲萨克斯《回家》，客人们也三三两两地站起了身，回家。

小丁其实是个很踏实可靠的孩子，秦磊很放心地将购买设备什么的工作都交给了小丁。过了两年，又让小丁做了自己的副手。小丁自己也很高兴，每天下午、晚上在舞厅吹吹萨克斯，唱唱歌，收入是在团里的两三倍。过年过节，秦磊视经营情况，还给大家发发红包。

按小丁的意思，将舞厅两侧各隔开设5个包厢，共10个包厢，提高收费标准，再加上酒水消费，每天下午和晚上还是能赚上一笔的。

"秦总，我们这舞厅一览无余，客人不喜欢的。"小丁睁着圆眼睛很认真地说过，并将设置包厢的预算捧到秦磊面前。秦磊没同意，预算不到三万元，艺柳是可以拿出这笔钱的。但秦磊怕歌舞厅不干净，怕有了包厢招来不三不四的人。秦磊心底不愿辜负舞厅门口挂的铜牌：湖城市五星歌舞厅。那是市里开文化工作大会，江朝阳代表文化局授予艺柳歌舞厅的。

说到底，秦磊心中始终在想，不能辜负江朝阳的信任。文艺、雅致、干净，这六个字是秦磊对自己歌舞厅的要求与底线，也是对自己行事做人的要求。但是，行不通。

"水至清则无鱼，秦总啊！"小丁与小王嬉皮笑脸地说。说来他两个也是三十出头的人了，说心里话，他们信任秦磊，与她相处得似姐弟一样。但现在是什么年代了！不变通是行不通的。

歌舞厅一个月下来，总是得有几万元的固定开销，门庭冷落人烟稀少带来的入不敷出是个大问题。好在，江朝阳那儿为秦磊拉来的一些关系户，隔三岔五地来这儿办些培训班或是联欢，时间长了就每年都来，还有一些单位每年的新年年会。市文化馆建了起来，这些老主顾还是要照顾秦磊一把的。

看着歌舞厅在推土机下变成了一堆瓦砾，秦磊心中是疼的，很疼。她早已带着员工将墙上文工团的老剧照都取了下来，放到了文工团的仓库中。

"还是秦总有远见，如果前年我将那些包厢弄了起来，老本可能还没有收回，就一起被推掉了。"跟了秦磊近十年的小丁站在瓦砾边长叹一声。

推土机下的砖瓦石砾中，有着一星一星的绿意，那是艺柳歌舞厅门前小广场灌木丛中的绿芽，也有道边草坪出的小草。

这个歌舞厅渗透着秦磊的心血，也承载着她生活、生存的希冀。那天是立春，万物萌发的日子，可也是艺柳烟消灰灭的日子。

曾经的红火热闹，曾经的丝弦管乐，曾经的人来人往，更有那回响萦绕八年之久的《梁祝》协奏曲，都消失在这高大的推土机下了。

伫立许久，秦磊心中一片冰凉。

忽然想起，二十多年前，也是个立春，自己从湖垛坐小轮船到了湖城，站在地区文工团的牌子下仰望。秦磊眼前出现了自己那时的样子，围着黑毛线围巾，拎着妈妈的小藤箱，在早春的阳光下，心中全是希望。

一个时代又一个时代，秦磊不停地希望着，对舞蹈对爱情，对自己苦心经营的歌舞厅，可是结局为什么总是让人失望？

生命中的暴风骤雨从来都是不打招呼的，说来就来。

妈妈那次肺部活检，一个星期后结果出来，是肺癌晚期，不能手术只能化疗。秦磊动用了所有的资源，找主治医生，去上海瑞金医院看病。江朝阳依旧忙前忙后，上海那边就是他找的人。他自家有病人，这么多年来，也认识大医院的一些医生，都尽可能地帮助联系。甚至，他专程陪同秦磊带母亲去了上海，似儿子、女婿一样忙前忙后。

"朝阳，谢谢你！我拖累了小磊也为你添了负担。我走了以后，你尽可能地帮帮小磊。小磊没有父亲没有兄长，我走了，她只有你了。好吗？"徐碧霞泪水纵横。秦磊不知道母亲是在什么时候对江朝阳说过这样的几句话。

"徐老师，您放心吧！我和小磊认识这么多年，早就和亲兄妹一样了！"江朝阳的诚恳让徐碧霞心中踏实了，做母亲的一直希望女儿能和江朝阳走到一起。

这是母亲的"六七"后，江朝阳告诉秦磊的："其实，就算妈妈不说这话，我也不会不管你的。"江朝阳很自然地称呼秦磊的母亲为妈妈。这话从江朝阳的口中说出，秦磊感到很温暖也很感激。

每次化疗对母亲对秦磊都是一种痛苦和折磨，秦磊为给母亲治病花了不少的积蓄，农村合作医疗只能报一部分。为妈妈的治疗费报销，秦磊跑过湖垛教育局，跑过乡文教助理的办公室，顺便回了老家一趟。坐在三间老屋内，看着老屋的寂静与荒凉，一直坚强撑着的秦磊坐在那张木板床上号啕大哭。

要不要去找一下胡东强的妈妈，让胡家帮帮忙？对他们来说，也就是打一个电话。

想来想去，秦磊还是没去。

化疗需要增强营养，秦磊总是去买甲鱼、老母鸡什么的去饭店加工，再端到母亲的床头。母亲说："小磊我真的不想吃，吃不下。"秦磊放下碗说："妈妈，你不吃就是存心想丢下我一个人，是吗？"

76岁的母亲最终还是撒手而去。村里前几年平坟整地，过了这么多年，秦磊也不太清楚父亲的坟在哪里了，哥哥就埋在村边上的公墓里。秦磊舍不得将母亲送回老家，她将装着母亲的骨灰盒子，就放在自己的房间的那张柜子上。她想着什么时候自己离开这个世界，让淼淼将外婆和妈妈葬在一起吧。

母亲年轻时的黑白照片，被秦磊放大挂在了卧室的墙上。照片上的母亲最多四十来岁，齐耳短发，穿黑白格子的衬衫，抿着嘴文静又婉约，带着一点点笑意。她在那儿看着女儿，陪着女儿。秦磊除了浓黑的眉眼似父亲，脸型、鼻梁、嘴巴都像妈妈，秀气俏丽。哥哥神志清醒时不止一次说过："小磊啊，你的长相结合了爸妈的优点。"

母亲是放心地走的。那年夏天，淼淼考上了北大。母亲走时是秋天，四处金黄，天空蓝碧碧的。看着火葬场那高高的烟囱吐出缕缕青烟，哭干了泪水的秦磊劝着自己：天堂里不用化疗没有痛苦，妈妈去找爸爸了。她又想，这么久了，爸爸和妈妈还认识吗……

好在，好在妈妈是看到外孙女考上大学后走的。

进入高中的秦淼真是没让秦磊失望，每次考试都在年级前20名。上了高中以后，秦磊曾经找过班主任陈老师说，秦淼进入高中了，那些文艺会演、比赛就不要让她参加了，让孩子集中精力学习。老师笑着答应了。可是秦淼的名字依旧出现在学校这个活动或那个活动的节目单上，孩子并没有因为参加文艺活动耽误功课。秦淼学习还真是不用人操心，很自律很要强，性格也很温柔。秦磊尤为喜欢的是，这孩子这么多年，每天早晨六时准时起床，跟着秦磊搁腿、踢腿、下腰，每天半个小时。

那晚秦磊去参加高三的家长会，朱校长特地找到秦磊说："感谢你秦老师！秦淼是我们学校的骄傲！"秦磊说孩子数学成绩这次考得还不大理想。校长笑了："如果我们学校再出几个似秦淼这样的孩子，我做梦也要笑醒了。"

秦淼高考的那个夏天特别炎热，孩子肠胃不适又闹了点肚子。高考成绩出来她的分数依然达到了北京大学的最低录取分数线，但当时招生比例是按 1：1.2 划分的。秦淼的第二志愿是北京师范大学。

朱校长去找了市招生办公室，找到北京大学来湖城招生的老师，亮出了秦淼高二参加全省中学生文艺会演时独舞《春之声》得了第一名的奖励证书，还有秦淼跳舞的一沓照片。北京大学来招生的老师喜出望外，说可否让我们看一看这个考生。穿着白衬衫束着蓝裙子扎着马尾辫一米七的秦淼，高挑清纯地站在了北大的老师面前，招生老师当即拍板：这个秦淼我们要定了！

印着"北京大学"的录取通知书寄到了秦磊家中，秦磊第一件事是带着女儿去了妈妈的病房。捧着录取通知书，徐碧霞搂着外孙女热泪滚滚。秦磊第二件事就是打电话给江朝阳："放心吧，北大的通知书到了！"

秦磊为女儿买了只大牛津布的箱子，红色的。淼淼说黑色的也挺好，秦磊笑了，说："这和妈妈当年跳吴清华的衣服是一样的颜色！"淼淼拍着手说："好的好的！谢谢妈妈！"

秦磊是生平第一次去北京。

此时，湖城去北京还只有长途汽车，秦磊送女儿去北京整整坐了 12 个小时。晓梦正值假期回湖城，本来想陪秦磊一起去北京的，她怕秦磊迷路。可她的父亲住在医院，情况不大好。秦磊让晓梦放心："从长途车站如何坐车到北大，江朝阳替我画了线路图，你只管放心。"

秦磊真是高兴啊！自家这一代人终于有孩子进了大学的校门，还是北京大学。秦磊在北大的校园走了走，在挂着"北京大学"匾额的古色古香的校门前与女儿合影，又单独拍了张照片。到了宿舍，她帮着女儿整理了床铺，撑起了蚊帐，千叮咛万嘱咐后才坐车回了湖城。

母亲在医院，秦磊放心不下。她在北京赵公口长途车站坐上了回程的大客车，上下铺的那种，回到了湖城。刚下大客车，她就接到了电话说："我在外面。"秦磊走到出站口，就看到江朝阳推着摩托车等在外面。

秦淼去北京前，江朝阳送了一部摩托罗拉手机给秦淼："记住，方便时多给你妈打电话！"秦淼笑道："我也要给叔叔打电话！"懂事的淼淼认可妈妈和江朝阳的感情，也感谢江朝阳对姥姥病情的关注和付出。晓梦则拿出一个信封，装的是1000元钱，说是给淼淼上学带着用。秦磊母女俩都不肯收。晓梦瞪着圆圆的眼睛说："还不到一个手机的钱，为什么他的能要，我的就不要？"她这一句话说得秦磊和淼淼都笑了。

坐在医院的床边，秦磊将在北大门前的母女合影照片给母亲看，又将女儿宿舍的照片给母亲看，说："淼淼一切都好，妈妈你就放心吧！"当晚，母亲手中攥着女儿和外孙女在北大门前拍的照片，带着笑意离开了这个世界。

现在，卧室的墙上，年轻的母亲抿着嘴文静又婉约地带着一点点笑意，看着秦磊，陪着女儿。

两室一厅的房子，寂静无比。秦磊将家中好好地整理了一下，将母亲的衣物放入了一只大木箱子，这还是母亲那年最后离开湖垛老家带来的。秦磊记得，当时劝妈妈不要带了，这儿都有衣橱。妈妈说，这是家里唯一值钱的樟木箱子，放衣服虫儿不会蛀的。于是，妈妈执意将这个箱子带到了秦磊的家中。

秦磊原本想将箱子放衣橱顶上的，可实在不好看。放上去，就似一个老人的家。秦磊到文工团几位上年纪的老师家去过，橱顶上放的全是箱子、塑料袋装的被子什么的。这就是老了的标志，晓梦也这样说。想来想去，这个箱子被秦磊塞进了床下面，下面垫上了一块地板砖，是那年房屋装修多出来的。那地板砖之前秦磊也想扔了，妈妈说："我收在阳台上，说不定哪天会用着。"想到这，秦磊的泪水再也止不住了。

"只有我一个人了，只剩我一个人了。"秦磊满脑子都是这句话。淼淼是自己的女儿，但有一天她会有自己的家庭自己的生活，现在她已从自己的生命中抽走了至少一半了。

下面我该干什么？我还能干什么？妈妈走了，女儿离开了，歌舞厅拆了。

窗外的寒风漫无边际，一直沁到秦磊的心底。挂着凉凉的泪水，秦磊坐在了女儿的书桌前。女儿有许多书没有带走，够秦磊看上几年的，但秦磊对书本还是提不起兴趣。

手机铃声一阵响起，号码不大熟悉。

"是秦磊吗？"温和的男声。

"您好，我是秦磊。"

"我是丁俊啊！"

是丁老师啊！秦磊笑了。

丁俊老师是二十世纪七十年代文工团最耀眼的舞蹈明星，在芭蕾舞剧《白毛女》中他饰演大春，在《红色娘子军》中他饰演洪常青。湖城人都认识他。秦磊还记得刚进团时，几个老师常与丁老师开玩笑："洪常青，今天又收到几封求爱信啊？"许多护士和纺织女工都写信给他表示爱意，有的都不知道丁老师的名字，就直接写"尊敬的洪常青同志收"。丁老师有一次带妻子去医院瞧医生，叫了一辆三轮车。拉车的师傅一看，"您是洪常青啊！"然后死活都不要"洪常青"付车费。这件事情，团里都知道。丁老师的爱人回来感叹："样板戏真是深入人心啊！"

"文工团成立40周年，准备搞团庆。我现在在团部办公室，我和王老师分别通知大家。具体时间再通知，请一定来参加哦。"丁俊老师的笑意很温暖，秦磊的记忆一下子又被拉回到20多年前。对自己而言，那些个日子也算是激情岁月吧。

"秦磊，你在听吗？"

"丁老师，我在听。到时候，我看时间吧。现在说不好。"

"我希望秦磊你能来，如果你来，联欢时，我和你还有小李子，我们就跳一出《常青指路》那段三人舞可好？"

"丁老师，我不知道我还能不能跳了。"秦磊也笑了。

"我都能跳，你还不能跳？我已快退休啦！"丁老师不紧不慢地说着，给秦磊留下一个难题。

文工团团庆，去还是不去？

去了，《常青指路》跳还是不跳？

去了，文康、王秀玲他们会来，和他们怎么相处？

最关键的，秦磊现在什么也不是，歌舞厅没有了，只有文工团每个月发的几百元生活费。晓梦是副教授了，听人讲文康早已是江南歌舞团的副团长，王秀玲后来到了一所中学教音乐……

人哪，就怕人比人。尤其是以前站在同一起点上，生活感情有所交集，各奔东西几十年后，高低上下谁都怕比较。

秦磊知道，说到底是自己心中过不去这个坎。

这么多年，她一直与自己较劲，也与其他人较劲。秦磊与晓梦有半辈子深厚的友情，晓梦对秦磊很好，秦磊有什么心思和难题也与晓梦交流。晓梦结婚时，秦磊还给晓梦绣过一对白底上有着飘逸兰花的荷叶边枕套，尽管当时已不时兴，晓梦还是当个宝似的。

看着晓梦读大学，留校任教再调到省城教育学院去，晓梦的丈夫一表人才，原来他就是晓梦儿时住的那个大院里的邻居。两个人在一所学校任教，晓梦的丈夫现在已经是系主任了。

秦磊知道自己的自卑、狭隘：晓梦要不是有个副部长的父亲，一切也不会如此顺当吧。

人生如一粒种子，落到肥土里会长成一棵翠绿的青菜，落到枯瘠的黄土中，只能长成一棵瘦弱的小草，落到田埂上，更会被人践踏得不像样子。这些年，自己如被生活的鞭子抽打的陀螺，一直转个不停，还想长成一棵树？是自己做的白日梦罢了。

秦磊，你有何颜面和昔日的团友们见面？还有，文康自从那年到艺柳歌舞厅找过秦磊，也多少年没有联系了。尽管每当听到《梁祝》，秦磊心中还是会悸动。那也只是对青春的忆念罢了。如果再见，秦磊也不知道如何面对他。

没有母亲，没有爱情，没有事业，她基本算是无业游民，囊中羞涩。

前几年买房，这几年为母亲治病，将女儿送上大学后，秦磊回到湖城几乎一无所有。阳台上以前的练功把杆，现在把腿搁上去稍用点力就嘎吱作响。十多年了，也应该换了。秦磊花了80元钱，在阳台换上了一副新把杆。

练功，唯有在搁腿、踢腿、下腰等舞蹈基本功训练中，秦磊才能忘却这一切，才会感到自己活在这世上的意义。

前些日，窗前的大玉兰树那硕大粉白的花朵一直伸到了秦磊居室的阳台边，楼下的月季花粉红簇簇。秦磊的小区内竟然还有合欢花，细细碎密地昭示着夏天的到来。刚搬到这个小区时，秦磊看到小区如艺校园一样的合欢树很惊奇。她一直以为这合欢树只有艺校园，还有晓梦家那个大院里才有。后来知道，合欢花在这个城市很普遍。

四季很快流转，转眼又是霜降了。

封闭起来的阳台上，练完功的秦磊脸上沁出细密密的汗珠。家乡的初冬突然映入了秦磊的心中：自家门前的山芋藤、扁豆藤，还有南瓜藤应该清理出田了。小时候，秦磊跟着妈妈做过这些事情。它们翠绿过，灿烂过，也结过果，此时，在季节的变幻与揉搓中走向生命的尽头，留下老枯的残叶，还有落在泥土里的种子，将位置留给下季的植物，走向生命的终点。

人呢，也是这样。人生一世，草木一秋。秦磊想起了这句话。

当丁俊老师再次来电话，说12月30日到1月1日，文工团将举行跨世纪联欢聚会，大家就在以前的艺校园旁边，那新建的文化艺术中心相聚。秦磊撒了个谎："丁老师，真的不巧。我要利用元旦去北京女儿那儿一下。孩子最近身体不太好。"

"秦磊，是我。"晓梦1月2日上午来了个电话："舒叶老师这次也回来了。我知道你不愿意去参加团友会。我真的理解。我们在一个宿舍住了几年，今晚，我请你们喝茶，怎么样？你也多少年没有见到舒叶老师了。"秦磊答应了，但她其实还是不愿意去，要是万一遇到熟悉的团友该怎么办？

秦磊让晓梦开车带舒叶老师到自己家来坐坐，她让晓梦邀请舒老师。

秦磊打电话给花店，让他们送来一束粉白相间的玫瑰花和一大束绿白相间的满天星。她将玫瑰放在茶几中间的大肚子白瓷花瓶中，满天星则分成三束分插在冰箱上的花瓶和墙上的挂篮里，客厅顿时有了盎然生机。西墙壁上挂着前年再次加印的自己倒踢紫金冠的照片，是湖城那家最好的广告公司做的，照片加了金色的木框。

看着焕然一新的客厅，秦磊苦笑：上次插花是好几年前的事了，还是江朝阳来的那一次。那时，妈妈还在，秦淼上初三。想想恍若隔世。

叮咚，门铃响了。身着一袭过膝大红毛衣的舒叶老师浅笑盈盈地走了进来，身着米色呢大衣的晓梦手中捧着几个水果盒子。秦磊见到舒叶老师很是惊异：二十多载岁月过去了，什么都在变，舒叶老师却没有变，甚至，变得更漂亮了。

"秦磊，你还是那么漂亮！我们有多少年没见面了？"舒叶

　　　　　　　　　　　　　　　　舞之渡

脱下了毛衣外套，里面穿着短短的紧身牛仔上衣与藏青色的长裙，头发扎成一束马尾。与当年一样，舒叶老师的气质无人能比。

"老师，其实，我在电视上见过您！"秦磊还真是在电视上见过舒叶老师，不喜看书的秦磊有时会看看电视，尤其爱看电视里的音乐舞蹈节目。

"那次是全省高校文艺会演直播，我无意中看到您和另外两位女老师在一起唱《星星索》。您站在中间领唱，摄像机的镜头给了您几个特写，我一看，这不是我们的舒叶老师吗？好漂亮！"秦磊看到老师很是高兴。

"秦磊，晓梦说你办了歌舞厅，很有品位的。墙壁上还挂了我们文工团的许多剧照。"舒叶接过晓梦递过来的一片哈密瓜。

"政府拆迁拆了呀，舒老师！"晓梦看秦磊神色黯然，抢过话去说。岁月不饶人这句话似乎只对舒老师例外，于她而言是岁月从不败美人。娃娃脸的晓梦的脸庞上也有了风霜，颧骨、腮部都显出了棱角。想想也是，晓梦的孩子今年也要考大学了。

"老师，请喝茶。"两巡茶过后，秦磊忽然想倾诉内心苦楚。

"老师，我真的总是想做些事，年轻的时候，我想跳吴清华，拼命地练功想将吴清华跳好，可是没跳成；我想好好爱一个人，到最后也是散了；我嫁人了想安稳过日子，可是因为文康的一封信被胡家赶出了家门；到了中年没有机会再跳舞了，我千辛万苦办了歌舞厅，有一段时间也是红红火火，可是命运似乎一直在捉弄我，我也跟不上这时代变化。我想做的事能做的事，到最后都是一塌糊涂一事无成！老师，归根到底我还是一个无用的人，是吗？"

秦磊的眼泪盈在眼眶中，这是秦磊闷在心中许久的话，她对命运实在想不通。有些话，对江朝阳她也不说，她怕江朝阳看轻自己。

　　"秦磊啊，晓梦和你是多年好友，你的事我或多或少也听她说过一些。"舒叶往秦磊那儿移了下身子，递过两张面巾纸。

　　"秦磊，你可不要怪我多嘴哦。舒叶老师一直关心关注着你。"晓梦就在省城工作，与舒叶老师常有接触。在老师去洗手间时，晓梦附在秦磊耳边笑道："不过那件事情我与舒叶老师没有说过哦！"秦磊轻拍了晓梦一下，她知道晓梦说的是江朝阳。

　　文工团那批苏南来的老大学生，大都回了省城，也有的随着丈夫去了苏州或是上海，与文工团联系不多，与秦磊有关联的基本没有。秦磊知道，舒老师和晓梦是真关心着她的。

　　"社会从来不是绝对公平的，秦磊。人生也不是付出就能得到回报的。人生也好社会也罢，就是阳光与苦难并存，看清生活的真相却依然热爱生活，这就是我的人生观。哎，这句话可不是我的原创，是著名作家罗曼·罗兰说的。"晓梦现在在省城一所高校教中文，同时，也在写作，报纸上常见到她的随笔散文。前一阵子，秦磊还在报纸上看到晓梦出了散文集的报道。

　　社会不绝对公平。晓梦说的那句话秦磊深有同感。罗曼·罗兰的那句话也令秦磊有一点点开悟。那天晚上，师生三人讲了很多，谈论的中心话题还是人生，尤其是谈秦磊以后做什么，怎么做。

　　"小秦，你很要强，当年跳舞时我就知道。你是能做事的。这个世界，从来就没有好走的路，只有适合自己的路。其实，利用自己的舞蹈才华和这几年歌舞厅管理的经验，你真的能做好多事。但是，不要太与自己较劲，也不要太与这个社会较劲，我们都较劲。许多的事情啊，我们都需要顺其自然。"舒叶还是那么淡然优雅，说话声音轻轻的。

"小秦，喜欢就搭搭衣服。"舒老师给秦磊带来一条红绿相间的丝绸长围巾。分手时，舒叶老师给了秦磊一个拥抱，很温暖也很有力。

将舒叶老师和晓梦送出小区的大门，秦磊心中忽地有几分释然。外面广场舞乐曲放的是《唱支山歌给党听》，有二十来个大姐大妈随着乐曲在跳着，她们笨拙的舞姿与认真的态度不失可爱，让乐曲听上去不那么喧闹了。七彩霓虹、黄绿色的射灯交错在城市的上空，秦磊觉得似乎也好看了些。

回来对着镜子，秦磊再一次认真地看了看自己，由于长年的基本功训练，依旧柔软修长的身材，朝50岁走去的女人，能做什么？还能做些什么？

"今天，你还好吗？在干吗呢？"江朝阳的电话又打了过来。自秦磊的妈妈过世，淼淼又去北大以后，江朝阳基本每天都有电话过来。

"刚将舒叶老师和晓梦送走。我在吃水果呢！"秦磊的口气很轻松。

"今天心情挺好的嘛！"江朝阳在电话那头笑了。"明天上午九时，你去东湖区文化馆报到！先借用。我已与他们说好了。"

"什么，什么？去文化馆？我能做什么？"秦磊很意外，更有一分惊喜。

窗外，一轮柠檬黄的圆月在天际与这些楼群这大地，也与秦磊对视。自己有多久没有认真地看过月亮了？

　　秦磊微笑。

第二十一章

阳光正好，风和日丽。

一月的天气难得有这么暖暖的风。舒叶老师送的那条红绿撞色的长丝巾与秦磊的黑大衣很搭，秦磊对穿着打扮有点无师自通。就说这丝巾，秦磊没有如一般人那样塞在大衣领中，而是将这丝巾类似系红领巾那样，松松地系搭在了大衣领子的外面，微风中有点飘逸。秦磊身材基本没变，即使是穿着大衣，高挑又凹凸有致。

秦磊是知道自己好看的，人到中年，自己走在街上仍有着很高的回头率。在艺柳歌舞厅好几年，不熟悉的人常问：这个秦经理不是湖城人吧？是苏南人吧？这么多年在文艺圈摸爬滚打，秦磊的普通话也很标准了，一点湖埭口音都没有了。

秦磊提前到了位于城东的新文化馆，自打搬到湖城中学边上的学区房后，她就难得到东面来了。

三层楼的东湖文化馆外面都是玻璃幕墙，在阳光的照射下蓝光闪烁，很是气派。

秦磊在墙上看到文化馆的招聘启事，需要招聘舞蹈老师、声乐老师各两名。朝阳是让自己来做老师吗？再细看看，这招聘启事上对学历、年龄都是有要求的。自己学历不够，年龄也远远地超过了。秦磊摇了摇头笑自己：看到舞蹈两个字，心中就不淡定了。

"秦磊！"一辆黑色的轿车在文化馆的门前停下，江朝阳穿着黑色呢大衣下了车。秦磊看到江朝阳欣喜地盯着自己的彩色丝巾看，秦磊笑了。自己多少年的衣着一直是黑白灰主色调，今天用上了红绿相撞的彩色。

江朝阳对区文化馆那个看上去四十来岁的馆长说："秦老师曾是文工团的主要舞蹈演员，也经营管理过我们市区最好的歌舞厅。文化馆需要舞蹈老师，在正式老师没来之前，秦老师可以帮助文化馆培训学员，再兼带着管理几个排练厅。"

正愁缺人才的文化馆长直说："谢谢江局长，替我们想得周到。我们正是需要人的时候。谢谢领导关心，谢谢！"

将秦磊先借调到区文化馆工作，是即将退居二线的江朝阳的一片苦心。在市文化局加强文化市场管理的办公会上，江朝阳部署了工作后，留下了人事处长谈话，专门提到了艺柳歌舞厅因政府拆迁，面临着一定程度的亏损与补偿问题。那虽是拆迁办的事情，但舞厅是文工团办的，一些管理人员是市文工团的老同志。负责人秦磊曾经是文工团的业务骨干，现在人员编制还在文工团。区文化馆需要人，先借调过去解决他们的师资燃眉之急，等招聘的老师到了，视实际情况再作考虑。这是两全其美的事。

秦磊在区文化馆上班了，有了自己的办公桌。在歌舞厅，秦磊也是有办公桌的，但那只是在舞台后面隔开的三个小空间，是秦磊、小丁、小王共用的，用三张桌子拼成了一个"凹"字形。秦磊没有支使人的习惯，有什么苦事、难事从不回避，甚至直接冲在前面，这也是她经营艺柳七八年，歌舞厅的工作人员乃至后来的两三位年龄比她大的老师，都愿意跟着秦磊干的重要原因。秦磊真正坐在那儿的时间不多，只是偶尔商量事情时，几个人在那儿坐一坐。还有一间办公室就是放了一张桌子，工作人员可以在里面喝喝茶，歇会儿。还有一间做保管室，开始时放放音响什么的，后来，又在舞厅左侧专门搞了一个音响间。大家都要在歌舞厅忙，办公室形同虚设。

　　而现在，在这装潢很现代的东湖区文化馆新馆，秦磊有了正儿八经的一张办公桌，尽管是有着 6 张办公桌的大办公室，门前挂着综合部、培训部的牌子。从二小调来的李老师是部门主任，大约 50 岁，他笑眯眯地看着秦磊伸出了手，秦磊微笑着与他握手。

　　其实，从进文化馆第一天起，秦磊就给自己定了位：培训加打杂。区文化馆总共只有 10 个事业编制，对外要招 4 个老师，而现在有着三位馆长，还有办公室主任、综合部主任，还有一个编制，能轮到自己吗？

　　顺其自然！舒叶老师的话语响在了耳边。不管怎么说，这么大的城市，彷徨的秦磊有了一个上班的地方，这工作还和艺术舞蹈有关。第二日一早就来到办公室的秦磊，打扫办公室，打开水抹桌子，她知足了。

　　"秦老师早！"李主任来的时候，办公室已经全部打扫好了。

　　"李主任早！"秦磊从办公桌后站了起来。

李主任看了看自己桌上的茶杯，朝秦磊看了看，自己去沏了一杯茶。秦磊装作没看到。

秦磊也去给自己沏了一杯红茶，是晓梦那次去印度带回来的锡兰红茶。晓梦说，你胃不好，多喝些红茶，养胃的。晓梦和秦磊在一起，有时候，似秦磊的姐姐。

"秦老师啊，我们培训部是要办班培训的，你看，你先出个一学期的培训方案，馆长同意以后，我们分个工，将方案散发到城区的相关学校去。"李主任布置完工作，开始翻桌上的报纸。

秦磊的文化功底不大行，但拟个办少儿舞蹈培训班的方案对她来说也没那么难。毕竟，许多单位也在艺柳歌舞厅办过培训班。

李主任用那焦黄的手指翻着两页纸的方案，加了几句培训班的指导思想什么的，就送到馆长那儿了。

说是分头到附近的中小学宣传招生，但李主任说身体不大好，只是坐在办公室喝茶。秦磊骑着电动车，一个星期内将附近的15所中小学都跑遍了。秦磊很想多招一些孩子来学习舞蹈，这样文化馆也可以有点收入。

当第一批小学员来到排练厅的时候，秦磊心潮澎湃。这四壁的大镜子，这整齐的舞蹈把杆，尤其是这光滑的木地板，令她十分欢喜。馆长说，这地板可都是实木的，所有人进来不允许穿皮鞋或是硬底鞋。当年在文工团练功房的回忆如过电影一般在秦磊的心头掠过：西墙是一面墙的镜子，水泥地，十八岁的自己怯生生地走了进去。从一位、二位到五位的手位、脚位，从小跳到大跳再到完成倒踢紫金冠等高难度动作……

"你行吗？要不要将舞蹈班学员的课程再往后推推？"李主任

的眼睛透过厚厚的镜片，从报纸上面看过来。新招的舞蹈老师还没有到，两个年轻的声乐老师倒是报到了，一男一女。二楼琴房的电子钢琴已经响了。

舞蹈班每周活动两次，一次是周三下午两节课后的两节课，还有一次是周六下午的两节课。

"我试试吧。"秦磊笑了笑。李主任看起来不大放心："师资不好影响着培训质量，影响着生源，也直接影响着收入。"

"同学们，大家好！"第一批学员共 20 个。站成三排的十多岁的女孩们都身着黑色的连体练功服与肉色的软底鞋，手背在身后齐刷刷地叫："老师好！"秦磊有点激动，这是生平第一次被孩子们叫"老师"。

"同学们知道跳好舞蹈要从什么开始吗？基本功练习。手位、脚位，大家手扶把杆……"秦磊没有准备教案，近三十年的芭蕾舞基本功练习，她已烂熟于心。前几堂课的舞蹈音乐是用的秦磊从家里带的录音机放的，那里面的音乐都是她这么多年来一直用的。

很快，一个消息在不同学校传开了：文化馆来了一位非常非常好的舞蹈老师，她的动作、舞姿比电视上的舞蹈演员还好看！十来岁的孩子们不讲假话，第二个星期的星期六，舞蹈训练房外就来了不少家长，还有学校的音乐、舞蹈老师，都是来看孩子们口中"比电视上舞蹈演员跳得还好看的舞蹈老师"的。

秦磊并不知道这么多家长是来看自己的，周六家长送孩子来练习，在门外等等孩子是正常的。没想到其中一个孩子的奶奶当场叫了出来："这个老师我知道，是老文工团的，当年芭蕾舞剧

《红色娘子军》大海报上的吴清华就是她！"

下课后，秦磊被家长和老师们围住了。年轻的老师们不知道，问："秦老师，您跳过吴清华？"秦磊不知道怎么回答，只是微笑作答："我以前是文工团的。"一位六十来岁的女士挤上前来说："那张吴清华的海报我印象很深，倒踢紫金冠又高又飘！太漂亮了！"这位女士肯定也是文艺爱好者，这么多年还记得那张海报。

又到周一，馆长办公室、培训部的电话响个不停，都是要为学生或是孩子报秦磊的舞蹈培训班的。有的托人电话都打到了文化局。江朝阳的电话也打了过来："秦磊，有人找我了，孩子要上你的班，开个后门给个名额怎么样？"听着江朝阳爽朗的笑声，秦磊真是开心。她的心中忽地跳出"技不压身"这几个字。她觉得自己又是个有用的人了。

被人需要真是件好事。秦磊看树树正绿，看花花正艳，进进出出都哼着《万泉河水清又清》。

"秦磊——吴清华！这就是名人效应啊！"馆长欢喜。

"秦磊，快，登记、登记！"李主任也很高兴。

"我们这舞蹈房只能容纳20个孩子，再多，练功就转不开身了！最多，再收5个，25个孩子，把杆上已经很挤了。要给孩子们活动的空间，这是舞蹈房而不是练合唱啊！"秦磊坚持道。

"再多收一点，多收一个就是一份培训费！"李主任笑得合不拢嘴。

刚开办的舞蹈培训班竟然掀起了要靠关系才能进的热潮。"主任，28个了，一个也不能进了！"秦磊也做了妥协。

馆长向秦磊要去了那张倒踢紫金冠照片的底版，第二天，文化馆的宣传橱窗里就贴上了秦磊在芭蕾舞剧《红色娘子军》中倒踢紫金冠的剧照，下面注明："文化馆特约明星舞蹈老师秦磊"。

进入新世纪，教育部门从上到下都在要求素质教育。市教育主管部门专门设立了体育卫生艺术教育科，学校也都将艺术教育放到了比较重要的位置。对家长和学校来说，艺术特长生在招生中的加分政策，是一根"指挥棒"。学生在省、市文艺比赛中获大奖，可以适当加分。在高考中一两分的差距就足以决定学生进一本还是二本，甚至决定了是专科还是本科。

此时的文化馆少儿舞蹈培训班，实在挡不住学校和家长的热情。馆长和秦磊商量："我们是不是考虑每周开两个班？"再开一个班，每周二下午再开两节课，每周日下午再开两节课，这样秦磊就得连着四个下午都得上课，目前想来参加培训班的孩子就基本都能上到秦磊的课了。

秦磊毫不犹豫地答应了。馆长承诺加一个舞蹈培训班每月加500元生活补贴。此时秦磊的编制还在文工团，拿着每月500元的基本工资。借调到文化馆是没有工资的，只有一个月300元的生活补贴，一期培训班4个月，每月500元，如果再办一个班，每月就是1000元了。这样全加起来，秦磊月工资就有1800元，比在工厂工作好多了。秦磊算了一笔账，每个月汇800元给森森做生活费，自己日常开销完全不用担心了。

"秦老师，你每天不要这么辛苦，打扫楼道、办公室这些事你让乔乔和王蓉这两个小年轻去做。"此时，新招的两个舞蹈专业的女孩已经来文化馆上班了。

"你们要好好向秦老师学习！"李主任让这两个小姑娘都给秦

磊辅助，分别跟着一班、二班辅助教学。李主任现在将秦磊当个宝了。

"秦磊，你不能这样。这样，你太累了！"江朝阳的电话打了过来。

"朝阳，我真是谢谢你！你是知道的，舞蹈对我而言，就似空气、水、阳光，我觉得现在这样特别有意义！特别适合我。"秦磊兴致勃勃、意气风发。

"你拼命啊！最近胃怎么样？"江朝阳心疼和怜惜秦磊。

"朝阳，知道吗？你给了我生命的第二个春天！是喝茶还是咖啡还是吃饭？江局长只管开口。"秦磊真是满心的喜悦。

"我想吃蚬子豆腐羹！"听到秦磊生机勃勃甚至是青春焕发的声音，江朝阳听了非常高兴。

文化馆将申请秦磊调动的报告送到了文化局：经试用与考察，秦磊同志完全胜任我馆艺术培训工作。经研究，我馆拟将秦磊同志正式调进，恳请批准！盖上了文化馆红红印章的报告送到了文化局人事处，给新调进的分管局长胡华也送了一份。此时56岁的江朝阳已退居二线。副处级56岁退居二线，正处级57岁退居二线，湖城市机关都执行的这个政策。

前两日，"六一"儿童节的下午，文化馆的舞蹈班、声乐班、器乐班搞了一个汇报展示演出，在馆里的繁星剧场演出，这些孩子们真是大放光彩。尤其是舞蹈班小学员的《白毛女》中的《北风吹》《窗花舞》组合，更有那《天鹅湖》中的四小天鹅舞蹈，令所有人眼前一亮，到会的领导掌声不断：才几个月的时间，文化馆竟然排出这样优秀经典的节目！

看着自己的宝贝在舞台上有模有样翩翩起舞，家长们更是激动喜悦。谢幕时，身着一袭长长的白色连衣裙的秦磊被孩子们欢笑着簇拥到舞台上，她拉着孩子们的手一起向观众行着屈膝礼，这是标准的芭蕾舞谢幕姿势。

"秦老师，秦老师！"演出后，四处是家长的喊叫声，一定要拉着秦磊与孩子们合影。"感谢秦老师！将我们的孩子调教得这么好！"孩子们捧着鲜花簇拥在秦磊身边，摄影师镜头"咔咔咔"直闪。第二天，《湖城晚报》庆祝"六一"专版有半个版面都是文化馆庆"六一"孩子们的舞蹈剧照，其中一张是孩子们谢幕时与秦磊的合照，照片中秦磊拥着孩子们笑靥如花。

馆长认为此时申调秦磊，是最好的机会，是板上钉钉的事了。此时，必须将秦磊调进来。暑假就要到了，他指望利用秦磊的名师效应多招生。名师效应就等于经济收入，会计出身的馆长算账精明。何况，馆里还有一个编制空在那儿呢。

"秦老师，辛苦了！暑假就要到了，出个培训方案，舞蹈班的招生计划中可多招几个班。给乔乔和小王她们压压担子，一人负责带两个班，你带一个提高班，再捎带着给她们两个指导指导。我们广告上就注明：著名舞蹈演员秦磊领衔。我们招上五个舞蹈班！"

"馆长，就不要写什么'著名''领衔'吧。"秦磊有点不安。几十年前在文工团因导演、团长不停地赞扬，令许多女学员对自己冷嘲热讽的景象，秦磊记忆犹新。

"必须的！人家学校还评什么一级教师、特级教师呢！骨干教师就是一个学校一个团队的招牌！我们馆也要争取评级，我去人事局打听一下。"

"秦老师，申请将你调进文化馆的报告，我已经送上去了！"看着办公室没有其他人，馆长给秦磊透了个底。

"谢谢您馆长！我是真心喜欢舞蹈，我会尽力做好工作！"秦磊认为馆长人挺不错的，一心扑在工作上，而且赏罚分明。说到底，进文化馆这么长时间，馆长一口茶一粒糖都没喝过吃过自己的。

那日，秦磊辅导过学员的课，刚走进培训部的办公室，李主任与几个年轻老师兴致勃勃的对话，忽地就冷了场，乔乔和小王的眼神也躲闪着低下了头。秦磊心情有点奇怪又带着点不安，乔乔和小王这两个女孩，一个是安徽舞校毕业的，一个是省艺术学院舞蹈大专班毕业的，能分到文化馆也是非常不容易的。两个小姑娘对秦磊很是尊重，开口闭口总是老师长老师短的。

"今天，这是怎么啦？"

人怕出名猪怕壮。这是秦磊家乡乡亲们常说的话。

"木秀于林，风必摧之。"这是晓梦多少年前就对秦磊说过的，劝慰秦磊不要理睬那些对自己羡慕嫉妒的人。

"看人不能看表象，文化馆这个秦老师，风流成性生活作风不好！""这个老师离过婚，是出轨被丈夫赶出家门的！""这个老师做过歌舞厅老板！歌舞厅那是个什么地方？就是个藏污纳垢的所在！一个女人不上下通吃，能在歌舞厅撑着吗"……不知道从哪个阴沟角落，对秦磊的非议和恶意忽地就四处弥漫，挟带着阴暗晦涩劈头盖脸而来。

秦磊也听说了。

秦磊自己觉得很奇怪，不是奇怪这些污言秽语是从哪儿传出来的，而是奇怪自己对这些传言倒有些不大在乎了。说一点不在乎是不可能的，让秦磊觉得好笑的是，对自己这样一个平常女子，值得什么人这样大动干戈，将一些陈年旧账添油加醋，四处散发。秦磊从来不认为自己是"弱女子"，就如她开歌舞厅时也不认为自己是"女强人"一样，自己就是一个有好胜心、有虚荣心、也有责任心、特别喜欢舞蹈的女人，只是想着将事情做好，又怎么啦？

森森这次暑假回来，也跟着秦磊的提高班蹭了几天课。森森越长越像妈妈了，胳膊长腿长，比开学报到时似乎又长高了些。秦磊一米六八，森森比自己还稍高了些，有一米七了。这学期，森森加入了学校艺术团的舞蹈队，她很开心，秦磊也很开心。女孩子学舞蹈不一定是靠这个技艺吃饭，不像当年的自己，为了进城为了有个职业，当然也为了跳舞。

在京城生活了一年的女儿眼界宽了，比起上中学时，森森成熟多了，有着和她这个年纪不相符的成熟。跟着秦磊上了几天课，森森很开心，说："妈妈，我为你骄傲！看着在课堂上教学的你，比看歌舞厅做老板的你，我更高兴！"女儿的话语和微笑给了秦磊极大的安慰和鼓励，那一刻，秦磊觉得自己很幸福，真的。

流言归流言，蜚语归蜚语。秦磊看花依然花红，看树依然树绿。秋日之湖城，蓝天高远，白云悠然。孩子们喜欢秦老师，秦老师也真心喜欢这些认真学舞蹈的"小精灵"。

馆长找了秦磊，期期艾艾地说关于她调动与编制一事，局里没有批下来。原因有三，第一是秦磊过几年就要退休了，反正在文工团也是有编制的；第二是社会上关于秦磊同志的作风及家庭问题有些传闻，局里都收到群众来信了。文化馆说到底与社会接触面很广，选人用人尽可能不要有负面影响；第三，局里已明确要正式调一位财会人员到文化馆来做会计。看着平静的秦磊，馆长不好意思地说，是为解决一位领导干部夫妻分居的问题。秦磊心中冷笑了一下：这第三条才是根本原因吧。

不过，似目前这样的状态，秦磊还是很满意的。秦磊常想起舒叶老师那次说的"顺其自然"，就顺其自然吧。这个时代，没有灾难也没有战争，自己已经很幸福了。每个月的生活费再加上这样那样的加班补贴，也有 2000 元左右了。比起一些在工厂工作的团友，在商场做售货员或在书店卖书的昔日同事，自己的境况比她们好得多。至少，自己还在做着喜欢的事情。

秦磊还是每天早晨早来半个小时，在练功房练早功。踢腿、旋转等，再跳上一些身韵组合。时间一长乔乔和小王也跟着来练早功了。

这年年终，秦磊为舞蹈班的小孩子们排的《我们是共产主义接班人》，参加了全省少儿文艺调演。十八个白衬衫蓝背带裙，系着红领巾穿着芭蕾鞋的孩子，令全场轰动。尤其是表演最后，大屏上是满屏的少先队队旗，在"我们是共产主义接——班——人"的音乐中，孩子们昂首挺胸激情满怀，以脚尖碎步迅速会聚成一个大三角形，向全场敬着队礼时，全场掌声雷动！

省城的报纸上以"创意好，主题好，编排好，表演好，艺术水准高"，对湖城市少儿代表队给予了高度评价。这也是省文化厅副厅长在记者采访时讲的原话。

　　　　　　　　　　　　　　　　舞之渡

秦磊和孩子们为湖城市捧回了省文化厅少儿文艺会演第一座金杯，也是这座城市在各种文艺调演、会演和比赛中获得的第一个金奖。馆长让秦磊跟他去文化局当面向局领导汇报，秦磊死活不肯去。馆长就一个人去了，将金色的奖杯和一等奖的证书也喜滋滋地带了过去。

文化馆年终开会，将先进工作者的荣誉给了没有编制的秦磊，另外还有200元的奖金。市文化局年度总结大会，群众文化先进个人名单中同样有着秦磊的名字，获500元奖金。回到家中，秦磊将两本红色证书举到母亲的照片前，说："妈妈，你看！"秦磊也在电话中告诉了女儿这个消息。江朝阳的电话不失时机地到了，尽管他退居二线了，也在报纸上看到了这个消息。"祝贺你，秦磊！为你骄傲！"

秦磊笑了，平和又骄傲地笑了。

第二十二章

　　秦磊额头上的汗沁过脂粉流了出来："我的红衣服呢？我挂在衣架上的服装呢？'吴清华'的演出服呢？"她听到自己的声音变调了。"是谁拿走了我的服装？"她声嘶力竭地叫了起来……

　　窗外，东方朦胧的白。一个激灵，她从床上坐了起来，是被自己的声音叫醒的，心口还在怦怦地跳，满头的汗水湿了头发楂。是梦吗？耳边、四周似乎依稀还回荡着《梁祝》的提琴声。

　　她定了定神，眼前是乳白色的家具，打开的红色牛津布的箱子放在地上。对了，今天是要带"磊儿广场舞队"去省城参加比赛的日子！

　　是梦啊！又是这个梦！秦磊笑了，好久不做这个找不到服装来不及上场的梦了。是的，今天，自己要带成人舞蹈班代表省去参加华东地区广场舞比赛。

　　秦磊一开始是不屑于广场舞的，一如她在当初开舞厅时看不上交谊舞。这些年，日子好过了，生活条件好了，街头的广场舞活动发展得如火如荼。一到夜晚，百十米之内，就会有几个广场舞团队在活动。甚至有的居民写信到报社和市长值班室：中高考期间，希望政府和媒体都来管一管广场舞的噪声，考生要休息的。秦磊看到这些就想笑：这些姐妹们真的是上瘾了，一日不跳就失魂落魄。

再转过头来想想，秦磊也认可了这些街头跳舞的人，她原本内心里不认为她们跳的是舞，觉得她们只是跟着音乐跨跨步子伸伸胳膊而已。但自己对舞蹈不也是放不下吗？这个世界上，谁都有权利做自己喜欢的事。这样想想，再看看小区广场和夜晚随处可见的跳广场舞的大妈大姐们，秦磊心里不会再有以前的反感了。

"小秦，你比以前平和也开阔许多了。我才认识你的时候，你似一个刺猬，将刺缩起来的小刺猬，警惕着周边，随时准备将刺竖起来戳人。"江朝阳对秦磊说。两个人相视而笑，这一说是多少岁月过去了。

这么多年来，江朝阳对秦磊依旧是照顾备至。前年，他女儿在南京生了孩子，江朝阳也做了外公了。

"你打算去南京吗？"秦磊问过江朝阳。

"我不去。想孩子就去看一看。"坐在秦磊家，江朝阳笑了一下，又补充一句，"你在这儿，我哪儿也不去。"

秦磊很感动，这些年来，江朝阳和自己，也早如一家人了。两个人心意相通，换季了，秦磊会到商店或是网上给江朝阳添置些时新的服装。江朝阳身材一直没有变，也没似许多中年男人发胖或是有赘肉，脸上依旧是有棱有角的。起风了，江朝阳会电话提醒秦磊加衣服，有时也会开车过来看一看坐一坐，送上几包红糖姜茶："你胃不好，要多穿点，不要图好看，单衣薄衫的。"两个人对坐着说说话喝杯茶，江朝阳再回自己的家。

晓梦春节回来，三个人聚在湖边的茶社一起聊天说话。晓梦看看江朝阳看看秦磊说："我说你们两个，是有夫妻相的！"他们都笑了。晓梦说："看看你们，看看，你俩笑起来都很像，干脆住到一个屋檐下得了。省得他跑来你跑去，一个人烧饭怎么烧啊？"

秦磊把玩着手中的青瓷小盅，微笑着看向江朝阳。江朝阳给两位女士加着茶水微笑道："晓梦，我们这样就挺好的，是朋友又是亲人。"

晓梦瞪着圆圆的眼睛："你们还是爱人！江朝阳你听着，我回到湖城来，没听到有人谈你江局长，但有人知道我以前在文工团长大，就都说起秦磊，秦磊比你有名气！"

江朝阳微笑不说话，秦磊笑笑也不说话。

森森已大三了，这次春节回来缠着秦磊说话："妈妈，我们艺术团那日排练，来了几个无锡老师。"无锡两个字令秦磊心中一动，看向女儿。

女儿在北大学的是中文。当年，晓梦对秦磊和森森说："如果你学文科，你就去学中文，这是个一辈子对自己都有益的学科。"从小到大，森森就认定了晓梦这个姨妈，晓梦说的话有时比秦磊还管用。

一进北大面试，秦森就被老师推荐给了学校艺术团，学生表格上填写的几个省文艺会演一等奖，让系主任眼前一亮。秦森扎实的舞蹈基本功立即征服了大家。舞姿好、形象好、身材好，再加之秦森竟然能穿着芭蕾鞋跳《北风吹》，很快，她就成了大学艺术团的领舞。

那天下午文学鉴赏的大课结束，那堂课是一位作家专门来给中文系学生开的课。秦淼就去了排练厅，他们正在为大学生艺术节排练芭蕾舞《沂蒙颂》片段，秦淼与一个男生跳双人舞《我为亲人熬鸡汤》，刚跳完，一位男老师就叫住了她问："同学，同学，你是姓秦吗？"

"老师好，我叫秦淼。您怎么知道我姓秦的？"秦淼很意外地笑。

"你长得很像一个人，太像了！我们应该是江苏老乡。"那位男老师笑了一下。

"妈妈，这个老师一直盯着我看。他也有江叔叔那么大年纪了吧，花白的头发卷卷的，很有气质。"

"后来呢？"秦磊心中"咯噔"了一下，看着女儿。

"后来我们老师就请这几位老师到其他地方参观了。这位老师走时，还回过头来看看我。妈妈，我也好像在什么地方见过这位老师。妈妈，真的，就好像看到我多年没有见到的亲戚，不对，是亲人。这种感觉很奇怪，我从来没有过。"

淼淼是个听话的孩子。

秦磊说："淼淼，与男生保持着一点距离。将心思放到学业上，我们争取下面考硕士。""那当然，那些信息、纸条我一概不回，同学们已说我是这方面的绝缘体了！妈妈你放心！"

那晚，秦磊心中翻江倒海。秦磊失眠了，女儿说的那个花白头发的老师，肯定是文康，毫无疑问。

前尘往事如潮水般涌上心头，《梁祝》的旋律，艺校园后面池塘边的老柳树，那燃烧的火焰中化为灰烬的两件的确良衬衫……"秦磊，我答应父母回无锡去江南歌舞团面试的，我明天走。但只要你说一个字，留，我就在湖城一辈子！"还有，那晚在他的宿舍，他将电灯拉熄了，那月光忽地一下就跳了进来……

人生啊，能记住的事情有很多，但刻骨铭心的也许就那么一两件。

秦磊生命中的那个男人，那个摧毁了秦磊爱情的男人，她早已当垃圾丢掉了。小城就这么大，秦磊曾经遇到过一次那个人，他没有了在那个年代特别威风的身份，成了一个要多普通就多普通甚至有点猥琐的男人。那个曾经给她安分地过富足日子幻想、开着月季花紫薇花的院子，秦磊在心中也给一键删除了。可文康不一样，他是初恋，曾经的美好与甜蜜、希望与失望，让她铭心刻骨。

而江朝阳，与江朝阳的感情前后有十五年了吧。亲情、友情、爱情，这些所有的情感交织在一起，江朝阳如一束光，照亮了秦磊的全部。如果说，以前秦磊为母亲为女儿为舞蹈而活，现在，她是在为江朝阳而活……七想八想前前后后，到了凌晨两点，秦磊还是一点睡意没有，最后她吃了安眠药才睡了三四个小时。秦磊的生物钟从来就是早六时起床，在阳台上搁腿踢腿，练习踮脚碎步等。

这次，参与广场舞队的训练与组建，完全是个意外。

文化馆的少儿舞蹈培训在全市出名以后，秦磊真的是忙过很长一段时期，各县（市、区）的文化馆也来请她去讲课，秦磊很头疼这件事。自己可以带着孩子们训练，但她只有实践没有理论，实在讲不出个子丑寅卯。但是，编排舞蹈，是秦磊的强项，指导排练，更是没有几人可以相比。专业舞蹈演员的气质与多年来一直坚持训练的基本功，在全市来讲，还真是很少有人可以与秦磊比肩。

文化馆门前有一块空场地，因每天下午两节课后有不同的培训班次，这里停放了很多家长接孩子的车。那日为迎接省场馆评星检查，全馆的人晚上都在加班，布置墙饰照片，准备资料台账等，馆长拉住李主任在核对明天的汇报材料。下班出来时，已是华灯绽放。馆门口前的场地也被跳广场舞的人群占领了。

前几年跳广场舞的人们似乎只是跟着音乐节奏做广播操。这些年丰富了许多，连西藏舞什么的都有很多人在跳了。今天的音乐是《翻身农奴把歌唱》，一群大姐大妈兴致勃勃地直着身子松着腰做着动作。

"西藏舞可不是这样跳的！"乔乔忍不住笑了起来。

"你去做个示范！"秦磊让乔乔去，乔乔急着要走，她男朋友扶着电动车站在路边等着。

秦磊是个对舞蹈有"洁癖"的人。她走上前去，叫住领舞的大姐或是小妹，夜色中秦磊看不出来。

"大家看，西藏舞，最简单的要双脚交替着颤胯，要左右前点地，这点地要用脚跟的。还有，三步一靠双臂打开，这是个很美的动作，典型的藏族舞动作，做好了很好看的。"秦磊边说边示范，舒展长长的双臂，双脚交替着有弹性的舞步。跳广场舞的一群人看呆了，音乐停下后，哗哗的掌声在夜色中响起。

被大家称为金姐的领舞跟上了秦磊问道："您是文化馆的老师

吗？是秦老师吗？肯定是。我们听说你们的舞蹈班只收孩子，为什么不能办成人班呢？现在生活条件好了，我们都想学舞蹈呢！您跳得太好看了！"金姐一路跟着秦磊说着。秦磊推着电动车说："明天我要去问问领导，看有没有办成人舞蹈培训的可能。"

第二天，秦磊把这事告诉了李主任。李主任放下报纸大腿一拍："我去找馆长！"馆长听了办成人舞蹈班的想法，只是叫好！"现在上面提出要提高全民文艺素养，我去申请点开班经费，再向学员收费用，这是一个双赢的好点子！"

此时的秦磊已五十岁，可以去文工团办退休手续了，办了手续就可以拿退休金享清闲了。两个小姑娘不肯去教成人舞蹈班，说："太业余了！不想和这群大妈在一起！"两个小丫头笑成一团，"那我也成了大妈！"秦磊看着比自己女儿大不了多少的乔乔和王蓉，嗔笑着。

"秦老师，你不一样，大妈与你无缘。你是女神！"两个小姑娘异口同声。

"女神是只有天上有的，"秦磊拍着小姑娘的肩膀说，"我们都是凡人。"

培训这个年龄段的人跳广场舞，说心里话秦磊也不大愿意。广场舞自己一直有些不屑，而且在性格上秦磊也是清冷惯了。这么多年来她不喜欢八卦，尽管自己也常是别人八卦的中心和话题。七大姑八大姨的聊天她不喜欢，也应付不过来。

黄馆长请秦磊去办公室喝茶："秦老师啊，我们来看看这个广场舞培训班。以你的舞蹈水准呢，我觉得对你还真是大材小用。但是……"秦磊笑了，馆长每次做思想工作，都是先吹捧人一阵，

　　　　　　　　　　　　　　　　舞之渡

然后就冒出"但是"，这"但是"后面就是他的观点和要求了。

"但是，我觉得，这广场舞有广阔的前景，有庞大的爱好群体。还有，听人讲省里也专门要搞广场舞大赛，市里、区里都要成立广场舞协会。这将是一个有组织有领导的群众性文艺团体。"馆长笑出几分狡猾几分诡谲，"还有啊，秦老师，想不想为我们湖城市，为我们文化馆再捧一座奖杯回来啊？"

在黄馆长领导下工作的这几年，秦磊总体上是舒适的。在教育局工作过几年的老黄，有点精明也有点圆滑，但不阴损也不贪心。之前文化馆中对秦磊沸沸扬扬的风言风语甚至污言秽语，他只当没听到。但在文化馆政治学习的时候，他义正词严道："我们文化单位是精神文明建设的阵地，不是居委会更不是菜场，不负责任的话我们不传不说，不准任何人损坏文化馆的形象！"馆里的小姑娘坐在那儿偷笑："馆长啊，当心居委会主任文明城市检查时，让文化馆过不了关！"

秦磊没能正式调进文化馆，馆长做不了主。但大会小会他总是表扬秦磊顾全大局，工作认真负责，业务精湛，艺术水准高，等等。这几年年终评先进，没有正式在编的秦磊总是排在名单第一个，这份信任与情意秦磊心领了。秦磊也常想：这社会上还是好人多。

没能调进文化馆的事情，秦磊一个字也没对江朝阳说。倒是江朝阳不知从哪儿知道了，叹了一口气："人走茶凉！这也正常。"

秦磊除了在少儿舞蹈提高班继续任教，还担任了两个广场舞班培训的任务。自然，馆长也应允了这两个培训班继续给秦磊发指导费。秦磊没有推辞，她想着给女儿多存些钱。

广场舞培训班报名场面之火热，比当年文化馆办少儿舞蹈培训班的场面有过之而无不及，甚至发展到人找人，人托人，区领导、市文化局也都有电话来了。许多成年人都有个文艺梦、舞蹈梦，年轻的时候上班带孩子，现在有的退休有的孩子大了，有了闲暇时间。何况，这老师是大名鼎鼎的明星老师秦磊。文化馆考虑到下午为孩子们办各种才艺培训班，就将这两个班安排在了工作日晚上和周末。

江朝阳笑秦磊："爷不在江湖，江湖仍有爷的传说。磊爷，你的名声太响了！"此时的秦磊已在文工团办了退休手续。但是，她歇不下来。

黄馆长迅速向秦磊发出了聘任书："兹聘任秦磊同志为文化馆舞蹈教练，为期三年。"大红的区文化馆公章盖在了上面。秦磊笑了，刹那间，她想起几十年前，自己捧着文工团录用的通知书，第一次看到圆圆的大红公章的时候，心中那种激动。后来，办歌舞厅时，按要求秦磊也让小丁带着局里的批文和文工团的介绍信去办过一个公章，常年锁在抽屉里，难得一用。

令秦磊想不到的是，这些整天嘻嘻哈哈、在秦磊心底甚至有点粗俗的大姐大妈们，学习舞蹈时极其认真，比少儿班的孩子们还听话。

在舞蹈课上，秦磊一丝不苟："挺胸、收腹、收紧臀部，好！"秦磊手中的教鞭也会在这儿和那儿地敲一下。敲响之时她会微笑，眼前浮现出当年的练功房，仲导演翘着八字胡，手中挥着藤条，背后似长着眼睛一样，哪个稍稍懈怠，他的小藤条就在哪个背上敲一下。这都大半辈子过去了。

　　　　　　　　　　　　　　　舞之渡

也有个别学员不适应上课而发牢骚："哎，我们就是来玩玩的，练功这么严格干什么？早点教我们跳几个舞就行啦！"

秦磊语气温柔地说："大家是交了费来学舞蹈的，学就要像个学的样子。如果只是玩玩，那么，现在就可去财务科会计那儿退了学费。下次可以不来。"结果没有一个人愿意走。

"秦老师人家一个单身女子，舞跳得这么好，这么认真地教我们，我们不好好学也对不住老师。"

也有的学员议论："秦老师看上去也就四十出头吧！人家女儿都在北大读研究生了！"还有两个退休的女医生，很认真地要给秦磊介绍个胸外科医生，那医生是专家级的，太太过世了。

秋风才刮没几天，冬天又来了。春节一过，就是立春，一眨眼的工夫，灌木丛中的月季泛红，柳枝扬绿。四季变换真快啊！秦磊很忙，除了文化馆的舞蹈班，还常常被一些单位、学校请去帮助编排、指导排练舞蹈节目。当然，他们给的报酬已远远超过文化馆的补贴。秦磊忙得热火朝天。

接到市文化局转来的省文化厅、省体育局举行广场舞比赛的通知时，馆长很期待地看着秦磊说："秦老师，你说我们馆的成人舞蹈培训班，能不能代表湖城去参加比赛？"此时，湖城的广场舞舞蹈协会还没成立。

秦磊将通知内容告诉了学员，问："大家有没有信心？"平均年龄超过五十岁的学员们齐声说"有！""好，你们有信心，我就有信心！"

秦磊思考后将参赛的作品定为《我的祖国》。秦磊有自己的想法：广场舞音乐一般都是节奏感很强的，舞蹈多为整齐划一的动作，主要通过队形的变化与律动来呈现，而《我的祖国》偏抒情，如何将抒情与激昂有机地统一，以舞蹈语言来表现歌曲内涵，秦磊着实动了脑筋。她请馆里的器乐老师，在主旋律不变的情况下，对《我的祖国》音乐作了一些改编。

"一条大河波浪宽，风吹稻花香两岸……"二十四名身着水绿色长裙的女子在流水潺潺的音乐声中，如一道绿色的水波在五台山体育馆漾开，柔美婉约，韵味十足。开场一分钟以后，音乐变调："这是伟大的祖国，是我生长的地方。"舞蹈一改柔美的风格，气势磅礴的广场舞韵律出来了。激昂有力的音乐声中，四排演员迅即前后变换；而在尾声，绿色的波浪再次起伏有致，台坡上、台中间、台前方三组舞蹈造型有机衔接，抒情又唯美。评委们一致给他们的表演打出了高分。《我的祖国》位居第一。秦磊拿到了优秀指导奖，获得一个水晶奖杯，一本红证书。

其他市代表队有的不服气："这支队伍中肯定有专业舞蹈演员！"也有的说："这个舞蹈不是广场舞！"

组委会召开各市领队会议，主评委给足了解释：第一，资格审查，二十四名队员没有一个是专业的，平均年龄超过五十岁。指导老师秦磊的确有着专业背景，但哪个市的指导老师不是专业的呢？第二，广场舞不是一成不变的，有更为丰富的舞蹈元素融合进广场舞，不仅增加了广场舞的美感，也提高了广场舞的艺术水准！

当要选出一支广场舞队参加华东地区广场舞比赛时，省文化厅、省体育局领导直接点名：让湖城市广场舞队代表本省去参加！

舞之渡

黄馆长兴奋道："秦老师，你真是我们文化馆的宝贝啊！说拿金奖就拿金奖！我们太有面子啦！说说，你需要什么？文化局说要给我们大力支持，要给你发奖金呢！"

　　秦磊笑了："馆长，我们去省里参赛的舞蹈服，都是队员们自己掏钱置办的，您看，要有可能就给大家报销了吧！还有，舞蹈房的音响用了几年了，希望能给我们更新一下。"

　　"秦老师""磊姐""秦姐"这些大姐大妈学员高兴得不得了。亲热地叫着秦磊。她们个个有成就感，对秦磊更是佩服得不得了，要是放在大半年前，有人说将广场舞跳到省城的大舞台上去，那无异于做白日梦。学员们一个个都不要秦磊为大家争取来的服装钱，提议大家去"荷花漫"聚一下！

　　那晚聚会，一群中老年妇女一起唱啊跳啊，秦磊笑出了泪水，这有期待有热爱的生活多好！这人生是有温暖的。

　　窗外，栀子花的芳香在夜色中无际无涯。

第二十三章

"妈妈，最近要是可能的话，你到北京来一下。全国荷花杯舞蹈决赛月底要举办，我可以从北京舞蹈家协会弄到两张票。妈妈来看看我，然后我陪妈妈去看舞蹈！好不好吗？"淼淼在电话中撒着娇。

秦磊也真有点想女儿了，何况这是全国顶尖的荷花杯舞蹈决赛！女儿在电话中又说："你要是不来，我就打电话给朝阳叔叔，让他送你来，至少，要将我妈妈送到机场！"秦磊笑了，这小东西！知道拿朝阳来"胁迫"自己了。淼淼十五岁时就认识江朝阳了，一直叔叔、叔叔不离嘴，二人亲如父女。

江朝阳果然说："你去吧！你最近太累了，这次不要坐火车，坐飞机去，我帮你在网上下单订机票！"

秦磊不会在网上购买东西，还是江朝阳教她学会了使用电脑，或者说是朝阳逼着学的。当初，秦磊不肯学，说自己都这么大年纪了，学不会的。对看书学习和与科技有关的事情，秦磊总是有些发怵。

江朝阳拍着胸脯说要教会秦磊，劝她："你学会了后，再写个

　　　　　　　　　　　　　　　　　　　　舞之渡

排练计划或是设计舞蹈动作，就不用在本子上写来画去的了。在电脑上修改方便得很。还有，你还可以在电脑上玩玩游戏。在网上还可以和淼淼聊天，还有我。"秦磊笑着推了江朝阳一下："我和你聊天，不能打电话啊？你不能来啊？"

电脑买了回来，江朝阳让秦磊坐在书桌前，他站在秦磊的身后，抓住她的手教她，指导她，手把手地辅导了十来个晚上。秦磊不笨，很认真地学习，朝阳这么热心，她不能让他失望。秦磊多少还贪恋这种在朝阳怀抱里学习、操作电脑的感觉，特别温暖，特别踏实，有依靠。这种感觉就和年轻人谈恋爱一样。

在电脑上捣鼓一阵后，秦磊会到厨房里下点小馄饨，或是做碗荷包蛋汤，上面再撒点青蒜叶，两个人面对面简单吃一顿。江朝阳说说南京的女儿和小外孙女，秦磊说说北京的女儿。江朝阳每次走的时候，都会拥抱一下秦磊说："好好睡觉，你白天在培训班付出太多。"秦磊也总是站在阳台上，看着江朝阳发动着那辆黑色帕萨特，从车窗里伸出手来向自己挥挥手，直到车在夜色中隐去。

秦磊不是没想过与江朝阳结婚的事情，但江朝阳始终信守着对妻子的生死承诺。秦磊对此倒是更加欣赏，似江朝阳这样对妻子，这么多年不离不弃，阴阳两隔还信守承诺，真是世上难寻的好丈夫、好男人了。

都是成年人了，男女之间有了那么深的情感，秦磊与江朝阳也不是圣人，青春渐行渐远，但真爱深厚绵长。他们有时也会在一起，江朝阳将秦磊紧紧地搂在怀中说："小磊，我老了，下辈子我们早些相遇。"秦磊躺在江朝阳的怀中，将面庞贴着他的胸膛，听着他强健有力的心跳，什么也不做，就是无比的幸福。

坐在北京民族大学的艺术中心里，秦磊可以说是开了眼界。以前也看过很多舞蹈视频什么的，但这是秦磊第一次近距离地看全国顶尖舞蹈高手的表演。冯双白、黄豆豆、山翀等舞蹈大家都是评委。这次秦磊来北京，是江朝阳开车送到机场的。

两个小时的舞蹈盛宴，让秦磊大开眼界，意犹未尽。森森说，"妈妈，多难得啊！今天还是圣诞节，我们在这棵圣诞树下合个影吧！"秦磊搂着女儿的肩膀说："你给妈妈在这张荷花杯舞蹈大赛的海报前拍一张，做个纪念！"

森森要上课，替秦磊订了去北京机场的出租车。

"秦磊！"坐在候机厅等的时候，忽然有人叫自己。谁呀！这是在北京呀。秦磊四处看了看，没有认识的人。

"秦经理，贵人多忘事啊！"一个中年男人捧着两杯咖啡坐到了秦磊身边。秦磊脑子里迅速回忆，岁月间似乎没有哪个影像与此人重叠。

"先生贵姓？"接过咖啡，秦磊有点不好意思。

那有点发福、身着名牌西服的男人递过来一张烫金的名片：大华房地产公司董事长，胡国华。

"是你！"秦磊猛地想起，十几年前带着一帮小混混闯进艺柳歌舞厅的胡大！只是，那时此人有一脸的络腮胡子，现在倒是水光溜滑的大方脸了。

这真是人生无处不相逢啊！

秦磊笑了，胡国华也笑了。

喝咖啡时，胡国华也要了秦磊的手机号码。"秦经理啊，哦不，我应该是称呼您为秦老师。容我讲句心里话，这么多年，这社会变了，湖城变了，我也变了，您怎么就没变呢？您和十几年前相比就没有变化！我就记得您当年，穿着一身白连衣裙长发飘飘的模样，仙女一样的！现在也还是！知道吗？我一直在关注您，您在文化馆带学生教跳舞，您带队去省城拿奖，我还收藏着有您捧着奖杯的照片的那张报纸呢！"胡国华在飞机上与秦磊聊天，毫不掩饰对她的欣赏与好感。

飞机不到两个小时就落地湖城机场，一辆凯迪拉克停在了出口。胡国华邀请："秦经理赏光，我送您。"秦磊微笑："有人来接我的。"胡国华不勉强："那好，收好我的名片，有需要打电话给我！我还欠您一个账，哦，两个账呢！"

秦磊不知道他欠自己什么账，她也没有问，只是笑笑。她也不想和这人多交谈。她去了洗手间补了妆，对着镜子给自己扑上点腮红，又上了点口红。江朝阳的帕萨特在地下车库等着她呢。

这年的夏季特别长，秦磊在舞蹈房带着学员练习，开着空调总还是一身大汗。向六十岁跑的秦磊身着黑色的练功服，身材依旧窈窕修长，令身上有着赘肉的成人班学员羡慕不已。

秋风起了，终于将残留的暑气拂得渺无影踪。可能是受了点凉，秦磊的胃又有了隐痛，看来这胃药是不能断了。去年体检时，医生看看体检单，再看看秦磊，问是本人吗？不熟悉的人至少会将秦磊的年龄猜小十多岁。秦磊做了胃镜，医生还替她夹掉两粒葡萄大的息肉，叮嘱她不要太疲劳，按时服药。

正在打瞌睡的秦磊是被手机铃声吵醒的，新换的手机，铃声依旧是《梁祝》，这音乐铃声秦磊一直没换，自己听惯了。手机刚买回来时，她倒是想将手机铃声换成叶倩文和林子祥的对唱歌曲《选择》的："希望你能爱我到地老到天荒，希望你能陪我到海角到天涯……这是我们的选择。"秦磊喜欢这首歌的歌词，也喜欢这对情侣歌手若山盟海誓般的歌声。这歌词似乎是写给自己和江朝阳的，她将这个想法告诉江朝阳，江朝阳揽着她的肩笑了："我们心里这样想，就足够了！《梁祝》陪了你这么多年，我也听习惯了，在外面一听到这音乐，我就想到你。"秦磊笑了："那就不换吧。"

"是秦老师吗？我是胡国华。"

"胡董事长您好！"秦磊笑了。这人十几年不见竟成了房地产的老总。

"能否赏光，晚上出来吃个饭？"

"哎呀，真是对不起，我这几天胃很不舒服，过几天我请您吧！"

"那就下次吧！我知道秦老师不大喜欢交际。"胡国华语气中倒没有丝毫不快。

手机铃声《梁祝》又响起来了，是丁老师的电话："小秦你好！"

这个年纪还被人叫小秦，秦磊笑了。丁俊老师的声音很亲切："小秦大忙人啊！看到你带着这个舞蹈队那个舞蹈班在外面获奖，我们都替你高兴呢！这是我们文工团的骄傲！"丁老师还告诉秦磊，凡是有秦磊获奖的新闻见报，他都小心地收存了下来，放到了团史的档案资料里。丁老师前几年就退休了，退休前一直在文工团（现在叫歌舞剧院）办公室做些档案整理工作。

"谢谢丁老师！谢谢党代表'洪常青'！"秦磊发自内心地感谢丁老师。

秦磊一直欣赏也尊敬丁俊老师，感谢当年他对自己的帮助与提携。一位资深优秀的知名舞蹈老师，给十八岁的自己配舞，一点架子都没有，秦磊是个知道感恩的人。

秦磊还知道自己那么迅速地嫁人，丁老师有些失望。"小秦，正是跳舞的大好时光，怎么你就结婚了呢？"秦磊唯有苦笑。

那次在山东，《沂蒙颂》的演员季丽因病上不了舞台，也是丁老师向团领导力荐："秦磊肯定没问题！"包括丁老师对在街道工厂工作的妻子的不离不弃，都令秦磊非常敬重，他是善良、稳重的好人！

"小秦，文工团这次又要团庆了，前两次你都没有参加。六十年了，不容易。许多外地的团友都回来参加，你这次一定要参加！有一台晚会呢，准备在新文化艺术中心的大剧院上演。你要是愿意，来跳一段《常青指路》！如果王建平回来不了，我撑这把老骨头陪你跳！"丁老师语气很笃定。

放下电话，秦磊心中已是翻江倒海。

这么多岁月，花红了又开，树叶落了来年又是翠绿。秦磊文化水平不高，但这么多年，她已然感受到生命与舞蹈、四季与人生，就是这么密不可分，还有爱情。谁的人生之旅途不是磕磕绊绊，一如这天气，今天艳阳高照，明天阴云密布，谁知道后天是云开日出还是雷霆暴雨呢？

这几年，秦磊看到自己的成长与成熟，这么个年纪还说成长与成熟，但秦磊一点不觉得矫情。生活真是本大书，晓梦是自己青春时的老师，舒叶老师也是自己仰慕的榜样和老师，她那一句"顺其自然"令秦磊走出心中的无数沟坎。

还有亲爱的朝阳，朝阳说："小磊，无论这个世界怎么样，无论别人怎么对待我们，我们都要好好珍视自己，对得起这只有一次的生命。"

星空广袤浩瀚，色彩丰富千变万化的灯柱，将城市的夜空映照得更为华美。太阳是老师，将温暖的阳光慷慨地洒向人间万物，月亮是老师，温柔明亮地照亮每个人在夜色中行走的路途。秦磊常常想，那个姓征的工宣队代表，令自己的爱情被摧毁，那个胡东强暴躁如雷地将自己赶出那座院子，还有文康，爱而不得的痛苦……这些也都是老师吧！一如晓梦说：生活本身就是一本大书，丑恶的、光明的、亮丽的都是老师，让我们知道如何摒弃如何珍惜，从容稳健地走过只有一次的生命。

江朝阳不止一次地说："小磊，你比我刚认识你的时候更好了！"

"好在哪里啊？"秦磊歪着头笑。

"现在的你比那时稳重、平和、开阔。想当初我是被你的气质吸引，这么多年下来，我看着你一天天更加美丽，从内到外气质更好！"

"谢谢你！朝阳！"秦磊真的很看重江朝阳的评价。

"朝阳，你陪我去一趟苏州好吗？"多少年来，秦磊是第一次开口让江朝阳陪她外出。在许多事情上，秦磊与江朝阳之间，秦磊从不主动。

"我要去苏州那家舞蹈服装厂定做吴清华的那套红舞服。文工团要搞六十周年的团庆，团里通知我了。"江朝阳立刻答应了。秦磊的吴清华梦，江朝阳是知道的。当年，江朝阳也是从歌舞厅墙上吴清华那张高难度的倒踢紫金冠照片上，第一次对秦磊有了深刻印象。

江朝阳开着车，车里的音乐放的是《红色娘子军》的舞曲，是秦磊特意请馆里的小同事剪辑的。"来拉来咪——来咪拉哆——西拉唆拉——咪咪咪唆唆唆拉"，就这么一路听着音乐，秦磊将那段舞蹈在心中回放了若干遍。那些苦练的日子，那些失望、绝望又怀着希望的岁月，在高速两边的紫薇花丛中闪烁。

江朝阳开着车笑道："我已经会唱了！来拉来咪——来咪拉哆——西拉唆拉——咪咪咪唆唆唆拉！对吗？"秦磊笑了，轻轻拍了拍朝阳："调皮！"

"我真是感谢命运，前半段对我太不公，但我知道，这世上有许多比我更困苦绝望的人；后半段我遇到了朝阳你，这是老天眷顾我，遇到了这么好的你！"

"我感谢这世界，让我遇到了秦磊！"江朝阳开着车，语气无比郑重。

秦磊加大了练功的量，尤其是吴清华冲出南霸天的家在椰林中那段独舞，她已转不了那么多圈了。倒踢紫金冠这个动作丁老师说可改成大跳，但秦磊还是想做，这是吴清华不屈反抗的标志性舞蹈动作。尽管丁老师说没关系，但秦磊还是想尽可能做好，能做到哪个程度就做到哪个程度。这一个多月来，文化馆舞蹈房只要没人上课，就有秦磊练功舞蹈的身影。

"都这个年龄了，不要累伤了自己！"江朝阳心疼，那一阵子，江朝阳不准秦磊开电动车。每天早晨他开车将秦磊送到文化馆，每天晚上再去接秦磊送回家。

一个市的文工团要准备六十周年大庆很不容易。昔日的文工团，现在叫湖城市歌舞剧院了。周年庆准备工作要印制画册，要布置会议厅，要装潢舞台。为复排一台的节目，团庆组委会开了多次会议。作为文工团出去的优秀代表、湖城的文艺名人，现任院长指名要求秦磊参加了组委会。

组委会碰头了几次，发现面临的最大困难就是经费问题。作为一个非官方举办的活动，直接面对的问题就是经费问题。几代文工团小两百号人的相聚，还有一台演出，没有大几十万元如何能做到？让外地来的同志自己负担住宿费尚且说得过去，可再让大家尤其是老同志们交吃饭的费用就说不过去了。还有，一台在大剧院的演出，舞台的大屏、侧屏、灯光、空调什么的，少说也要花上十多万元。歌舞剧院今年没有这笔费用预算，就是有预算，这种形势下，财政部门也审批不了。

"大家想想办法吧！"年轻的王院长费了很多心思也只向主管部门申请到八万元，加上以惠民演出的名义又申请了五万元，目前活动经费至少还有十万元的缺口。

秦磊想了想，出去打了个电话："胡董事长您好，有空吗？今晚我请您喝茶。"

湖畔茶社，靠窗的卡座，近处的大剧院、远方的欧风花街，还有北侧高达五十层的万豪大酒店，彩灯缤纷，竞相绽放在湖面，映射出七彩波光。

"我有事请董事长帮忙，如果不方便，就当我没说。"秦磊转动着手中的镂空茶杯稍稍有点尴尬，秦磊不擅长求人。

"我说过，我欠你两笔账。如果有可能，我要还账。这么多年，我倒是一直放在心中。"胡国华微微一笑，到底是做了董事长，举止得体且很有气派。

"对了，您欠我什么账呢？"秦磊那日在机场听胡国华说过，只当是玩笑。

"我答应过你，要为你开舞蹈专场的。记得吗？就是那天，我从看守所出来，带着手下几个兄弟，跑到你的那个艺柳歌舞厅，想请你跳个舞，可是，你没给我面子，你说你从来不下舞池跳舞，当时我不相信。但是，我又有点相信，你看上去不像说假话的人。"胡国华举着杯子凝神看向秦磊。

"我还真是记不得了。"秦磊真是不记得胡国华说过这话。

"你说你是跳芭蕾舞的。记得我当时说什么吗？"胡国华提醒秦磊。

"我说什么时候我包场，你跳芭蕾舞给我看！"胡国华看秦磊真的想不起来，自己笑着说了出来。"你还说，何时先生来包场，我请我们团的朋友一起来，为你演专场！那时候的你，在我的心目中，就是仙女一样的。"胡国华上次在机场就这样说过。

"谢谢您！"秦磊有点感动，这么一个不相干的人，一次不算美好的邂逅，这人竟记在心中这么多年。

"想起来了，那个时候他们叫你胡大！那天晚上看着你和你的小兄弟，我紧张得手心攥了一把汗。"秦磊孩子气地笑了起来。

"第二笔账，我现在告诉你也没关系了。我因投机倒把罪被判了三年。出来后，总想着要做点事，就和几个朋友办起了拆迁公司。那时，政府要规划大城市，我由此而掘到了几桶金。你知道你那歌舞厅是谁负责拆的吗？就是我的建筑公司。那天，我远远地看着，你失魂落魄地站在瓦砾上。那天你穿着一件黑色的风衣，你的长发在风中飘起。尽管那是政府的拆迁项目，我的公司中了标。但我总觉得又欠了你一笔账。这以后，在一个城里，我都尽可能绕着你走。今天，说出来，我心中也就轻松了。"胡国华感慨万端。

这人还真是讲情讲义的。秦磊看着胡国华笑了。

"秦磊，你今天请我喝茶我很荣幸。什么事，请说。"

"胡董，那拆迁的事，账算不到您的头上。勾销！今天，我是有事来请您帮我的……"

"没问题！10万元我资助了。到时，给我留两个好位置！我去看你的吴清华！"听完秦磊的请求，胡国华爽快地答应了。

"我们的画册上和节目单上都会印上您公司的名字！感谢对文工团的大力支持！"

"呵呵，那个无所谓。我就是来还我心中女神的账的，知道吗？几十年了！"这个胡国华还真是大气，难怪人家做到了公司的董事长、总裁。

年近九旬的老导演也来了。耄耋之年的老导演步履蹒跚，眼神却还是"贼亮贼亮"的，过去的时候学员们都这样讲的。外地的老师们大都来了，舒叶老师还和十几年前一样美丽，一点看不出已届七旬，看上去也就五十来岁吧。晓梦带来了她的新书，非虚构文学《我的青春我的团》。大家尤其是二十世纪七十年代的文工团团员们喜欢得不得了，个个围在晓梦身边要签名，每个都在书中找自己逝去又永存记忆中的青春。

秦磊身着黑色的风衣，洁白的衬衫，藏蓝色的大摆裙束在衬衫的外面。她特意系上了十多年前舒叶老师送的那条红绿撞色的长长的丝巾，这条丝巾对秦磊有着不一样的意义。那晚，与老师还有晓梦三个人的倾心交谈，在秦磊最为失落无望的日子，为她开启了全新的人生。

秦磊站在人群的外围。她知道，有一个人会来找她。

"你怎么一点也没变啊？小磊！"终于，他走近了。

"文康，你好！"秦磊微笑着伸出了手。

"小磊，这么多年，这支钢笔一直陪着我！"已是满头白发的文康从风衣衣袋中掏出一只丝绒盒子，打开，是那支花去了当年秦磊半个月工资的金星钢笔。

文康热泪盈眶，秦磊忍不住眼眶也湿了。

青春岁月的爱恋，大柳树下的缠绵，有着天安门城楼图案的饼干盒，香气四溢的麦乳精，还有那在《梁祝》的提琴声中焚烧掉的两件的确良衬衫……痛彻心扉的感觉在岁月的长河中已然淡去，但对于自己真情的付出，与青春一样融在生命中，永不忘怀。为这次聚会，秦磊也专门去将些许发白的头发焗了油。

催场的铃声一下又一下地响着，秦磊在化妆镜前满意地看着自己的妆容。被精心细描过的一双大眼睛，眼角微微上吊，浓密的睫毛经过眼线的修饰，就更有神采了。对着镜子，她微微地笑了一下，这一笑，整个镜子里的女子就如花般美丽灵动了。映在镜子里的这女子多好看，秦磊最满意自己的这双眼睛，一如当年考文工团时，仲导演直赞叹："这就是'吴清华'的眼睛啊，漂亮且有神！"

刷腮红，上唇膏。晓梦早早地到了后台，帮着秦磊在胳膊上用油彩画上道道伤痕，再为秦磊梳头接上长辫子。换上熨烫好的吴清华那一袭红衣，晓梦笑道："秦磊，你和几十年前真是一个样子哪！"

深紫红的电动大幕布徐徐拉开，那天晚上，几代文工团员为湖城市民上演了一台高水准的歌舞节目。

"来拉来咪—来咪拉哆——西拉唆拉——咪咪咪唆唆唆拉。"随着音乐声，"吴清华"从椰树林中一个弓箭步机智地闪出，随后就是一连串地掖腿转，随即，一个倒踢紫金冠腾空跃起。太精彩了！

秦磊与王建平、黄立合作，将舞剧《红色娘子军》中的经典片断《常青指路》演绎得可说是炉火纯青。化了装的三个人除了黄立稍胖了一些，还真是看不出人届老年。舞蹈结束，三个人手拉手谢幕时，主持人说："观众朋友们，这三位演员平均年龄65岁了！"

台下掌声如雷。江朝阳一直在台下幸福甜蜜地笑着，胡国华也在台下激动地鼓掌。秦磊的许多学员包括少儿舞蹈班的学员和家长都在台下，他们摇着红绿黄的荧光棒大叫："秦磊！吴清华！秦磊！吴清华！"

演出在观众热烈的掌声中完美结束。

总谢幕，饰演主角"吴清华""洪常青"的演员是排在第一排中心位的。可是，秦磊呢？大家到处喊，不见秦磊的身影。

站在台下的江朝阳心中忽然不安起来，非常不安。他匆匆地离开观众席，绕到后台，没有秦磊，上场门、下场门都没有。江朝阳再回头到后台，忽地看到服装间的地上，一团红色的人影匍匐在地上！

"秦磊，秦磊！"江朝阳冲上去跪在地上，将秦磊搂在了怀中。"秦磊，秦磊，你醒醒啊！醒醒啊！"江朝阳的呼喊惊动了谢幕后回来换服装的演员。

"快！120！120！救护车！"

…………

白色，满目的白色。舞台怎么是白色的呢？"来拉来咪——来咪拉哆——西拉唆拉——咪咪咪唆唆唆拉。"是吴清华上场的音乐，应该自己上场了，可是，这身体一点儿也不听使唤！秦磊摸摸自己的长辫子，已经扎好了，红色的舞服也在身上。秦磊大叫："朝阳，帮帮我！我要上场了！"

"小磊，你醒了，你终于醒了！"抓住秦磊的手，江朝阳喜极而泣。

清醒过来的秦磊看到了架子上吊着的输液瓶，看到了伏在自己身边泪水满面的江朝阳，看到了身穿白大褂的医生和护士。

"我怎么了？"秦磊茫茫然地轻轻地开口了。

"你在鬼门关前走了一遭！"那头发花白的医生神色严峻。

"病人的身体很虚弱，胃部要好好做个检查！你们家人要当个事，这个年龄，健康是第一位的！"

江朝阳直点头。

秦磊一向胃部不是太好，稍有疲劳，就会胃痛。以前也做过检查，但也没有大碍。最近为排吴清华这段舞蹈，秦磊训练量太大，体力也消耗得太多。

现场目睹秦磊精湛的舞姿，她的倩影，江朝阳泪水盈眶：这么多尽情喝彩的观众，又有谁知道这个优秀的舞蹈演员，走过的坎坷之路和她那失望、绝望与希望交织的人生。

这么多年的相处，也可以说是"知妻莫若夫"了吧。当秦磊决定跳吴清华时，江朝阳就知道她不可能放弃，那么磨难曲折、屈辱挣扎的人生，吴清华，这是秦磊做了一辈子的梦。

怎么会放弃？怎么可能放弃！江朝阳没有劝阻秦磊。

现在唯一要做的是：静养，等胃部活检的结果。

秦磊的病房都是鲜花，学生和学生家长送来各种鲜花，给秦老师。至于其他的营养品、红包什么的，江朝阳一律拒绝。

清醒过来在医院输液三天后，秦磊一定要回家，她一句话让江朝阳潸然泪下："妈妈一个人在家太冷清了！我回去陪陪妈妈！我们带两捧花回去，好不好？好不好嘛？"

秦磊的检查结果出来了：胃癌晚期！

江朝阳痛不欲生，一向冷静持重的他不知道该怎么好。他不敢告诉秦磊，在江朝阳的心中，秦磊就是一个有时还带少许任性的女孩子。这次，她也是任性又撒娇地坚决要求回家。秦磊知道后不准江朝阳向森森透露她住院的事，直到出院回家，才风轻云淡地和女儿在电话中说："妈妈胃部有两粒息肉，做了个小手术。元旦，有时间就回家来一下。"

"妈妈，这么多年，你也是为了我，太累太苦了！"森森回来知道实情后抱着妈妈放声痛哭。

胡国华来找江朝阳："江局，我在省城肿瘤医院有熟人，我去打招呼，去省城吧！"

尾 声

春色满园，垂杨柳冒出许多毛茸茸的新芽。灌木丛中，月季花也绽放出簇簇粉红。

"朝阳，我想出去晒晒太阳，好不好？你帮我穿上风衣，对，还有那条丝巾。"做了四分之三胃切除的秦磊看着朝阳。

自打住进省城肿瘤医院，秦磊手术前后，江朝阳就没离开过。白天，他忙前忙后，夜晚，他就在医院陪床。手术三天后，秦磊就将朝阳赶回他女儿家去："你要是累坏了，我怎么办？"秦磊托护士长找了一个夜间陪伴的护工。这样，江朝阳晚上回女儿家可以睡个安稳觉。

手术做得还是很成功的，秦磊坚决拒绝化疗。她经历过母亲化疗的痛苦，不想自己再痛苦一次。

医院花园的长椅上，已坐着一位穿病员服的老年女子，蓬松着头发。秦磊也坐了下来，享受着明媚温暖的阳光。

"你是？你是秦磊吗？"那老妇人盯着秦磊半响忽地开口了。

"您是？"在这省城医院竟然有认识自己的人，秦磊太意外了。

"我老了，你认不出了！我是王秀玲啊！"那老妇人神色赧然。

王秀玲！秦磊头脑轰然一声，几十年不见，深埋在心中的痛感陡然而生。

王秀玲，那个音色嘹亮高亢又高傲的女高音，那个尖酸刻薄总是刁难甚至欺负秦磊的女人，还有气势汹汹地查问"你哪儿来的这罐麦乳精"的王秀玲！秦磊怎么也无法将王秀玲与眼前这个老妇人联系在一起，再怎么说，她也还没到七十岁，眼前的这人却佝偻瘦削，面部肌肉下垂，眼神混沌不清。

江朝阳微笑着走了过来："秦磊，该回病房了，医生十点来查房。"秦磊笑了笑："好的，朝阳！"

"秦磊——"王秀玲似乎还想与秦磊说话。

"明天见！"秦磊挥了挥手。

第二天，秦磊又看到了王秀玲，她似乎比昨天整洁了些，许是换掉了病员服，她穿上了一袭宽松的紫红中式棉袍，向着秦磊招手。

"秦磊！我是乳腺癌，右边已切除了。但愈后不好，又扩散了！"王秀玲很平静，似乎在讲着别人的事。

"我是胃部出了问题，也切除了大半。"秦磊很坦然，也似在讲着别人的事。

"秦磊，有件事我一直想对你讲，但总是没有机会。"王秀玲语气很沉重，瘦削如鸡爪的手一把攥住了秦磊。

"这么多年了，多少事都过去了。我们还在这享受阳光，就很好了。"秦磊语气很轻松，没有松开王秀玲的手。

"我还是要讲，我是个没有几天的人了。秦磊，当年，你演吴清华的服装是我拿了扔到大会堂粪坑的！我对不起你，这件事几十年了，一直压在我的心上。每次文工团团庆，我总想回去又不敢回，就怕遇见你。"说出这几句话，王秀玲似乎轻松了些，脸上的皱纹也舒展了些。

"我知道！"秦磊波澜不惊地看着王秀玲。

"群众来信是我写的！"

"我估计是的。"

"那时，我看文康对你好，我实在气不过。"

"我知道！你是因为文康！"提到文康，秦磊心中还是有点疼的。

"我对不起你！也对不起文康！我缠着他结婚，后来还是离婚了！我看他一直忘不了你，甚至新婚之夜，他都是坐在窗前发呆。我们常吵架，我老是拿你说事。直到那次吵架，他直着喉咙喊，说他心中永远只有秦磊。我死心了，就提出离婚了！想不到他一口答应了！"王秀玲涕泪满面。

是王秀玲主动提出的离婚，秦磊还真是没想到。文康从来没有提过这事。那么清高甚至傲气的文康啊！今日之秦磊，想起那年那日，文康找到艺柳歌舞厅来，两个人在艺校池塘边的对话，文康那伸出来又空落落缩回的双手，秦磊心中又疼了一下。对不起啊，文康！

面对这个毁了自己吴清华梦的女人，秦磊奇怪自己却恨不起来。

记得当年，当年啊！心中的委屈与怒火无处发泄，指着太阳向着月亮秦磊曾经发下毒誓："要是让我知道谁偷走了我的服装，我和他拼命！哪怕俩人全死！"为了演吴清华，秦磊失去了太多！

在明媚的春色中，秦磊好像看到了当年愤怒的自己，失身后痛哭的自己，整天揣度是谁偷了自己的服装、对任何人都抱着敌意的自己。秦磊当时不是没有想到王秀玲，她有着重大的嫌疑。可是，秦磊不敢说也不敢想，王秀玲是苏南人又是团里重点培养的对象，要演英雄江姐的，工人出身根正苗红的她怎么能做出这样的事呢？自己说了，别人会相信吗？什么原因？秦磊能说出是为了文康吗？

几十载岁月，春夏秋冬风霜雨雪，花依旧嫣红，树仍然翠绿。秦磊这十多年过得比年轻时候更加滋润与富足，这种滋润是由内而外的。秦磊开始可怜起眼前这个满面皱纹苍老又无助的女人。

"乳腺癌是可以治愈的，你要有信心！"秦磊不知道怎么脱口就说出了安慰的话。

"秦磊？"王秀玲扬起头看向秦磊，两行浊泪从眼眶中流出："谢谢你秦磊，那么说，你就是原谅了我，当年的我！"王秀玲捂着了脸伏在膝盖上泣不成声。

我真的原谅这个毁了自己吴清华梦的女人了吗？秦磊说不好。这么多年来，遇见王秀玲，再提起这件事，秦磊只是不再对旧事耿耿于怀而已。秦磊将脸仰望着天空，任阳光铺洒在自己的面庞，直至内心。

三天后，王秀玲离开了，走了。

秦磊接到王秀玲的电话，是一个陌生的声音："王老师已于今

　　　　　　　　　　　　　舞之渡

日九时走了，正在准备将人运至殡仪馆。"秦磊随即让江朝阳买了束白菊花，陪自己去了那个病区。闭上了眼睛的王秀玲脸上的皱纹似乎舒展了些，少了些凄苦与惶然。

秦磊去握了握王秀玲的手，向与自己青春、生命纠缠不清的故人鞠了躬。

"朝阳，如果我去找妈妈了，你不要告诉文工团的人，不要告诉文化馆的人，还有我的同事我的学生。我不要别人看到我闭上眼睛的那个样子。答应我！如果你不说，别人会以为我一直神气活现地在跳舞呢！最多，你告诉晓梦，让晓梦给我化个淡妆，我再走。

"你在听吗？你听见了吗？朝阳！"秦磊带着一丝撒娇，嘴角抿出一丝笑意，还有一些皱纹。这次住院和手术，秦磊没告诉湖城认识的任何人，只是说自己外出旅游，要在外住上一阵了。

"还有，你千万不要让我穿那种农村老太穿的丧服，头上还带着个什么倒头帽子！记住了啊！我夏天是穿白色的连衣裙，春秋是白衬衫深蓝色的长裙，外面也可以披件风衣，黑色、米色的均可，冬天呢，就穿那件黑色的大衣，长的那件。不管哪个季节，都替我系上我最喜欢的那条红绿撞色的长围巾。

"森森回来，你让她看下书桌的抽屉。"抽屉里，有一封信是留给森森的。秦磊在信中仔细地告诉女儿曾经那些往事，包括文康的事，胡东强的事。

那日，秦磊告诉江朝阳，森森与一位大学的男教师交往了。江朝阳笑眯眯地说："那博士说是山东人呢！"秦磊一愣随即笑了起来。森森一直视江朝阳为父亲，大事小事都问他，尽管口中叫着的是朝阳叔叔。女儿有了男朋友，竟然是江朝阳先知道的。

初夏的风儿很柔软，栀子花的香味沁入心房。江朝阳拥着秦磊，泪流满面。

说了这么多话的秦磊，有点累了，她真的想歇歇了。

坐在医院花园的那张长椅上，秦磊倚在江朝阳的怀里，握着他的双手，看着眼前的姹紫嫣红草青柳绿，金色的阳光洒下无数温柔梦幻的光斑……

湖垛乡下生长着小贝壳般蚬子的河塘，田埂上紫色的蚕豆花；拎着老藤箱站在地区文工团牌子下仰望的乡下姑娘；排练场上的汗水与笑声，霓彩舞台上的旋转、大跳、倒踢紫金冠；艺柳歌舞厅满墙文工团的剧照；跟着江朝阳在苏州平江路上吃的小吃；一次次参加省会演捧回的金灿灿的奖杯；跟在母亲身后蹒跚学步的淼淼；戴着硕士帽披着硕士袍的北京大学文学硕士的淼淼，留校成了老师的淼淼……

六十载生命在秦磊眼前清晰又模糊，令她热泪盈眶，无怨无悔甚至无限喜悦：感谢这花红柳绿美好人间的一切，这日子真好啊！

舞之渡

后　记

　　少年时期在文工团五年的舞蹈演员生涯，让许多人许多事，一直记在心中，铭心刻骨。大时代小人物命运的跌宕起伏，你、我、她，从希望到失望甚至绝望，再萌发希望的生命历程，随着时代的变迁与社会的繁荣昌明，闪烁出不一样的光华。

　　写作三十多年，我心中始终有一个念想，就是将那段岁月将那群人将那些美丽又忧伤甚至残酷的故事写出来。这么多年，和当年的文工团团友或多或少保持着一定的联系，也关注着文工团到歌舞团再到歌舞剧院，从兴旺到衰落再到蓬勃兴起的发展历程。有意无意之间，也积累了许多他们、她们的故事，那些浪漫多情、痛苦挣扎、奋发向上的故事。

　　这个世界，从来就没有好走的路，只有适合自己的路。从一个人的少年时代到青年时代，国家和社会也经历了巨大变革，个人的梦想和追求逐渐被尊重，允许追求、营造个人的幸福。故事的主人翁秦磊，本是如里下河河水一样单纯柔软又有舞蹈天赋的女子，在时代的变迁中渐然变得复杂坚硬，从被命运摆布，到希望找到依靠改变命运，又因永远的舞蹈情结与坚忍不拔，越过失望、绝望的漫长河滩，将自己与女儿摆渡至梦想彼岸。

希望将这株一直埋在心中的小芽，以这么多年的文字积累，浇灌成一棵树，再绽放一些花。

故事纯属虚构，背景基本写实。

张晓惠

于春花开的日子